文春文庫

わが殿

下

畠中恵

文藝春秋

目次

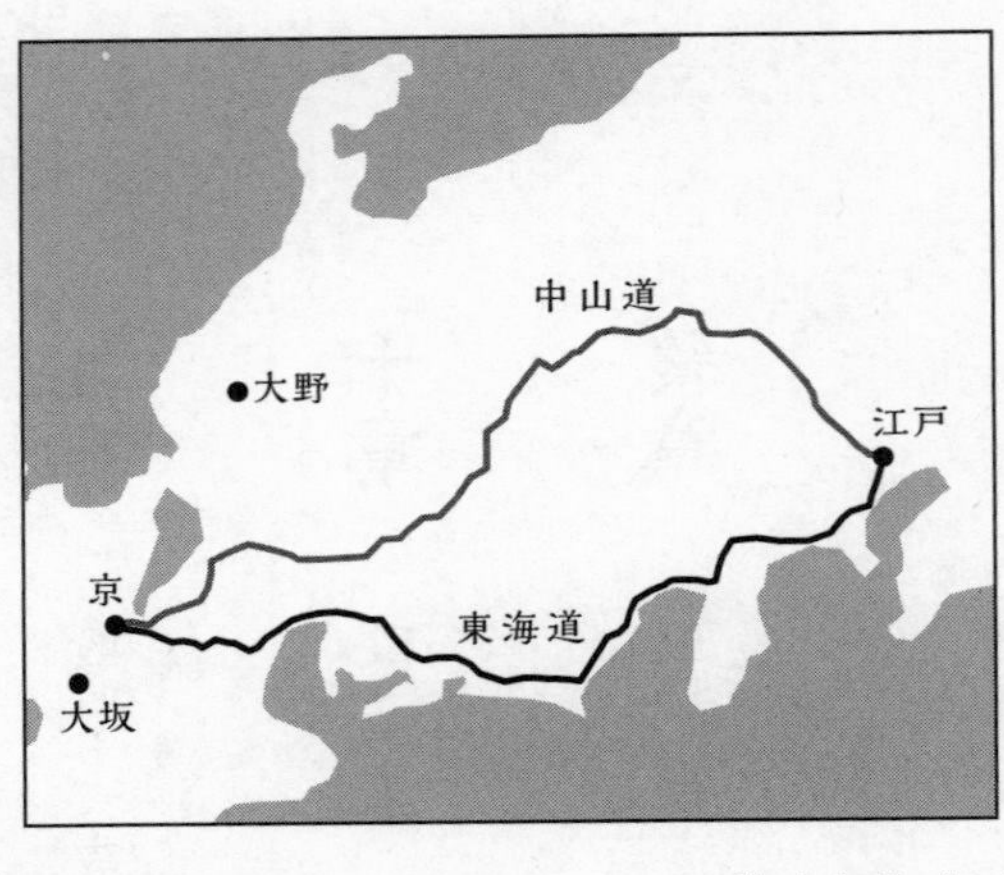

主要登場人物

土井利忠（どいとしただ）
大野藩主。七郎右衛門を登用し、銅山の採掘、藩校の開設などの様々な藩政改革を断行し、藩の財政を立て直した。

内山七郎右衛門（うちやましちろうえもん）
利忠から「打ち出の小槌」と言われながらもその才覚に惚れ込み、利忠の無理難題を一手に引き受け、大野藩のために奔走する。

内山隆佐（りゅうすけ）
豪放磊落な気性。内山家の次男だが大小姓に取り立てられ、新たな一家を構え、七郎右衛門を支え続ける。

内山介輔（かいすけ）
内山家の末っ子で、剣術の腕立つ大男。真面目に勉学を重ねる粘り強さも併せ持っている。

岡田求馬（おかだもとめ）
介輔の友人。

吉田拙蔵（よしだせつぞう）
隆佐の弟子。

わが殿

下

目次・扉イラスト　山本祥子
デザイン　野中深雪

六章

殿三十九歳
七郎右衛門四十三歳

一

嘉永二年の三月も末に近いある日、七郎右衛門は、藩校明倫館を訪ねた。

城のすぐ前にある学校は、始まって数年経ち、その毎日が充実したものになっている。玄関の前に立つと、七郎右衛門は明倫館を少し眩しそうに見あげた。

「素読がある日、藩校は夜明け頃には始まる。ここは、気合いの入った学び舎だな」

講義の長さはさまざまで、一、二刻続くことが多かったが、長いものもある。月に一度の詩文会など、午後を一刻ほど回った刻限から、暮れ六つを二刻も過ぎた頃、つまりあと一刻で真夜中という刻限まで行うのだ。

その上明倫館では、昨年から期間を切って、夜も学ぶ夜学を行っていた。日々の講義の後、真夜中まで学び、短い就寝の後、夜明けの一刻程前には起きてまた学ぶ。夜学は、気力と体の力が必要な勉学であった。

「昼間のみ学ぶ者はまだいいが。藩士として役目をこなしつつ、夜学で学ぶ者は大変だ」

だが昨年行った最初の夜学は、十七名が、それを七十日も続けたのだ。そして弟の介輔(かいすけ)以下、四人が皆勤だったと聞き、七郎右衛門は驚いた。余裕なく働いているはずの隆佐(りゅうすけ)すら、六十七夜も出たらしい。

七郎右衛門も、江戸藩邸が焼けた弘化三年には教授になっていたが、金に振り回されて、とにかく忙しい。とてもではないが、夜学をこなす時を作れていなかった。

「全く、わが殿が鍛えてこられた、大野の藩士達は優秀だ。そのうち、とんでもないことをやりそうな面々だとも思うが」

一瞬笑みを浮かべたが、七郎右衛門はすぐに、唇を引き結ぶ。そして誰に話すでもなく、つぶやいた。

「だからきっと今回の難儀にも、皆は力を貸してくれるはずだ。わし一人であがくより、他の力を信じるのが一番だ」

七郎右衛門は昨日、新たな難題を、書状の形で受け取ったのだ。放っておくことも、無視することも出来ないものであった。

「大野の皆で、乗り越えねば。いや、どうにかせねば、藩士にも藩にも明日が来ない」

七郎右衛門は歯を食いしばった後、大きな風呂敷片手に、明倫館の内へ入っていった。

暮れ六つまで少しある刻限で、今日の講義は終わったのか、子供の姿は既にない。だがその代わり、世話役である隆佐や渡辺順八郎、中井玄仙などの教える側が、広い学び舎の内から七郎右衛門へ目を向けてきた。今夜も明倫館で学ぶのか、介輔や求馬(もとめ)などの姿もある。

「おや兄者。今日は明倫館での講義、なかった筈ですが。御用ですか？」

弟の介輔は、一応礼儀正しく問うてきたが、その目は既に、七郎右衛門が抱える風呂敷包みへ向いている。笑って渡すと、素早く風呂敷を解き、中の重箱を畳に並べた。味噌を付けた握り飯や漬け物、煮豆が顔を見せたので、わっと声が上がる。

「今夜も明倫館に残って、藩の明日を語る者がいると聞いたのでな。食ってくれ」

「七郎右衛門殿、感謝です」

皆は明るい声で、早々に食べようと言い、求馬が茶の用意を始めた。介輔が備えてある小皿や箸などを、奥から運んでくる横で、学校ゆえ、さすがに酒は出ないなと七郎右衛門がまた笑う。

だがこのとき、弟の隆佐は重箱をじっと見ていた。そして何やら頷（うなず）いた後、七郎右衛門の目の前へどかりと座ったのだ。

「兄者、それで今日は、どんな厄介な話をもって来たのだ？」

皆が食い終わるのを待って、切り出すつもりかもしれないが、気になるからさっさと語ってくれと、弟は言ってくる。七郎右衛門は、片眉を引き上げた。

「おや、握り飯を見て、わしに困り事があると分かったのか。さすがに兄弟だな」

「生まれたときから、兄者は側にいたのだ。いい加減、慣れておる」

七郎右衛門は頷くと、相談があるのだと言って、重箱の横に座った。すると明倫館の皆も、部屋内に輪を作って腰を下ろす。七郎右衛門は静かに語り始めた。

「実は、明日か明後日には、藩の皆にも伝わることなのだ。わしのところには、彦助殿から先に一報が来た」

すると、なんの話なのか察しを付けたようで、いつもは穏やかな順八郎が、さっと険しい顔つきになった。七郎右衛門の話す声が少し震えた。

「大野藩の次代藩主となられる筈であった若君鍵之助君、いや今は利和様が、江戸で亡くなられた。疱瘡で命を落とされたそうだ」

御年十であったとつぶやくと、集っていた者達が声をなくす。和子が疱瘡に罹ったという話は、既に大野へ伝わっており、国の者達は皆、心配していたのだ。

(わしは利和様の誕生を、確か面谷銅山で聞いたな。祝いが続く、良き頃であった)

七郎右衛門は皆を見てから、言葉を続ける。

「疱瘡は、怖い流行病だ。罹ってしまったら、十人のうち、四人ほどは命を落とすと言われておる。子供はことに弱い。殿は……お嘆きだと」

隆佐が顔を畳に向けた。

「殿は、お身内とのご縁が薄いな」

利忠公の近い身内は、早くに身罷った者が多かった。実父の利義公と義父の利器公は、利忠公が子供の頃、続けて亡くなった。義理の妹御も、婚礼前に早死にされた。さらに利忠公は自分の御子を、長子から続けて四人、次々と失ってきているのだ。

そして今月、やっと十まで育った五人目の利和君を、また失うことになった。座で、ため息が漏れる。

藩主の跡目の和子には、藩の明日がかかっているのだ。跡継ぎがいないまま、藩主にもしものことがあれば、藩が存続しないことも有り得た。藩士達は揃って浪々（ろうろう）の身になりかねない。もし藩が残っても、急な養子で揉めると、大幅に石高が減るかもしれなかった。

ただ。

「そう、わが大野の国にはもう一人、和子がおられましたな」

ここで求馬が勢い込んで、そう口にした。利忠公は昨年九年ぶりに、捨次郎君という和子を得ていたのだ。七郎右衛門が頷く。

「わしの娘、いしと同じく、去年のお生まれゆえ……まだ八ヶ月ほどだ。とにかく跡取りになる君がおいでで、ようござった」

だが、しかし。

「捨次郎君は乳飲み子だ。もちろん、まだ疱瘡にも麻疹（はしか）にも罹っておられぬ」

公はこの後、捨次郎君が無事に育つか、気を揉むことになるだろう。同じ歳の赤子を抱える七郎右衛門には、公の心配が嫌というほど分かった。

利忠公には今、捨次郎君の他に、姫すらおられない。万一養子を取ることになったら、誰を次代の藩主に決めるかで、藩内が揉めかねなかった。

「つまり捨次郎君には、何としても無事に、国を継いで頂かねばならん」

それで。

「今日は皆に、教えて欲しい事があって、こちらへきたのだ。明倫館の教授達ならば、新しいことに通じておろうからな」

「はて、兄者は何が知りたいのですか」

介輔が首をひねる。七郎右衛門とて、しょっちゅう上方や江戸へ行っており、世の新しきことは承知しているはずなのだ。集った面々が眉根を寄せる中、七郎右衛門は真剣に一同へ問うた。

「その、病は怖いものだ。だが最近は外つ国から入ってきた、新しい治療法があると聞いた気がするのだ。効くものだろうか。大丈夫な方法だろうか。詳しく知らないか？」

万能薬か手妻でも求めているかのようで、笑われるかも知れないとは思う。しかし、子を思う親の気持ちに免じて、噂でもいいから教えて欲しいと、七郎右衛門は集っていた一同へ頭を下げた。

するとと隆佐が腕を組み、まず頷いた。ただし、眉間に皺が寄っている。

「ああ、確かに色々、妙薬の話は耳にするが。でもなぁ、本当に効くものがあるのか、大いに怪しいぞ」

国の明日を託す若君へ、飲んでもらうことができるものなのか、正直なところ分から ないと、隆佐は言う。

だがここで中井玄仙が、七郎右衛門を見た。

「外つ国渡りの治療として、確か疱瘡に良く効くものがあると耳にしましたな。委細は分かりません。飲み薬ではないようだが」

すると求馬が、ぽんと手を打つ。

「ああ、わしも聞いたことがあります。ええと、暫（しばら）く前に、中川五郎治という者が、疱瘡の治療というか、予防を行ったと聞きました」

だが、秘術だとかで、はっきりしない。

「おおっ、一番心配な疱瘡に、新たな防ぐ手だてがあるかもしれんのか。それは知りたいな。是非、知りたい」

七郎右衛門は目を輝かせた。しかし求馬は、なぜか頭を掻（か）いている。

「噂ですが、その新たな予防法は、忌（い）む者が多いとのことでした」

それで求馬は、一瞬思い出せなかったのだ。

「何でだ？　疱瘡に、罹らずに済むのだろう？」

「実は、その種痘とやらには、牛が関わっているとかで。だから予防を受けると、牛になるという噂があったように思います」

これには介輔が目を丸くする。

「はあ？　人が牛に化けるのか？　そんな凄いことがあったなら、わしは見てみたいぞ。求馬、どこの誰がなったのだ？」

「だから介輔、そいつは噂なんだって。本当のことだとは、とても思えぬよ」

　求馬がため息をついた。

　その上種痘には、効き目がなかったとか、行ったことで却って病になってしまったとか、怖い話が絡んでいるという。求馬は顔を顰めていた。

「よってこの話を調べろと、勧めることはできませせぬ。そんな危なっかしいものを、赤子である和子様には使えませせぬゆえ」

「そうか……。しかし、本当に疱瘡に効く予防法が、あるのかのぉ。牛は怖いが、気になるぞ」

　一人残った和子の命を、何としても守らねばならなかった。利忠公は既に四十近い。この後、また子を得られるかどうか、分からないのだ。

　すると輪の中から、順八郎が口を開いた。

「長崎で医師が関わっていることなら、一度わが藩の医師、土田龍灣殿に聞いてみるのはどうか？」

　龍灣は医者として旧来の本道もこなすが、蘭学者であり洋医の大家、緒方洪庵に学んでいる。その上江戸では杉田玄白の孫、杉田成卿の門に入っていた。

「あの龍灣殿が危ういというなら、新たな予防法は、諦めるしかあるまいよ。しかし存外良き話だと、言ってくれるかもしれない。良ければわしが明日にでも龍灣殿に、問うてみよう」

「それはありがたい。では江戸の彦助殿に、とりあえずそう伝えておくゆえ」

手数を掛けるがよろしくと、七郎右衛門は順八郎に、深く頭を下げた。

二

「藩士が殿の御為に働くのは、当たり前のことだ。なのに七郎右衛門殿は、腰を低くして、我らへ、病を治す方法を聞くのだな」

「殿は彦助殿を部屋から遠ざけ、一人で泣いておられたようだ。家臣に、泣き顔を見せられなかったのだろうと、彦助殿は書いてこられた。その筆が、何時(いつ)になく乱れておった」

金ではどうにもできぬことが、この世には多くある。しかし己(おのれ)には、その金を動かすことしかできないと、七郎右衛門は苦しげに吐き出した。

するとと隆佐が口の端を引き上げ、横から言ってくる。

「兄者、金があれば、やれることは増えるぞ。例えば龍灣殿が今、疱瘡の治療法を詳しく知らなかったとしても、だ。長崎に行くことが出来れば、色々分かるだろう」

七郎右衛門が、すぐに順八郎を見る。そして、医者へ伝えて欲しいと言付けた。

「もし疱瘡の治療法を知るため、長崎や大坂、江戸へ行く必要があるなら、路銀や費用はこの七郎右衛門が、必ず用意すると」

そして。

「蘭方の医学で和子様の命をお救いできるのなら、病院を作ることを殿にお願いしてみる。その費用も、わしが作ると伝えてくれぬか」

「おお、それを聞けば、張り切りましょう」

七郎右衛門の言葉に、順八郎は目を輝かせたが、部屋内はざわめく。

「兄者、病院一つ、作ると請け合って大丈夫なのか。その、龍瀾殿は以前から、大野にも病院が欲しいと言っておったはずだ」

大枚がかかる。安請け合いはできないぞと、隆佐が言ってくる。七郎右衛門は弟へ目を向けると、今度ははっきり、にやりと笑った。

「心配するな。それくらいの算段は、何とでもしてみせるわ。藩の借金も増やさぬ」

最近、国の特産品となるものが、大野でも育ってきている。今回は、そこから上がりを得てみせると言うと、隆佐が目を見開いた。

「ほう……そんなことができるのか。兄者は本当に、様々な手を思いつくのだな」

七郎右衛門はため息をつき、弟を見た。

「隆佐、お主は贔屓目でなしに、才にあふれた男だ。お主の義兄の弥五左衛門殿も、弟子のような拙蔵殿も、さすがは隆佐が認めた男達だと思う。ただ三人とも見事に、金を使う方ばかりが上手くてなぁ。金を生み出せぬ。これでは先々藩の台所を、お主らには任せられぬわ」

途端隆佐が、細かな金勘定は苦手だと言い、身を引くようにして苦笑を浮かべた。

「兄者、わしは弟なのだぞ。次を任せるのなら、もっと若い者に継がせねば」

「それもそうか」

七郎右衛門がひょいと目を向けると、介輔や求馬など若い連中がびくりと身を震わせ、わざとらしくも目を逸らせる。七郎右衛門が金で苦労しているのを見ているからか、己からやりたいと言ってくる者はいない。

(ならば勝手に、品定めをしておこうか)

七郎右衛門は、そう決めることにした。

「とにかく病のことは、龍灣殿という頼りが浮かんだ。皆に話して良かった」

そして重箱を押すと、そろそろ食ってくれと勧めた。やっと座がほぐれ、皆の手が握り飯へ伸びる。隆佐もさっそく頰張りつつ、兄を見てしみじみ口にした。

「兄者はいつの間にか、金に関しては熟練の者になっていたのだな。他藩も兄者のような者を望むだろうが、なかなか得られまいよ」

隆佐が、これからも頼りにすると言うので、七郎右衛門は一寸顔を顰め、おだてても駄目だぞと言い、ぺしりと弟をはたいた。

それから七郎右衛門は、今聞いた他藩という言葉から新たな問題を思い浮かべ、皆に問うてみた。ここは学ぶ場の明倫館で、この後は夜学の為の時なのだ。

「武家は金に弱すぎる。これでは大事があったとき、乗り切れぬ藩が多いのではなかろうか。国が危うくなるぞ、いかに思う？」

そう言うと、重箱の煮豆に手を伸ばしていた面々が、目を光らせてくる。

「七郎右衛門殿、大事とは？」

「考えられる一つは、飢饉だな。また天保のようになる心配は、常にある」

更に、別の不安も考えられた。

「例えば古の、文永や弘安の役のような、国の大事が起きることも有りえよう」

「蒙古襲来ですか」

「あの戦で、日の本は大陸の大国、元を退けられた。だが、あちらの国へ攻め入った訳ではないから、恩賞として味方へ渡せるものなど、得られなかっただろう」

鎌倉の幕府を始め、実際戦った者達は、つまり出費ばかり嵩んだことになる。

「よく軍資を出せたものだ」

もし今、他国と戦うとなったら、借金だらけの各藩は、必要な金をまかなえるのか。

「金は兵糧のもとだ。武器を買うにも、馬や船を用意するにも、大枚が必要だ」

金の無い多くの藩が、戦えるかどうか。そして勝ちを得られるのか。

「お主達、どう思う？」

七郎右衛門は味噌握りを片手に、皆へ問うたのだ。

部屋内の皆は目を輝かせ、戦と国について論じ始めた。男たるもの、国を背負うことができぬのは恥だという気概が、皆の総身から火花のように弾け出ている。

つ。意見は分かれた。その時が来れば、各藩は大丈夫、兵糧を調達できるという考えが一つ。それが、大いに危ういという七郎右衛門達の言葉と、ぶつかったのだ。不思議なことに心配ないという考えは、若い者達に多かった。

「七郎右衛門殿は、心配のし過ぎかと。戦となれば、粥をすってでも、戦いに向かいます」

求馬がきっぱり言い切った途端、畳を拳で打つ、どんという大きな音が響いた。打ったのは七郎右衛門ではなく、隆佐であった。

「天保の飢饉の頃、まだ子供で親から守られていた者達は、お気楽なことを言う。水のような粥をすっていて、戦ができるものかっ。食えねば攻められなくとも死人となるわ」

隆佐は飢饉の頃のことを覚えているようで、きっぱり言い切った。七郎右衛門も大きく頷く。

「隆佐、よく言った。で、お主ならば軍費をどう調達する？　今は昔とは違う。西洋から新しき銃、大砲などを買えれば有利だな」

期待を込めて問うた。戦となれば大野では、この隆佐が実質上、軍を率いると思われるのだ。ならば見事な采配を期待する他に、軍費についても納得できる考えを、持っていて欲しかった。

すると隆佐は迷うことなく、言い切った。

「それについては、とうに考えておる。決まり切ったことだ」

「おおっ、そうであったか。で、どうするのだ？」

明倫館にいる皆の目が一点に集まる。隆佐は胸を張って語った。

「それは、だな」

一番確かな方法をとるという。つまり。

「金のことは、七郎右衛門兄者に任せる。うん、これで解決だ」

途端、介輔が必死の顔で、食い物が入った重箱を七郎右衛門から守った。

「兄者っ、食い物は飛び道具ではないぞ。投げようとせんでくれ。うん、扇子を食らわすくらいは仕方がないな。だが、外れたぞ。隆佐兄者の逃げ足は速いのぉ」

末っ子が感心している前を抜け、七郎右衛門は隆佐を追いかけ、明倫館中を走り回ることになった。だが、他の皆は落ち着いており、二人が駆け回る傍らで、新しい西洋式の、軍の整え方を話し始めている。あちこちから活発に意見が聞こえ、七郎右衛門は走りながら、不覚にも笑えてきた。

（ああ、こういう話には、皆、熱が入るな）

隆佐に拳固を一発食らわせた後、七郎右衛門もその日は話の仲間に入り、時を忘れて語らった。皆、明倫館で遅くまで過ごしたが、正直なところ、藩の軍費をいかにまかなうか、正答など出てはくれなかった。しかし、本当に楽しい夜となったのだ。

そして。

七月になると、例年の通り公が帰国した。七郎右衛門は早々に、龍灣医師を公の元へ連れて行き、語ってもらった。

「殿、それがしは七郎右衛門殿に頼まれ、痘瘡を避ける道があるのかを、探っておりました」

赤牛の歯の粉とか、ぬるでの脂がいいとかいわれているが、実際それで助かったという話は聞かなかった。金龍散などの薬の名も耳にしたが、厄除けの絵、疱瘡絵以上の効き目があるとは思えないと、龍灣は言い切った。

だが、最近外つ国から入ってきた方法は大いに有望だと、龍灣は話し出した。

「種痘の噂は、ご存じでございましょうか。これは痘瘡の薬ではございません。あらかじめ病にならぬよう、手を打っておくやり方でございます」

そのやり方に、牛が絡んでいるという話は本当で、種痘は、牛の痘瘡を利用しているとのことであった。よって多くの者が、種痘を受けると、牛になると言って怯えている。

龍灣は正直にその不安を語った。

「種痘をすることによって、却って病になってしまう者も、ないとはいえませぬ。種痘をしたのに効かず、後で痘瘡に罹った者もあったとか」

だが、それでも。

「今のところ、痘瘡にははっきり効くと分かっているのは、種痘しかございません」

そして種痘が広まれば、十人のうち四人が死ぬという惨事からは、逃れられるだろうとのことであった。

「皆が種痘を受ければの話ですが」

「そうか。考えてみたい方法だな。それでも一応、他からも話を聞いてみよう」

そして公は、冬が来る前に腹を固めた。再び七郎右衛門と龍灣を御居間へ呼ぶと、まだ日の本では馴(なじ)染みの薄い種痘を、大野で行うことにしたと口にした。そして、もっと学ぶように言うと、龍灣へ公の手元金を渡したのだ。

「わしの子、つまり明日の藩主の命を、龍灣、お主へ預けることになる。六人生まれて、たった一人、生き残っている子だ。あの子を大野だと思って、守ってやってくれ」

「ははっ」

医者の頭が、畳につくほど低く下げられた。七郎右衛門は、必要な時に医者へ渡せるよう、必ず金を作ろうと心に決めた。

三

明けて嘉永三年、七郎右衛門は年が新たになったと、つくづく感じていた。末の弟介輔が、正月の十一日より、大小姓(おおごしょう)として出仕することに決まり、居を移したからだ。次男の隆佐同様、独り立ちを許され、禄(ろく)を頂く身となったのだ。更に明倫館の助教師にもなり、介輔は雪の中、忙しく動き出した。

養子に行ったのでもないのに、兄弟が三人も出仕したのだ。また要らぬ噂が立つと分かってはいたが、七郎右衛門は介輔の扱いを、贔屓だとは思わなかった。

介輔は大男で素晴らしく剣術の腕が立ち、じきに神道無念流を極めるだろうと言われている。そして更に、豪快で果断なところからは考えられぬほど、真面目に粘り強く勉学を重ねていた。殿にその才を認められている隆佐を、上回るかもしれぬほどの逸材なのだ。

だがその船出の日、七郎右衛門は弟の新たな屋敷で、ちょいとこぼしていた。

「ああ、長年共に暮らしてきた末っ子が、家から居なくなるのは寂しいのぉ」

すると七郎右衛門と共に来て、介輔の屋敷を整えていた隆佐が笑い出す。

「なに介輔は未だ、わしか兄者の家で、飯を食っていくではないか。早う良き相手と、添わせねばな」

そう言う隆佐も、二月には海防を受け持つため、西潟へ代官として向かうことに決まっている。

「何やらせわしないな」

一層寂しい気がしたものの、七郎右衛門自身、藩の借金に取り組み、相も変わらず忙しい。公が江戸へ発たれる前に区切りを付けようと、ひたすら仕事に励んでいた。

程なく、参勤交代の行列が大野を出る、五月がきた。

七郎右衛門は、ずいぶん前にわざわざ彦助へ頼み、五月の五日、公への目通りを願っていた。いつにないことだと彦助に驚かれた。

その日七郎右衛門は、常より気を遣った身なりで、城へ上がった。そして、初めて奥へ伺った日、中村重助(じゅうすけ)と一緒であったことを思い出しつつ、公の御居間へ顔を見せたのだ。

深く頭を下げ、きちんと挨拶をすると、公が笑うような声を出した。

「今日は七郎右衛門が、堅苦しいことをしてきたぞ。さて、何か起きるのかな」

七郎右衛門はもう一度礼を取った後、公のお側へ寄る許しを頂く。公は、益々面白がるような顔になったが、素知らぬふりでにじり寄った。

そして。懐から書き付けの束を取り出すと、七郎右衛門はそれを静かに、公の御前に並べていったのだ。

公ははじめ、何事が起きたのかと、それを静かに眺めていた。だが、次第に驚いた顔となり、書いてあることを順に目で追っていく。それからじき、一つ息を吐いてから、眼差(まなざ)しを七郎右衛門へ移してきた。

公は少し、呆然としている様子に見えた。

「これは……藩債の証文だな」

「はい」

藩債とは、大野藩が京摂(けいせつ)などの大商人、金主(きんしゅ)に負っている債務だ。

借金には、優先して返さねばならないと、決まっているものがある。よって七郎右衛門は、まずはその藩債から先に返していた。

「かなりの枚数が揃っておる。しかも、金を返し終えたというものばかりだ」

七郎右衛門は、にこりと笑った。

「十三年前、この奥の御居間にて、公はそれがしに、藩の借金を返すようおっしゃられました」

そのとき積もり積もっていた借金は、十万両。七郎右衛門はその金を、何とか無くせと主から言われたのだ。

しかし四万石の藩とはいえ、実質二万八千石の実入りしかない小藩には、金に直すと、年、一万二千両に満たない収入しかなかった。借金は毎年増えていっており、返す当てなどなかったのだ。

その上、公自身や有能なる大野藩の藩士達は、その後も藩や領民の為になることを成していった。つまり、七郎右衛門が返さねばならない借金を、しっかり増やしてくれたのだ。火事も続いた。おかげで藩主と揉めるという、以前ならば考えもしなかったことを、七郎右衛門はやってしまった。

だが。ここで七郎右衛門は顔を上げ、主を見る。

借金を負った日は、城の奥へ来ることすら慣れていなかった。あの日から、十三年過ぎた今日、七郎右衛門は公へ、こう話すことができたのだ。

「殿、お待たせをいたしました。藩債の償却、整理がつき申した」

「おおっ、やったのかっ」

公がさっと証文を手に取り、一瞬黙り込んだ後、泣き笑いのような顔になる。七郎右衛門は、藩士達からの借り上げや、領民達へのお願い金などなど、まだ返し終わっていないものはあると口にする。だが、それでも。

「藩債を全て返す目処がつき、ほっといたしました。利が高うございますからな」

「……ようやった」

「ですが殿、まだ話は途中でして」

七郎右衛門はにやりと笑うと、実はこちらの返済も、ほぼ同時に終わりを告げたと言い、別の証文も懐から出す。

「これでもう、虎の子の銅山を、幕府へ取られる心配はございません」

面谷銅山にて新鉱脈を見つけるため、銅山を担保に、幕府より借りた三万両。それを返し終えたことを示す証書も、七郎右衛門は藩債の証文の横に並べた。公は御居間で寸の間、言葉もなくそれを見おろしていた。

その後ろでは、今日も公の側に控えている彦助が、ぽかんとした顔で、並ぶ証文の山へ目を向けている。そして。

「見事だっ」

公が七郎右衛門を見つめ、一言いうと、大きく頷く。更に立ち上がり、七郎右衛門の目の前に来て膝をつくと、重ねて告げた。

「本当に良くやった。重助に、この場を見せたかったな」

「はい……ありがとうございます」

心の底に響くようなその声を聞き、七郎右衛門は思わず目に涙を浮かべそうになってしまった。公は何度も頷き、次に彦助の方へ目を向ける。

「藩の借金を負わされて、はい、返しましたと言ってくる藩士など、他におらぬ。そういう者があちこちに居るのなら、借金で苦しむ藩など、この世にないはずだからな」

この江戸の世、ほとんどの藩が、莫大な借金に苦しんでいた。大野藩とて、歴代の藩主達はずっと、借金を増やすのみだった。金が足りなかった大野では、参勤交代の往復すら例年のようにはできず、警護を削ったりしていたのだ。

「なのに……あのとんでもない額の藩債が、なくなったというのか」

ここで公が、目の前にすとんと尻を落とした。そしてじき、片膝を立てた姿で笑い出す。

「はは。それにしても、どうやって返したのだ？　この十三年、大きく金が出ていくことが、何度もあっただろうに」

最初に挑んだ、面谷銅山の新鉱脈探しとて、大きな借金をした上でやったことだ。

その後、公は藩校明倫館を作った。

翌年には江戸城が燃え、藩は幕府より割り当てられた金を、二千両出すことになった。

それから二年後には、江戸の上屋敷、中屋敷二つが火事で燃え、建て直しとなっている。

そのたびごとに、かなりの出費を繰り返してきたはずであった。他にもわが儘(まま)を言い、あれこれ使ったと、公はきっぱり口にする。

「だが、それでも藩債の整理ができたとは。こうして証文を目の前にしていても、信じられぬわ」

「あの……面谷銅山で、新鉱脈探しという博打(ばくち)に、勝てました故。それに、殿が面扶持(めんぶち)を行って下さいました。それゆえ、こうして整理ができたのでございます」

「はははは」

殿の笑い声を聞き、いささか気恥ずかしくなってきた七郎右衛門は、顔を赤くした。

そしてここで、珍しくも己から、次に金を何に使いたいか話し出した。

「殿、この後は藩の皆へも、金を返さねばなりません。ですが」

まずはその前に。今年より返さなくても良くなった、面谷銅山の返済分を、一番に振り向けたいことがあるのだ。

「種痘を是非、大野へ広めとうございます。龍灣殿に聞きましたが、あれは本当に、見込みのある予防法とのことでございました」

公が一寸笑い止み、大きく頷く。

「大野の子供達が、生き延びられるようになるとよいな。わしの捨次郎と一緒にだ」

気が高ぶっているのか、公が不意に涙をこぼし、何で子を、五人も失わねばならなかったのかと口にし、七郎右衛門は思わず膝の上で手を握りしめる。種痘が、あと少し早く日の本へ伝わっていれば、助かる子もいただろうと、公は言葉を続けたのだ。

（殿が、亡くなった御子らのことを話すのを、初めて聞き申した）

公はここで首を横に振ると、借金が整理されたおかげで種痘を為せるのなら、本当に良かったと言い、また笑い出す。

泣きつつも笑い、また涙をこぼす公の側にあって、七郎右衛門は過ぎていった時を思い浮かべつつ、胸の内を熱くしていた。

（本当に……返済を成せて良かった。わしの仕事は傍目には地味だが、誇らしいものでもあったのだな）

じき、己の目にも熱いものが溢れてくる。そのうち、公のいつにない声が届いたのか、心配顔の家老縫右衛門が、おずおずと御居間へ様子を見にきた。

そして、畳の上に並べられた証文の山を見て魂消、寸の間声を失ったものだから、公がまた笑い声を上げた。

四

七郎右衛門は藩債を返し終えたことで、一つ、大きく安堵した。そして城で、程なく江戸へ発つことになる公の行列を、落ち着いた心持ちで見ることができた。

利忠公はこの年、参勤交代の列に、若い者達を何人も伴った。そしてその者達に、江戸でも三本の指に数えられる道場、斎藤弥九郎の門に入ることを許したのだ。

介輔や求馬、高井俊蔵などの面々は、足が地に着かぬほど喜びつつ旅立った。発つ前、七郎右衛門は城で殿より、お言葉を頂いた。

「文武両道。若い面々はこれから、江戸で深く武を学べるだろう。あの面々が大野へ帰ったら、七郎右衛門、今度は算盤（そろばん）を鍛えてやったらいい」

「ご深慮、かたじけのうございます」

七郎右衛門は、参勤交代の行列を前に、明日へ受け継がれてゆく藩の役目について考えていた。日の本の大勢から見れば、小藩の小さな仕事に違いない。しかし、どれも必要なことであった。そして。

（わしの娘はまだ小さい。暫くは勤めを、頑張らねばならぬが）

しかし娘が婿（むこ）を取る日というのは、思いがけないほど早くに来るとも聞いている。

（きっとその頃には、捨次郎様も元服だ。殿も先々のことを、お考えになるだろう）

わき上がってくる望みがあった。

（いつか殿が隠居されたら、その隠居所に勤めさせて頂くというのはどうだ？）

きっと彦助は、隠居所でも殿のお側に仕えているに違いない。互いを良く知る三人で、若い頃の苦労話などして過ごすのは、たぶん心惹かれる毎日になると思う。

十九で出仕してから、寝付いている時期以外、七郎右衛門は本当に忙しい日々を送ってきたのだ。それゆえ余計に、隠居の二文字が、輝いて見えるのかもしれなかった。

だが、こんなことを考えていると分かったら、馬鹿を考えてないで働けと、隆佐から反対に、がつんと言われそうで笑えてくる。

(やれやれ、藩債の整理がついたからかな。仕事を終える日のことばかり、思い浮かぶわ)

やがて発駕（はつが）の時を迎えた。七郎右衛門は大野の端まで供をし、江戸へ向かう公を見送った。

藩債の整理はついたものの、七郎右衛門の上方通いは続いた。大野の特産品を、もっと利の出るものにし、金が入ってくる先を増やしておきたかった。面谷銅山頼みでは、坑道内で大きな事故でも起きた時、すぐに困るからだ。

すると京摂への旅の途中、七郎右衛門は思わぬ話を知ることになった。

借金の返済は済んだので、七郎右衛門は金主布屋理兵衛（ぬのやりへえ）と、暫く会っていなかった。つまり布屋の近くに住む、いしの生みの母、お千（せん）の顔も久しく見ていなかった。よって七郎右衛門は今回、少しばかり遠回りをして、まずお千の家へと向かったのだ。

三味線の師匠であるお千は今も、賑やかな通りから一本入った辺りの、二階建てに暮らしており、相変わらず色っぽかった。いしを渡してもらった時、七郎右衛門は、お千を大事にすると決めている。今は必要ないというお千へ、それでもまず持参した金を渡してから、土産の菓子と一枚の紙を取り出した。

「お千、おいしは明けて三つになった。ほれ、大分大きくなっただろう」

そう言って、紙に写し取ったいしの手形を渡したのだ。お千は、寝転がった七郎右衛門の頭を、ぽんと自分の膝に置いてから、それは嬉しそうな顔で紙を広げ、じっくりと小さな墨の形を見ている。

人は生まれた時に一つとなり、あとは正月を迎えるたび、一つずつ歳をとってゆく。よって年が明けたばかりの今、三つにしては、いしはぐっと幼かった。しかし母であるお千の目には、大層育ったように見えたらしい。

「ああ、ええ子にしてるやろうなぁ。かわいいやろうなぁ」

七郎右衛門は、膝の上で頷いた。

「顔は日に日にかわいくなっておる。だが、気性は大人しゅうない。誰に似たのか、小さいのに野良猫や野良犬を、恐がりもせんのだ。側に来たのに手を出し、尻尾を引っ張るものだから、みながはらはらしておるわ」

「あら、幼い子は、そんなものやわ」

お千がさらりと言うので、子を多く持つ義妹の偉志子も、驚いていたぞと言い返した。

「ああ、こりゃ誰に似たのか、分かったな。わしは幼い頃、猫の尻尾なぞ摑んだりはしなかったぞ」

笑うと、顔を赤くしたお千が睨んできた。そして七郎右衛門の額を、ぺしりと叩いてから、口を尖らせる。

「わてを笑うなんて、ええ度胸や。そんな風にからこうてると、わてが料理屋のお座敷で聞いたこと、教えんから」

七郎右衛門のことだと言い出したので、思わず膝からお千を見上げた。

「上方にいる誰かが、わしのことを話しておったのか？」

芸者などを呼ぶ、賑やかな席での話だろうから、どのみち、大したことではなかろうと思う。しかし聞きたいのは確かで、七郎右衛門がお千に先を促すと、思いも掛けなかった話が転がり出てきた。

「わてが、料理屋のお座敷へ呼ばれた時のことや。七郎右衛門はん、あんさんの名を、その席で聞いたんよ」

まさかお千の知り人とは、お客も思わなかったらしい。遠慮せずに話していたのだ。

「そのお客はん方、鴻池はんところの番頭さんや、お寺さんのお偉い方やった。そうそう、お武家はんもお二人、おられたわ」

「鴻池？　大坂一の豪商だ。わが藩の金主の一人ではないか」

思わず畳の上へ起き上がった。七郎右衛門が見つめると、お千は首を傾げている。

「何の集いやったんやろ。楽しゅう遊んではったけど」

酒がまわってくると、誰が言い出したのか、大野藩の名が、座敷で聞こえてきたという。

「こう言うてはなんやけど、大野藩は大きな藩やおまへん。それに地元の藩でもなし。お座敷で名を聞いたんは初めてやったから、つい、三味線の音を抑えて聞いてたんやけど」

するとお語られていたのは大野藩の、七郎右衛門という藩士のことだったのだ。七郎右衛門が目を見張ると、お千はにっと笑った。

「お前はん、気になりますやろ？」

「うん。お千、もっと教えておくれ。猫のことは、わしが大いに悪かった。お千は、しとやかなおなごだ」

満足げに頷くと、お千は座敷での話を続けた。

「皆はん、お前はんに興味を持ってはったみたいよ。なんでも大野の〝はんさい〟は、そろそろ〝せいり〟する、とか。その上、おかみにも返し終わるとか。分かりにくいこと並べてたわ」

どこのおかみさんの話なのかは言わなかったと、お千は続けた。

「……おやおや」

そして客達は確か、十年とか十三年とか言っていたのだ。その数字が何を意味するのかも、お千にはさっぱりだった。

料理屋で数字を持ち出したのは、確か町人達で、武家二人は熱心に頷いていたらしい。

「お武家はんたち、大野のお人やなかったな。言葉が違うたさかい。上方のお人とも思えんかった」

何で余所の藩の者が、七郎右衛門の名を出していたのか、お千にはそこも分からなかった。それで今まで、忘れられずにいたらしい。

「お前はんには、分かるやろか？」

「いや。だが、料理屋に来ていた面々が、何の話をしていたかは分かった。うちの藩の借金だ」

お千が聞いた大野の〝はんさい〟というのは、大野藩の藩債のことだろう。話に出てきた十年とか十三年とかいう数字は、七郎右衛門が藩債などを返してきた年月と重なる。

「となると、〝おかみ〟というのは、〝お上〟のことだな。つまり、大野藩が幕府からの借金を返し終わると、言っていたわけだ」

「あらま、お偉い方の〝お上〟かいな」

疑問が解けたお千は、すっきりとした顔をしている。一方七郎右衛門は、眉間に深く皺を寄せた。

「何で上方の金主達が、大野の借金のことを承知しているのだ？　やけに詳しいな」

勿論、京摂の金主に返済をすれば、そこの借金はなくなる。しかし一人の金主からだけ借金をしているという藩は、あまりなかろう。そして各藩が、どこの金主から幾ら借りているか、他には分からない筈なのだ。

（大野藩も、借りた先は多い）

なのに七郎右衛門の噂をしていた者達は、大野藩が藩債を整理したことを、摑んでいるらしい。己の財布の中を覗き込まれたようで、七郎右衛門は大いに面白くなかった。

「どうやって、うちの借金のことを知ったのかのぉ。国へ帰る前に、訳を知っておきたいところだ」

七郎右衛門はお千の家で、じっくりと考え込むことになった。

「武家が、金主達と料理屋にいたのか。さて、どういう立場の者達だったのだろうな」

暫くしてから、七郎右衛門はお千を手招きした。そして家の内には他に誰もいないのに声をひそめ、この後何をするか、二人で話し合いを始めた。

五

翌日七郎右衛門は久方ぶりに、お千が三味線弾きとしてよく呼ばれる料理屋へ、客として向かうことにした。

そしてそこへ、大野藩馴染みの金主、布屋と手代の孫兵衛を招いたのだ。

「なんや七郎右衛門はん、こっちへ来てはったんかいな。お久しぶりでんなぁ。お千はん、早う知らせてくれたらええのに」

こちらが座を用意しましたのにと、布屋は調子よく言う。七郎右衛門は、娘いしのことで借りのある布屋に、この上金を出させる訳にはいかないと、部屋で愛想良く答えた。

「お主には、大きな恩義を感じておるのだ。本当だぞ」

「あれまぁ、嬉しいお言葉や」

七郎右衛門は笑うと、まずは酒や肴の注文をし、一つ間を置いた。そして酒が来てから、愛想の良い顔で金主に一杯勧めると、やんわりと語り始めた。

「その恩ゆえなぁ、わしは布屋が絡んだ話で、目をつぶったことがある。もちろん、恩義を感じていたからだ」

「おや、なんでっしゃろ」

布屋が首を傾げると、七郎右衛門はちらりと、主の横に座っている孫兵衛へ目を向けた。

「実はそこな孫兵衛が、身内に要らぬことを漏らしてくれてな。わしは義父である縫右衛門から、宴席で、お千のことを聞かれた」

側に妻がいたと言うと、布屋が眉尻を下げる。

「お、おやぁ、それはえらいことになって」

「義父は諸方へ耳を持っておる。藩内の力もある。確かにわしと繋がるよりも、義父を選びたくなるだろう。うん、そうだろう」

よって事情を知った時、七郎右衛門は、あの野郎とは思ったものの……その気持ちを抑えたのだ。

「孫兵衛は、布屋の大事な奉公人だからな」

布屋が、さっと隣を見る。

「孫兵衛どん、あんさん、大野の御家老はんと繋がるなら、上手うやらんと」

「あの、そのぉ……」

孫兵衛が顔を赤くし、言葉を濁している。七郎右衛門は、言葉を続けた。

「だがな、布屋。孫兵衛が話したのは、わし自身のことであった。だから飲み込んで、腹に収めることもできたのだ」

七郎右衛門はここで、身を乗り出すようにして布屋へ向き合い、しかしと言った。

「だが藩が関わる話は、そうはいかぬ。なぁ、布屋。武士とはそういうものだよな？」

布屋がわずかに身を引いた。だが七郎右衛門は、そこで更に間を詰める。お千が興味津々の顔で、皆を見ているのが分かった。

「実はな、布屋。わしが返していた藩の借金のことを、他藩の武家へ話した者がおるのだ。そう、留守居役などへだ」

その言葉を聞いた途端、布屋の目の玉が、一瞬くるりと動いた。もっとも孫兵衛に至っては、思わず立ち上がっていたから、やはり主の方が一段、腹が据わっている。

七郎右衛門が更に間を詰めると、商人はころあいを間違えず、素早く謝ってきた。

「怒らんといてぇな。この布屋、確かに七郎右衛門はんのこと、話した事はおます。けどなあ、聞かれたから話したんや。皆さんとうに、色々知ってはったんやもの」

「わしのことを、か？」

「へえ」

七郎右衛門は何年もの間京摂へ通い、あちこちの金主達と会っている。金を返したり、借りたりの繰り返しをしてきたわけだ。大野藩が借りていた借金の利息を、引き下げる話し合いも多かった。

「利下げは他の藩のお武家方も、願うてはります。どこも借金が重なって、利を下げんと、払う事が出来んようになってきたよって」

ただ大野藩は、そこからが他とはちょいと違った。金主達に利を下げさせた後、七郎右衛門は藩債を、どんどん返し始めたのだ。

「金主達の間で、それが噂になってた。七郎右衛門はん、目立ってましたんやで」

何しろ、ひたすら借金を増やしてゆく藩が多い中で、大野藩は藩債を減らしていたのだ。しかも金主達は、その訳を摑みかねていたと言われて、当の七郎右衛門は首を傾げた。

「おや何でだ？　布屋、お主をはじめ、大野藩の金主達も、話に加わっておったのだろう。大野の金の動きは、分かっておるだろうに」

「はぁ、そのはずやったけど」

大野藩藩主が財政の改革を始めたこと、そして七郎右衛門が要(かなめ)となって、まずは面谷銅山から手をつけたことは、金主達も承知していた。

「けどねえ、あの銅山は昨日今日、大野に現れたもんやおまへんから」

面谷銅山は藩営になったり、上手くいかず商人に任せたり、また藩に戻ったりしていた。長い間、宝の山とは言えないものだったのだ。

「なのに七郎右衛門はんが銅山を任されてから、急に変わった。はっきりしとるのは銅山の新鉱脈探しの為に、何と三万両もお上から借りはったこと。そして十年とちょいで、さっさとその借金を返しはったことや」

金主達は皆、驚いとったでえと布屋が言ってくる。七郎右衛門が正直に、新鉱脈が見つかって幸運だったと言うと、金主は唇を一瞬歪めた。

「そもそも、わてやったら、あん時の面谷銅山に、三万両も注ぎ込んだりしてまへんわ」

　おかげで金を貸さずに損をしたと、布屋は言い切った。

「おまけに鉱脈が見つかって間もなく、大野の殿様は藩士の方々に、とんでもない節約を言いつけはりましたな」

面扶持は大事だったから、早々に金主達の耳にも入ったのだ。何故、銅山が儲かり始めた時、面扶持をすると言い出したのか、全く分からないと金主は口にした。

「よく藩士達が従ったもんや」

孫兵衛も苦笑を浮かべている。

「その上、大野のお殿様ときたら、どうしても必要とは思えん学校に、大枚を使いはるし」

大野藩は並とは違うことを重ねて行い、多くの者の目を集めていったのだ。

「そやさかい、さて大野はこの先どうなるかと、我ら金主や、あちこちの留守居役はん達が、注目してたんですわ」

顔を合わせた時、大野の話をすることも多かったというのだ。すると。

「あるとき鴻池の番頭はんが、気がつきましてな。大野の藩債、余り残ってへんかも知れんと」

その時点で、大野藩へ金を貸している金主達は、いつにないことをした。料理屋へ集うと、各自が抱えている大野藩の借金残高を、付き合わせて勘定したのだ。

「えっ」

魂消る七郎右衛門の向かいで、布屋は悪びれもせず、借金は大層少なくなっていたと言い切った。気がついたら貧乏な小藩大野藩は、藩債の整理を、ほとんど済ませていたのだ。

「いやあ、皆、驚いとりましたで」

するとと金主達は、止まらなくなった。そのうちの一人が、己が金を貸している藩の、江戸留守居役を動かしたのだ。

「ええ、その留守居役はんの殿様は、幕府でお役に就いてましたんで」

その藩主は、幕府が藩に貸した金の額を知る立場にいたと聞き、七郎右衛門は段々冷や汗をかいてきた。金主達と、幕府の勝手方が繋がっているはずはないと、思い込んでいたのだ。表向きはそのはずであった。

「町人が勝手に、藩の借金を調べたりして、良いのか？」

「さあ。けどそこまで来たら、留守居役はんの方が熱心やったんで、止まらんかったわ。あるお殿様など、大野藩が返済の猶予など頼むことなく、さっさと三万両、幕府へ返せた訳を、えろう知りたがってたそうや」

幕府のお偉方にも、己の国がある。そして、それらの藩の多くが、借金を抱えているのだ。

「大野藩は、借金返済の秘策でも握ってるんちゃうかと、思われてまっせ」

「はあ？　ひ、秘策？」

思わず声をあげ、七郎右衛門はこめかみに手をやった。もしかしたら、七郎右衛門の噂と金主が繋がっているのではないかと思い、今日、布屋をつついてみた。すると商人から、とんでもない話が転がり出てきたのだ。

「一体、どこの殿様が、そんな夢のようなことを、思いつかれたのか」

そんな秘策がこの世にあるのなら、借金を返すために奔走し、面谷銅山から転げ落ちたり、利忠公と喧嘩をしたりすることなど、なかったはずなのだ。

幕府の役職にある方が、そのような考えに取り憑かれでもしたら、たまったものではないと思う。

「あのなぁ、布屋」

七郎右衛門は文句を言いかけ……だがすぐに、口をつぐんだ。以前から疑問に思っていたことの答えが、ここで、頭にひょいと浮かんできたからだ。

（大野藩に、借金を返す秘策があるかもしれぬと思ったら……幕府は何をするだろうか？）

答えが思い浮かぶ。

（幕府はもちろん、わが藩を調べるはずだ）

調べを行う役目といえば、やはりお庭番、遠国御用の者だろう。七郎右衛門は眉間に深い皺を刻んだ。

（そして大野へは、そのお庭番がやってきている）

重助殿が亡くなった頃の話であった。七郎右衛門には、あの時、お庭番が探しに来たものが何なのか、全く分からなかった。

しかし、今考えると。

（面谷銅山の借金は、毎年滞らせずに返していた。よって大野藩は既に妙な疑いを持たれ、お庭番が、〝借金返しの秘策〟を探しに来ていたのではないか？）

もちろん誰に何と言われようと、大野にそんなものなどない。たとえお庭番だろうが、ありもしないものを、見つけることは無理だ。

（だが、ないことの証を手に入れるのも、大層難しい）

それでお庭番は、秘策を見つけられぬまま、長く大野に留まり……亀山で明かりを見せたということなのだろうか。七郎右衛門はしばしの間考え……頷いた。

（なんとまぁ）

総身から力が抜けるような答えを得て、口がへの字になってくる。

（だがそうなると、誤解を、このまま放っておくこともできぬか。秘策を求め、大野へ妙な者達がまた集まるやもしれん。迷惑だわ）

大野藩が、余程余裕があるように思われて、幕府から、お手伝い普請など言いつかったら大変だ。七郎右衛門は大きく息を吐いた後、心配そうにこちらを見てきた布屋主従へ、うんざりした顔を向けた。そして、金主や他藩の者らの勝手な当て推量を、さっさと潰すことに決めた。

「そんなに知りたければ、借金返済の極意を教えてやろう。布屋、その代わり今日の払いは、お主がしろよ」

布屋は何を期待しているのか、目を輝かせ七郎右衛門を見つめてくる。

「本当でっか？　ええ、ええ、料理屋の掛かりくらい、わてが払いますがな」

本当に教えてくれるのかと、布屋は重ねて問うてくる。

「それで七郎右衛門はん、藩の借金、どうやって返しはったんや？」

「それは、な」

「はいはい」

布屋の二人は、身を乗り出すようにして聞いてきた。

「一、金は浅く、広く集めるべし。これは大事なことだ。一文、二文の細かい所まで節約し、それを藩中からかき集めるのだ」

「はい？　一文、二文が極意なんでっか？　えらい細こうおますな」

焼失した江戸城や藩邸の支払いの為、大枚を出さねばならなかった時、七郎右衛門は本当に、藩内から細かく金を集めていた。町人達までが、金を出すことになったのだ。

実は面扶持も、このやり方の一つだと、七郎右衛門は思っている。四万石とはいえ、藩士全員から集めれば、額は大きくなるものであった。年貢と同じだ。

「二、とにかく金を使わないこと」

利忠公は、藩士に食べる米だけしか支給せぬ面扶持を、三年間も行った。今思えばあれは、本当に良き判断であった。溜まっていた借金は一気に、大分減った。

「もっとも、ああいうことは、わしができる話ではない。藩主がご決断をせねば、やれぬな。いや、殿がやりたいと仰せになっても……大いに反対を食らうものだ。それを何とかできたのは、殿だからだな」

七郎右衛門は面扶持をなす為、公が藩士達を手玉に取ったことは、口にしなかった。臣下が外聞の良くない話を、するべきではない。

「三、改革が少し上手くいったからといって、気を抜かないこと。金に余裕ができると大概、直ぐに使いたくなるゆえ」

「あの……それ、秘策なんかいな？」

布屋の戸惑う顔を見て、七郎右衛門は明後日の方へ目を向けた。正直に言えば大野藩は、この三を、上手くやれていなかったのだ。

利忠公ときたら、面谷銅山が増産を始め、更始の令を言い渡して程なく、明倫館を作ってしまっていた。まだ、面扶持を行っている最中のことであった。

「一と二と三。借金を返せたわけは、まあ、こんなところだ」

こんな地味なやり方で、よく借金を返して来られたものだと言い、七郎右衛門は思わず、十三年という年月を振り返った。そしてこの打ち明け話で、金主達の妙な思い違いは、片がつく筈だったのだ。

ところが極意というか、地味な昔話を聞いた途端、布屋と孫兵衛は、何故だか文句を言い始めた。

どうやら忍術か呪術のごとき、華々しい秘策が語られなかったので、不満だったらしい。

「七郎右衛門はん、なんか話を省いてますやろ。話してないことが、あるんやおまへんか？」

「布屋、不満ならば借金返しの極意に、運の良さを付け足すか？　確かにその一言は、言い忘れておったわ」

正直に言うと、大商人は口を尖らせる。

「七郎右衛門はんが言うと、ほんまのように聞こえますがなぁ。けど何やろ、納得できんいうか、はぐらかされてる気がしますんや」

ここで、大人しく話を聞いていたお千が、首を傾げた。

「あのぉ、お前はん。そないに細こう切り詰めるだけで、国の借金みたいな大きいもんを、返せるもんやの？」

「お千はん、ええこと言わはった。そやよな。七郎右衛門はんの言うこと、変やよな」

「もしかしたらお前はんは己でも、分かってないとか？」

「お千、細かく集めて、借金は本当に減ったのだ。地味だろうが、良きやり方であった」

正直に言えば、面谷銅山で行った最初の大博打こそ、一番効いたことかもしれないとは思う。腹切り覚悟で三万両借り、新鉱脈を探した、あれだ。

だが、しかし。

（あんな博打が秘策ということになって、それが諸方へ広がってしまったら、大事だ。真似た藩の幾つかが、潰れかねん）

なので七郎右衛門は、借金の返済は地味が一番だと、それで押し通した。

（ううむ、ここまで堂々と、金主に隠し事ができるようになるとは。わしも少々、昔とは変わったかもしれぬなぁ）

とにかく金主に話せることといったら、地味で真っ当な話のみだった。そのうち布屋は渋い顔で、料理屋の代金を払うことになる。

これで大野藩の妙な噂が収まるか、七郎右衛門はそれだけが気がかりであった。

六

大野へ戻った後、以前、お庭番が大野へ来た訳が分かったと、七郎右衛門は江戸の公へ文で知らせた。ついでに明倫館の皆や、布屋とお千の話も全部、公へ告げた。少しでも気散じになればと思ったのだ。

後に、江戸の彦助から返事があり、公は送った文を、楽しんで読んでいたと知った。そして公は、借金返しの極意について、一つ抜けていると言っていたらしい。

「借金を返す時は、七郎右衛門の名を唱えればよい。それが一番効くな」

公はそう言って、笑っていたのだ。公の気持ちが明るくなったのは良かったが、七郎右衛門はため息をつくことになった。

「殿、わしは借金を返せと言われた家臣であって、〝秘策〟ではございません」

押しつければ金を生むと思われては、大いに困るのだ。そう思ったが、もちろん遥か遠い地におわす公に、それを言う事などできない。要らぬことを伝えて、公の気持ちがまた暗くなるのも駄目だ。よって。

（結局わしは、万事を、ぐっと飲み込むことしかできないのか。ああ、腹が膨らむ。下しそうだわ）

ただ、それから暫くは、七郎右衛門にとって本当に久方ぶりに、心が落ち着く月日となった。もちろん日々は忙しく、嬉しきことも、悲しきことも、なくなりはしない。ただ四十四歳にもなると、それらは避けようもなく、年月が運んでくるものだと、納得の上で向き合うことができたのだ。

大野では土田龍灣が、中村岱佐（たいすけ）らと私宅にて、新しい治療を行いだした。痘瘡になるのを防ぐ、外つ国渡りの種痘というものを始めたのだ。皆が飛びつくとまでは言えない様子だったが、公は大野に根付くまで、諦めないと言っていた。

そして次に何と介輔が、無念流剣技の世話役になった。つまり無念流剣技では、大野一の腕前だと認められたのだ。七郎右衛門は、大いに誇らしく、屋敷で祝った。

更に翌年、七郎右衛門は、勝手方や札場の用掛など、お役をやっと減らしてもらうことができた。いきなり若手に任せるのは無理とのことで、勝手方は、松浦左次馬（さじま）が受け継ぐと決まった。

（ああ、金のことから大分離れられる。うん、ほっとしたな）

その代わり、警護を行う先手物頭（さきてものがしら）に任じられたが、大野は諸事のんびりとした土地柄ゆえ、比べものにならないほど楽であった。ご挨拶に城へ伺ったとき、七郎右衛門は公より、案山子（かかし）の飾り彫りのある、公明という銘の腰刀を頂いた。

「これまでの、七郎右衛門の働きに対する褒美（ほうび）だ。案山子には智仁勇の、三つの徳があるといわれておる。お主に相応（ふさわ）しかろう」

「なんと……」

過分の品だと感極まり、思わず泣きそうになって、慌てて公へ頭を下げ誤魔化した。
そして、つい調子にのった。公がよく働く者だと認めて下さるのならば、先々隠居となられた時、殿の隠居所で働きたいと、売り込んでみたのだ。

「は？　わしの隠居所？」

久方ぶりに、真剣に魂消ている公の顔を見たと思ったら、爆笑されてしまった。

「七郎右衛門、気が早すぎるな。わしの子もお主の子も、まだ幼子だろうに」

「ですが、隠居所のお側の席、一つは彦助殿が占められるでしょう。早めに願っておきませんと、わが席が無くなりそうで」

「お主、小さい子の親なのに、早くも楽したいと思うとは。じじいのようだな」

公にまた笑われ、彦助にため息をつかれた。飢饉もなく、藩はとりあえず安泰で、軽い話をしても構わない安穏な日々が来ており、心底ありがたいと思った。

そして。

嘉永五年、公が参勤交代で国を発たれた二月後、七月に、石川官左衛門(かんざえもん)が亡くなった。

七郎右衛門の師であり、妹はるの義父で、身内のようなお人であった。そして何より、利忠公がその人柄と才を高く買い、隠居した後も、近くに置かれていた御仁(ごじん)だった。

伏した後、七郎右衛門はその病床を、足繁く見舞った。利忠公は、参勤交代で大野を離れる前に、既に別れを済ませていったことを、その時、病人の口から知った。

「長く生き、良き殿と出会い、過分な生涯であった」

ある日官左衛門は病床で、見舞いに来た七郎右衛門へそう言って笑った。それから最後に伝えておくと言い、昔のことを言い置いていった。

何日かに分けて語られたのは、若き七郎右衛門が公から引き立てられた、きっかけに至る話であった。

「もう、随分と前の話になったな。七郎右衛門殿が、江戸へ行き出仕する前のことだ。殿は十代、お国入りもまだであった」

官左衛門は既にその頃、時々江戸へ向かい、公へ講義をしていた。そしてその折り、重助も交えて大野のことも語らった。既に傾いていた大野藩の財について、公がそれは心配していることを知ったという。

「公が重助殿とわしに、藩の借金を何とかできぬか、問われたことがあった」

しかし重助は、己では力が足りぬと、首を横に振った。重助は既に、面谷銅山へ金を注ぎ込み、坑道の水抜きをして、何とか増産しようと試みていたのだ。だが、思ったほどのものは、得られていなかった。

一方官左衛門は、歳が上すぎ、昔ながらの堅いやり方しか思いつかないと、正直に言った。

「その後わし達は若殿へ、財の立て直しを託すなら、もっと若い誰かが良かろうと言ったのだ」

借金を無くすことは難しく、今も多くの藩がなし得ていない。大野藩でも、失敗続きであった。

「つまり節約など、今までと同じやり方をしても、借金は減らない。それだけは真実だと分かっていた」

ならば新しい考え方、思い切ったやり方を取れる、まだ若い誰かに、藩の財と明日を託すしかなかろう。利忠公と官左衛門達の考えは、その点では揃った。よって。

「実はその後、わしと重助殿は、それは多くの若者を試していったのだ。重助殿は、江戸で上屋敷にいた御仁達の、考えと才を確かめた。わしは大野で本を貸し出し、若者を呼び寄せ、器量を測っていた」

「おや、お借りした本は、そういうおつもりで、貸し出されていたのですか」

そういえば、ただ本を貸すだけでなく、官左衛門は若い者達に、あれこれ問うことが多かった。七郎右衛門は病人の枕元で、今更ながら、そのことを思い出した。

「すると、だ。当時江戸暮らしであった公も、若い藩士達のことを知ろうとされてな」

利忠公のことをいかに思うか、噂の形にして、こっそり問いを流したのだ。あの不思議な噂は、藩の借金を返せる者を得たいとの考えから、始まったことだった。

そして公は、藩士達の様々な答えを耳にすることを、楽しんでもいたという。しかし借金と、藩の財を任せてもいいと思われる若者は、長きにわたって現れなかった。

そして。床の内で、官左衛門が伏せったまま、わずかに笑った。

「内山家の兄弟で、先に名が公の耳に届いたのは、隆佐殿の方だったな。弟御には才がある。隆佐殿はかなり若く、しかも大野にいたのに、江戸の若殿へ、その名を伝えた者がいたのだ」

ただ。隆佐について耳にした公が、大いに面白がって、一緒にあれこれしたいと言い出したので、重助が首を傾げた。公と隆佐は、考えが合い、行い方も揃っていたのだ。よって重助も官左衛門も、二人で何かを行うと歯止めが利かず、危ういと思ってしまった。

「隆佐殿が若殿と組むと、国の借金が増してゆくだろう。重助殿は殿へ、遠慮なくそう申し上げていたよ」

それで藩の財を立て直せる者を、探し直しとなった。そんなときのことだ。

「七郎右衛門殿、お主が大小姓となり、江戸上屋敷へ来た」

当時、七郎右衛門の妹、はるはまだ子供で、官左衛門の息子へ嫁いでおらず、繋がりはなかった。それに官左衛門は、七郎右衛門のことを、本好きだが、堅い考えの若者だと思っており、公へ推挙しようとは考えていなかったのだ。

ところが。たまたま江戸まで一緒に旅をしたところ、官左衛門は七郎右衛門のことを、見た目とは違うと思い直した。その後、大野藩江戸上屋敷で、大小姓として勤め始めた七郎右衛門を見ていると、不思議と面白い男だと思った。

「大いに意外なことに、内山兄弟では兄の方が、肝の据わった無鉄砲さを持っておる気がしたのだ」

「そ、そうでございましたか？」

「例えばだ。七郎右衛門殿は殿を評し、はっきり言ったではないか。殿は信長公に似ておいでだと。あのようなことを話したのは、御身だけだ」

「あ、あれは……申し訳ありませんでした。昔のことでござるので、そのっ、ご勘弁を」

床の内から、かすれた笑い声が聞こえた。

「あの一言で、殿が七郎右衛門殿へ目を向けた。重助殿とわしは、他の若い何人かと共に、お主に財を学ばせ、鍛えてみることにした」

「おお、若かった頃、この身の他にも、財を学んでいた者がいたのですね」

だが、七郎右衛門が初めて城の奥へ連れて行かれた日、公は既に、七郎右衛門に借金を負わせるつもりであったように思う。そう話すと、官左衛門が咳をしつつ頷いた。

「七郎右衛門殿以外、見事に残らなかったのだ」

他は、学ぶ時は良かったが、実際に金を得る案は出せず、自ら引いてしまったのだ。ただ七郎右衛門一人が逃げず、やがて借金返済の命を受けると、利忠公や重助達を驚かせた。

「三万両の借り入れをお主から頼まれた時、公は酷く驚かれた。そして、だ。その額の大きさ故に、七郎右衛門が命がけなのを知り、お主に賭けてみると腹をくくられたのだ」

金を幕府から借りたことは、公にとっても賭けであった筈だと、官左衛門は言い切る。

七郎右衛門は一つ、長年の疑問を解いた。

「あ、やはり三万両の借金をお頼みした時、殿は一応驚かれたんですね。落ち着いた顔で諾と言われたので、こちらが驚いたのですが」

「当たり前だ。七郎右衛門、三万両は大野藩に入る金の、一年分に近い額だったのだぞ」

「その額の大きさゆえに、金を借りて下さったとは、知りませんでした。やはりわが殿は、並なお方ではございません」

「そうだな」

もっとも、信長を思い起こさせるその気性ゆえ、殿についてゆけない者もいるだろう。支える者が常に居ないと、突然折れてしまいそうな危うさもある。長きにわたって、支えていた重助が心配したのも分かると、官左衛門が静かな声でつぶやいた。七郎右衛門は伏せっている病人へ、思わず言ってしまった。

「ならば早う、良くなって下さいまし。殿は今、少し寂しくなっておられます。城で彦助殿が、愚痴をたんと言われているとか」

多くの身内を失い、共に藩政を動かしていた重助をも亡くした為か、利忠公はいささか、もの寂しさを持てあますようなところがある。遠慮無くそう言うと、床からまた、細い笑い声が聞こえた。

「だからわしと重助殿は、七郎右衛門殿をお側に残した。彦助殿だけではきつかろうが、お主は持ちが良さそうだ。うん、大丈夫だ」

この後は、七郎右衛門が公を支えてくれと、小声が聞こえてくる。

「官左衛門殿、この身だけでは無理です」

ある夕暮れ、そう返答をしてから石川家を辞した。そしてそれが最後の語らいとなり、官左衛門は七月の十四日、利忠公を江戸藩邸に残して逝った。

公は大いに悲しんでおられると、静かな大野に、彦助の文が届いた。

その年の大野は、本当に穏やかだったので、その悲しみが際立ったように思えた。その後は秋、弟の介輔が長州へ発ったことが、一番の大事であった。江戸の道場主、斎藤弥九郎の子で、大野に来ていた新太郎の旅立ちに、介輔は同道したのだ。

何事もなく雪深い冬を迎え、明ければ捨次郎君も娘のいしも、六つになる。種痘の施術所が一番町にでき、いしも既に済ませているので、痘瘡の心配だけはしないでよかった。娘の新たな手形と共に、七郎右衛門はその知らせを、上方のお千へ送った。公のおられぬ大野で、年が静かに暮れていった。

そして。

そんな穏やかさがその年限りであることを、七郎右衛門はその時、承知していなかった。いや日の本のほとんどの者も、分かっていなかったのだ。

七

年が明けた嘉永六年、七郎右衛門は明倫館のまとめ役、幹事をやるよう命じられた。

何しろこの年、利忠公は明倫館で教えている者達を、更に深く学ばせるため、あちこちへ出したゆえ、人が足りなくなったのだ。

隆佐の弟子ともいえる吉田拙蔵は、年明け早々、杉田玄白の孫にあたる、杉田成卿の塾へ蘭学を学びに向かった。

更に、藩士の横田は江戸の昌平坂学問所に入学し、隆佐は佐久間象山の門に学んだ。公が象山や勝海舟を藩邸に招かれたと聞き、七郎右衛門は彦助へ、お主が羨ましいと文を出した。公のお側にいる彦助ならば、客人達の話を聞けたに違いないからだ。

「せっかく勝手方から離れたのだ。次の参勤交代ではわしも久方ぶりに、殿のお供ができぬものかのぉ」

江戸へ向かえば、たとえ塾に入れずとも、色々な話を耳にできるに違いない。七郎右衛門は、殿が七月に帰国されたおりに願い出てみる腹づもりをして、手持ちの仕事を片付け始めた。

そして。来月には、公が帰国されるという六月のこと。七郎右衛門は突然、大野の城へ呼び出されたのだ。

「はて、この呼び出しは一体何なのだろうか」

江戸表から急ぎの知らせがあったと使いから聞き、七郎右衛門は屋敷の玄関で思わず眉をひそめた。しかし何の知らせなのか、使いには知らされていなかった。

「もしや江戸でまた、大火事でも起きたか。それとも……殿が急な病に罹られたとか」

どちらにせよ、来月には公が帰ってくるこの時期に、江戸藩邸が国元へ急使を寄こしたのだ。余程のことが起きたに違いなく、まだ何も聞いていないうちから不安が募ってくる。

急ぎ城へ入ると、一番新しい家老小林元右衛門以下、用人の岡嶋七郎、堀八十五郎、奉行の石川順次郎など、大野にいる主立った面々が黒書院に顔を揃えてくる。家老の岡嶋縫右衛門が、一同に厳しい顔を向けると、江戸表にて、思わぬことが起きたと告げてきた。

「本当であればご一同へ、他言無用と言いたきところでござる。しかし、江戸の町は大騒ぎになっておるとのこと。我らが口をつぐんでおったところで、大野の町方へもじき、話が伝わってくるであろう」

縫右衛門の言葉に、事情を知らない面々から、戸惑うようなつぶやきが漏れる。

「……はて、町人達が大騒ぎとは。ではこのたびの江戸からの知らせ、大野藩の大事ではないのでございましょうか」

縫右衛門が頷くと、部屋内の者達の顔が、一瞬、ほっとしたものとなる。だが縫右衛門の次の言葉が、黒書院からゆとりを奪った。

「この六月の三日、合衆国海軍の艦船四隻が江戸湾浦賀に来航した。幕府は久里浜に誘導したとのことだ」

「は？　異国の船が、長崎ではなく江戸へ来たのですか？　どういうことでしょうか」

問いが幾つか揃い、縫右衛門が皆へ顰めた顔を見せてくる。

「来たのは、長く通商のあった和蘭や中国の船ではないのだ。亜米利加の船だ。亜米利加合衆国大統領……外つ国の、将軍のような立場の方の、国書を持って来たということらしい」

何故に、という問いへの返事は、簡潔なものであった。

「日の本の開国を、求めておるという話だ。それ以上の詳しいことは、文にはない。こちらへ知らせを送った時、江戸の藩邸でも分かっておらなんだのだろう」

大野藩主利忠公は、幕府内で役職に就いていない。よって幕府との窓口は、江戸留守居役となるが、城勤めの者より、話が伝わるのが遅くなることは否めなかった。ただ。

「江戸の海へやってきたのは、黒塗りで、並の帆船とは違う船なのだそうだ」

「あの、並でない帆船とは、どういうものなのでしょうか」

「その船は、蒸気でも動くのだとか。速さも大きさも違うのだろう。煙突があり、そこから、もうもうと煙を上げている船など初めて見たと、江戸からの知らせだ」

そんな訳の分からないものが、突然海に現れたのだ。江戸の人々はとんでもなく、気を尖らせているという話であった。

「黒船は現れた後、数十発の空砲を撃ったとか。その時は異国が攻めてきた、江戸が火の海になると、町は大混乱であったと」

ところが、一旦それが空砲であると分かると、今度は見物人が、浦賀へ押し寄せたらしい。それを聞き、七郎右衛門は黒書院の一隅で口元を歪めた。

（人が江戸の海へ集まったのは、不安ゆえだな。それに、物見高さの為もあっただろう）

そして多分、知らせを寄こした大野藩上屋敷の者のように、国へ急を知らせる文を書くため、実際の黒船を確かめに向かった武家も、多かったに違いない。

祭りのような騒ぎと、夜の眠りを妨げる不安。その二つが江戸に満ちてゆくのが、七郎右衛門には手に取るように分かった。

縫右衛門の渋い声が続く。

「江戸城内では今、公方(くぼう)様が病床に伏しておいでだ。こんなときに、黒船が城近くの海に現れるとは……」

実は先年、和蘭の商館長が、亜米利加が日本へ艦隊を向かわせると、幕府へ文書を出していたらしい。

「しかし上の方々のところで、その話は止まってしまったのだ。わしは随分遅れて、西の外様大名から漏れた話を聞いた。どうして外様が、知っていたのかのぉ」

（御家老はやはり、事情通だ）

そして己が情けない程、何も摑んでいなかったことを、七郎右衛門は段々分かってきた。将軍の不例のことすら、大したこととも思っていなかったのだ。西の金主達から噂を聞いたことが、確かにあった。なのに、詳しく知ろうとしていなかった。

（亜米利加が江戸の海に現れたこの時に、病で立てぬのだ。おそらく上様は、かなり悪

くなっておいでなのだろう）

七郎右衛門が考えもしなかった程に。

（ここ暫くのわしは、一体何をしておったのだ。大野でのんびりと暮らし、穏やかだと思い、隠居の話などしていた）

縫右衛門のように、大野にあっても日の本中に目と耳を向け、諸事へ目を配っておらねばならなかったのだ。利忠公の側にいる者は、ただ学ぶのみではなく、それを実際の行いに生かしていく力が求められる。分かっていたはずが、見事にできていなかった。

（やはりわしは、政（まつりごと）の表に立つ力が劣る。殿は、隆佐や拙蔵達を江戸の塾へやられた。だが、わしは大野へ留（とど）められた）

情けなさと悔しさが募る。利忠公は前々より、いっそ怖いほど、厳しく藩士達の力を見極めてゆく藩主であった。

　内山家の兄弟はその才ゆえに、養子に出ていない次男も四男も、仕官を許されたのだ。

（つまり無駄な者だと思えば、案山子の腰刀を授けた相手であっても、殿は省いてゆく）

藩の借金を返してほっとし、隠居へ考えを向けている者では、明日の大事に向き合えないからだ。例えば今回のような、亜米利加からの艦隊に対峙する力など、期待できるはずもなかった。

（ああ、情けない）

己に心底うんざりし、七郎右衛門は黒書院で歯を食いしばった。そこに、縫右衛門の声が届いてくる。

「上様がご病気ゆえ、今は親書への返答などできるわけもなし。それを伝えたからか、亜米利加の艦隊は六月の十二日に、日の本を離れたようだ」

もっとも、また戻ってくると告げていったらしい。ならば、その時期は存外早いかもしれないと、七郎右衛門は考えた。

こちらが求めてもいないのに、いきなり艦隊を組み、江戸近くの海にきた輩だ。ただ日の本を開国させるだけでなく、無理矢理従わせたい事柄でも、持ってきたに違いなかった。

(もし上様が早くに亡くなられたら……きっと話をつかまれ、亜米利加艦隊の来航は、早まるだろう。幕府が乱れる時期を突いてくるだろうからな)

今回やってきた亜米利加の、新式の船のことすら、よく分かっていないのだ。今の日の本に、あちらの勝手な意向を止める手立てがあるのだろうか。今頃江戸城の内は、ひっくり返るような騒ぎが続いているに違いなかった。

(そしてわしは今、何をすべきなのだろう)

縫右衛門の言葉が終わると、黒書院の中は、戸惑いと興奮の声に包まれてゆく。

そんな中で、七郎右衛門は一人黙り込むと、上座へ目を向け、今、ここにはいない公の姿を頭に浮かべた。利忠公も大野藩も、この後、嫌でも、大きく動いてゆかねばならないだろう。

（暗雲と嵐が日の本を覆うやもしれん。大野もその騒乱に、巻き込まれかねん。そんなとき、わしにもやれることとはなんだ？　いや、やらねばならないことは、どういうことだ？　どういう道が、残っておるのだろう）

死にものぐるいで考えねばならない。

七郎右衛門は、百万の情けない思いと共に、己の器量と向き合うことになった。

七章

殿四十四歳
七郎右衛門四十八歳

一

亜米利加合衆国の黒船が、突然日の本へ来航した。国中が大きく揺れた時、大野藩主土井利忠公は、また大きな英断をした。

蒸気船が、江戸近くの海にまで来る世なのだ。もはや古来のように、刀や弓矢で戦(いくさ)をする時ではないと、公は断じたのだ。よって大野では、外つ国との争いも考えに入れ、大砲や鉄砲を中心に据えた、洋式の軍制を取り入れることになった。

そして軍制を改めた翌年の嘉永七年、大野藩は他藩よりも早めに、〝洋陣法〟と呼ばれる洋式の訓練を、大がかりに行うことにした。鉄砲や大砲を放ち、その熟練の技を、見物へ見せると決まったのだ。

いつにない話を聞き、大野の領民達は家で、店で、道端で盛り上がった。

「藩が、余所の国との戦に備え、新しい銃や大砲を、ぶっ放してみるんだそうな」

「うちと縁のあるお武家様も、その訓練とやらに出るんだとか。まずお城に集まって、その後、新田野まで行くんだと」

　新田の地であれば広いから、新式の銃や大砲が、試せるということらしい。それを聞いた城下の者達は、大野にも新式の武器があったのかと驚いた。

「うちの菓子を買って下さる、お武家様に聞いたんだ。六人で引かねば動かせねえ大きな大砲だって、幾つもあるんだってよ」

「そんなにでかい大砲なら、撃った弾が外国にまで届くかな」

「ならばさ、江戸へ来た黒船が、大野の近くまでやってきても、大丈夫かね？」

　こうなったら、朝も早くからやるというその訓練を、自分達も見ねばならない。城下の男達が決めると、大砲を見たい子供らが、付いていくと言ってごね出した。

　するとおなご達までが、子守のために同道すると言った。黒船の話が伝わってきた後、不安に包まれ、いつもより静かだった大野城下が、一気に騒がしくなっていった。

　何しろ四万石の大野では、領民と武家達の縁が深い。多くの者には、武家の知り合いがいた。

「つまりさ、洋陣法は大きな催しらしい。お武家方にとっちゃ、晴れ舞台だな」

　知り合いとしては、洋陣法が終わった後、顔見知りのお武家とその時の話をして、盛り上がらねばならない。新田野は結構離れているから、重箱に握り飯を詰め、うち揃って行くのがいいだろうと、皆、得心した。

「お武家さんは、撃ち方の練習に行くんだろ？　撃つとき、うちの知り合いのお武家様だけ声援が少なかったら、お気の毒だしな」

「戦など見たこともないが、鉄砲ぶっ放す時は、声をかけて、盛り上げた方がいいのか？　なら外つ国が攻めてきた時も、わしらは軍の応援に、行かにゃならんのかのう？」

わざわざ見に来て良いと、藩がお触れを出したのだ。どうやら見物は、大事なことのようだ。洋陣法を見物にゆくと決めた領民達は、日に日に増えていった。

すると、そういう話は当然、大野の藩士達の耳へ入る。藩士達の気合いも、一段上のものとなった。

そして洋陣法の当日、三月五日の明け六つ前となった。まだ互いの顔もはっきり見えない時刻、大野城の広場には、大勢の藩士達が集っていた。

二の丸南東にある三の丸の塀の中程には、鳩ノ御門と呼ばれる大きな門がある。その門の前、内堀を渡った先にある場所は、外堀に囲まれた広い外曲輪（くるわ）となっており、鳩ノ御門前の広場と呼ばれていた。その曲輪が、朝から藩士達の、低いざわめきに包まれていたのだ。

長い長い太平の世の後、突然現れた外つ国の黒船と、理不尽な日の本への要求は、皆にあることを思い起こさせた。昔、この世の明日は、戦の勝敗で決まっていたのだ。

「おお、この日が来た」

この時七郎右衛門は、焚かれたかがり火を見つつ、曲輪の内で一人つぶやいていた。

「今、もし外つ国と戦うことになったら、どこの藩でも大騒ぎになるだろうな。神君家康公が天下分け目の決戦をした頃より、既に二百数十年経っておるゆえ」

つまりその後、日本はほとんど戦をしていない。日の本の武器も戦術も、見事なばかりに古びてしまっているのだ。するとこの時、すぐ後ろから聞き慣れた声がしてきた。

「それで利忠公は大野の軍を、新しく作り直されたんですね」

若い声には落ち着きがあり、たのもしく感じる響きもあった。七郎右衛門は振り返り、六尺もある姿を見上げて笑みを浮かべる。

「介輔、どうした。お主はもっと後ろの隊に配されたはずだろう」

「今日は藩士にとって、晴れ舞台ですから。兄者達がどんなお姿だったか、きっと後で、周りから聞かれます。新田野へ移る前に、会っておかなきゃと思いまして」

介輔はあっけらかんと言ってくる。

「先程隊列の中程で、隆佐兄者と話してきました。兄者の騎馬姿、格好良かったですよ」

隆佐は昨年、大野藩の軍師となっていた。よって今日は立派に飾った騎馬に乗り、隊に加わっているのだ。奥にいる藩主のお馬は、隆佐のものよりさらに見事だろう。

国の威を高め、領民を鼓舞する日でもあったから、今日の藩士達の出で立ちは、皆、大層立派なものになっていた。

「おお、わしも一回くらい、あいつの晴れ姿を見ておきたいものだ」

笑う七郎右衛門も、鉄砲袖の切り襦袢に、緋羅紗の陣羽織を着て、華やかななりであった。しかし。

「介輔、どうした。おぬし陣羽織の前が切れて、大きく垂れておるではないか」

目立つ場所が、裂けたようになっているのだ。槍でわざと引っかけなければ、こうはならないと思う様子であった。

「転びかけてふらついた御仁の、得物が当たりました。怪我はないのですが」

こんな晴れがましい日に、少々みっともないなと、弟は苦笑している。七郎右衛門は顔を顰めた。

（介輔は、殿の覚えがめでたい。江戸で道場に入れていただいた。長州へも行かせていただいておる。この若さで無念流の師範だ）

よって、正面から喧嘩など出来ないこういう日に、嫌がらせを仕掛けてくる者がいたのだろう。困って兄の所へ来たと察し、七郎右衛門は長兄らしさを発揮した。

側にいた己の若党を呼ぶと、持たせていた箱から手妻のように針を取りだし、他の手を借りることなく、さっさと陣羽織の垂れを縫い付け始めた。金に困っていた家の出だと、細かいことも出来ると言い、七郎右衛門は笑った。

「仮止めだ。屋敷へ戻ったら家人に、きちんと直してもらえ」

しかし隊列の中で、裂けが目立たぬようにはできる。介輔は兄の器用な手つきを見て、嬉しそうな顔を作った。

「隆佐兄者が、陣中での裁縫を知ったら、酒の席で話の種にしそうですね」

「確かに、な。わしは旅に出ることが多い。よって最低要るようなものは、よく持って歩いておるのだ。おお、これで良かろう」

糸を切ると、弟の肩をぱんと叩いた。

「介輔、お主は偉丈夫(いじょうぶ)で格好が良いぞ。六尺豊かな男は、見ただけで強そうだ。今日は目立っていろよ」

二十歳も年下の弟は息子も同然で、七郎右衛門は普段から介輔に甘い。だがそれを差し引いても、弟は落ち着きがあり頼もしい男だと思う。思いがけないことが起きても、とんと狼狽(うろた)える様子がないのが嬉しかった。

介輔が礼を言い、紫紺(しこん)の空を仰いだ。

「ああ、程なく明けます」

明るくなると共に、いつにない数の兵が、七郎右衛門達の前に浮かび上がってくる。陣の先頭には、土井家の水車紋の旗を掲げた物頭(ものがしら)、横田権之進がいる。そのすぐ後ろに、七郎右衛門と同役の岡十郎助が続いていた。

七郎右衛門は今、たまたま武を司(つかさど)る番方にいた。よって陣の先頭近くで物頭、いわゆる足軽大将として鉄砲組を率いているのだ。

その次には、前軍左と前軍右の二隊がいる。そこは大砲の隊になっており、まずは四門が前方にあった。

その後ろに、別の物頭達に引き連れられた、十七人ずつの鉄砲隊がいるはずだ。更に後方へ陣はずっと続いている。

七郎右衛門は介輔に、そろそろ場へ戻れと促した。

「明けたのだ。隊は早々に、新田野へ向かうだろう。また後でな」

弟の姿が列の内に消えると、七郎右衛門は大きく息を吐いた。

「集まった数は、七百人から七百五十人の間と聞く。実際に見ると、本当に多いな」

家中は残らず陣に加わり、次男以下も供をし、郷より人足なども出ているはずだ。四万石の大野藩では、大名行列が国を発駕する時でも、百人を少し超すくらいの人数であった。洋陣は国を出たことがない者にとって、初めて見る程の、人の山だろう。

「他に、大野がこれ程大がかりな陣を敷くとなると、本当の合戦のおりしかあるまい」

それも、国の存亡を賭けた総力戦の場合だ。すると、七郎右衛門のつぶやきが聞こえたのか、横から同じ物頭の、岡十郎助が話しかけてきた。

どうやら十郎助は先ほどの、七郎右衛門の裁縫を見ていたらしい。介輔も大変だなとつぶやくと、自分はこす辛い嫌がらせは好かないと、言い切ってきた。

十郎助は、長年番方を勤めてきた、大層生真面目な男なのだ。

「それにしても七郎右衛門殿、驚くではないか。今、我らが合戦相手として考えているのが、外つ国だとは！」

少し前であれば、思いもしないことであったと、十郎助は言う。そして、初めて江戸の海へ蒸気船で来た後、一旦帰国したはずのペリーが、ああも早くに帰ってきたことにも驚いたと続け、口を歪めた。七郎右衛門も頷く。

「前の上様が亡くなったことを早々に、亜米利加へ知られてしまったのですな」

将軍交代の混乱期を狙ったのか、わずか半年ほど後の正月、ペリーは再び浦賀へ来航してきたのだ。

「おまけに、亜米利加と交わした〝日米和親条約〟、あれは何だ。中身が伝わってきた時、明倫館の者達が怒っておったぞ。日本にとって、不平等なものだそうだ」

片方のみに有利な話は、軋轢を生む。七郎右衛門は首を横に振った。

「明日に、不穏なものを感じますな。だからこそ公は、外国に対抗出来る力を身につける為、洋陣法の訓練を行うのでしょう」

西洋式の陣は、まだ軍に馴染んでいない。実際に動くことで、藩士達は身につけていくはずと言うと、十郎助や周りの者らが頷いている。

しかし、だ。

(今日の鍛錬の目的は、それだけではあるまいよ)

考えられる訳は、あと二つあった。

(二つ目の目的は、藩の持つ新しき力を示し、民達を落ち着かせることだな)

長き太平の世の果てに、突然外つ国から、恐ろしげな船が江戸の海へ来たのだ。不確かな噂が次々と流れてくる中、大野の者は狼狽えていた。この不安を、何とか抑えたいに違いない。

(そして三つ目。演習を行う藩士達自身に、自信を持たせることだ)

長く戦はなく、しかも借金が積もっているゆえ、武士は以前よりも、軽んじられることが増えていた。そこへ、亜細亜(アジア)の他国を打ち負かしてきた外つ国が、いきなり現れたのだ。藩士らが不安に包まれてもおかしくはない。

(だからこそ公は、武士が何をやるべきか、示そうとされている)

為すべきことが決まっているとき、人は存外、騒がぬものであった。確かに、曲輪の中から新田野へ歩き出せば、もうペリーの噂話など聞こえてこない。

(わが殿は、相変わらず英明だ。藩主としての務めを果たしておられる)

今日は大野の皆が、時の先へ生き延びるため、動いているのだ。

いよいよ軍が、上大手から門外へ出た。その時、八年も前から高島流の砲術を学んでいる小形元助が、砲の横にいるのが見えた。六人が添う大砲は、見事なものであった。

(小藩で、かくも多く野戦砲を持っている国は、そうはあるまい。何しろ砲は鍛錬をするだけで大枚がかかる、金食い虫だからな)

しかし今日は、大砲を盛大に撃つ予定で、砲弾も多く用意してある。危険だから、的である大砲目印から、五町四方へは立ち入らぬよう、藩が書状を出しているほどだ。近隣にある幕府領の大庄屋や、鯖江(さばえ)領、郡上(ぐじょう)領にも知らせた為か、他藩からの見物も、多く来ているという話であった。

（福井や勝山、丸岡、加州大聖寺からは、藩士の見物ありと聞いているぞ）

列を作って行進してゆくと、大野の町人達も、多くがその列を追うようにして、新田野を目指しているのが分かった。

（ことは、上手く運んでいるようだ）

七郎右衛門は満足げに頷いた後、周りへ目を向けた。今日は実弾を撃つゆえ、ただの訓練とは隊の様子が違う。鉄砲隊のための〝玉薬箱持〟がいた。大砲の弾薬は馬が積み、藩士達と一緒に歩んでいた。その上、兵も公も揃って腰弁当であった。

（戦いに勝つには、十分な軍備が欠かせぬ。兵糧は常に、足りなければならない）

神意や偶然に頼ってはならないのだ。それもまた、新しき軍のありようだろう。

（戦いのことは、隆佐達に任せる。わしは金の面を支える。軍については、それでよい）

ペリー来航の後、己の情けなさについて、七郎右衛門は考え込んだ。そして五十近い年になって、一世一代、大きな決意をした。己を恥ずかしく思い、必死に色々考えた末に、腹を決めたのだ。

（己がどこへ向かうべきか、ようよう目指すものが見えてきたと思う）

もし隆佐が知ったら、この兄が、またもやとんでもないことを考え、それを勝手に決めたと、魂消るかもしれない。無茶は承知していた。七郎右衛門は隊列を乱さないように歩みつつ、ふっと楽しげな笑みを浮かべた。

そして、先年からのことを思い起こした。

二

昨年、ペリーが軍艦四隻を率いて江戸の間近に現れた。

公方様が不例につき、一旦亜米利加へ去ったものの、ペリーはすぐにまた現れ、日本は昔のままでいられないことを、示してきたのだ。

七月、大野へ帰った利忠公は、江戸での騒ぎを目の当たりにしたためか、帰国早々に動いた。軍の改革をなすと言い、なんと内山隆佐に禄百石を与え、軍師としたのだ。屋敷へ来て、興奮気味に話す介輔の言葉を、七郎右衛門は頷きつつ聞いた。

「いつか隆佐兄者が、大野の軍事を司るだろうとは思ってました。しかし、いざ事実となると、驚きますね。兄者は八十石だった内山家の、次男なんですから」

並の時であれば名家の者達から、盛大な文句が湧いて出そうな出世だと、介輔が落ちつかなげに言葉を続ける。七郎右衛門はその通りだと思ったものの、そこは長兄であるから、澄ました顔で弟へ言葉を返した。

「殿とて藩内から不服が出るのは、承知であられよう。しかし、ペリーが問答無用で江戸へ来た今、伝統だの格式だの言っている余裕はないしな」

とにかく、小藩大野藩にはない。今、一に考えねばならないのは、これから来る危うい時を、大野がどうやって乗り切るかということであった。

「だから、隆佐が軍師になるのは、大いに正しかろうよ。血筋で選ぶのではなく、大野を守れる者が軍師になるべきなのだ」

　そして。ここで七郎右衛門は、介輔へにやりと笑いかける。

「余所から不満が出ようと、我らにとって隆佐の出世は、身内の祝い事だ。大いに喜ばないと、隆佐がすねるかもしれん」

　よって七郎右衛門達は、焼き鯖や焼き味噌、田楽、蕎麦、煮物などを用意した。城の南にある新堀の屋敷にて、内々で明るく祝ったのだ。勿論、妻達や子供らも、ご馳走を食べて嬉しそうだったし、隆佐は祝いの言葉を向けられ、顔を赤くして礼を言っていた。いつの間にやら部屋に酒のとっくりが山と並び、明倫館の面々が加わっていたのは、ご愛敬というものであった。

　客の人数が多くなり、酒が足りなくなると、兵糧を読み間違えてはいけないと、軍師隆佐へ文句を言う剛の者まで出て、笑った。結局、介輔や拙蔵、求馬が酒を買い足しに走り、飲み明かすことになった。何故だか皆で朝まで、大砲の話を続けたのだ。

　その後、利忠公は軍師に続き、目付を新しくした。次に、長く砲術を学んでいた小形元助を、砲術師範とすると、同じ日、七郎右衛門も城へ呼び出してきた。

　用件は察しが付き、城への道を急ぎ歩みつつ、七郎右衛門は落ち着いていた。

（亜米利加が来た。こうなると魯西亜も英吉利も仏蘭西も、利を求め日の本へ来るだろう）

多分この先、大野藩には不安が満ちてくる。いや日の本中が、落ち着かない明日を迎えるはずであった。毎日は昨日までと、変わってしまったのだ。

堀を渡り大手門から入ると、何故かまだ若かった頃のことが思い浮かんできた。

(まだ三十そこそこだったな。わしは公から、大野藩が抱える借金をなくせと言われた)

それは登れるとも思えぬ、高い山の頂上を目指すのに似ていた。借金を返せる自信など、さっぱりなかった。なのに。

(魂消たわ。わしは実際、藩債の整理をつけたのだ！)

十万両もの借財を返したのだ。大野は救われると思っていた。そのはずだった。そうでなければならなかった。七郎右衛門は己の命を賭け、十三年という月日を使い、決死の思いでその借金を返したのだ。

ところが。大役をやり遂げ、利忠公の涙を見たと思い、己を誇りに思えたのも、一時のことであった。

日の本に、黒船が現れたのだ。

外つ国からきた真っ黒い船は、もうもうと煙を上げつつ江戸の微睡(まどろ)みを吹っ飛ばした。

そして七郎右衛門に、とんでもない事実を突きつけてきたのだ。

それは。

(藩の借金を返すことは、わしが目指すべき、最終の目的ではなかった)

己が命がけで成してきたことは、昨日までは大事だった多くのことと共に、昔話に過ぎなくなってしまっていた。

(何でこんなことになったのか)

驚いた。腹が立ちもした。一番感じたのは、呆れる思いであった。嘆きさえ感じたと思う。

しかし己に甘いその気持ちを、繰り返し亜米利加から来た黒船が、打ち壊していった。外つ国と日本は条約を交わし、もう昨日までの日々には戻れなくなった。七郎右衛門もそんな時、終わったことで、うじうじと嘆いてなどいられなかったのだ。

(前へ、行かねばならん。生き延び、明日を見なければならん)

七郎右衛門は武士として、ずっと年貢の内から禄を頂いてきたのだ。己だけでなく、大野の国や民もまた、無事に過ごさせるのが、勤めというものであった。

(ならばわしは、これから何を目指すべきか)

己の殿は、藩士達を動かし、やるべき手を打っている。隆佐を始め、政に長けた面々は、国を、次の一歩へ進めていた。

ならば、七郎右衛門が為せることは何なのか。

(わが殿は、わしを殿の合戦に加えられた。ならばその戦いの先、わしが手にできる、一のものとは何だ？)

すると。

(驚いたわ！　新たに目指すべきことを、わしは思い浮かべることができる！)

それは今まで、やろうと思ったことなど、なかったことであった。黒船の空砲は、七郎右衛門の、のんびりとした心根も払ってくれたのだ。

（魂消たぞ、恐ろしく無茶な望みに違いない。いいぞ。うん、わしはまだ、無茶も無謀も道連れにし、走り続けることが出来るようだ）

新たに目指すことが分かれば、後は突き進むのみであった。そのために、まず何をしなければならないかも、頭に浮かんでくる。

（うむ、最初に形にすべきは、〝店〟だな。それ一つだけでも、周りから心配を受け、小言を言われそうだわ）

七郎右衛門は楽しげに、にたりと笑うと、そこで懐から藩札を取り出した。そして頷くと、城内へ入ってゆく。

黒書院へ顔を見せると、そこには既に公の姿があった。体を壊し隠居した義父縫右衛門に代わり、筆頭家老となった小林元右衛門もいる。用人、年寄など列座の者達が顔を揃え、隆佐、小形元助など、新たに軍を任された者達も控えていた。

そして、やはりというか、挨拶が終わると早々に、勝手方と札場用掛の兼務へ戻るよう、元右衛門は言ってきた。

「外つ国が日本に現れた。世情が急に騒がしくなった。この先、軍備に金が掛かるだろう。慣れた七郎右衛門殿に勝手方を任せたいとの、殿のご意向だ」

七郎右衛門は、落ち着いた声で返した。

「今日はここに軍師の隆佐殿と、砲術師範の元助殿がおられます。要するに、鉄砲を雨のように多く撃ち、大砲を早撃ちするゆえに、それにかかる払いを、何とかせよということでございましょうか」

七郎右衛門の遠慮のない物言いに、座がざわめく。すると家老がいる席であったのに、公が己で話を始めた。

「七郎右衛門、覚えておろうの。わしは重助から打ち出の小槌だと言われて、お主の命をもらい受けた。よって小槌は弾薬の代金など、何とかせねばならんな」

「なるほど。そういえばこの命、重助殿の臨終の場で、差し上げ申した」

よく覚えておいでだと言い、七郎右衛門は眉尻を下げると、では何とかしましょうと言ってみた。するとその途端、隆佐と元助が揃って、口を開いてくる。

「兄者……ではなかった、七郎右衛門殿。実は殿が、新しい西洋風の陣を試したいと言われておる。よって、行軍を考えております」

そして、行うからには大がかりにしたいと、公と、軍師である隆佐は考えているのだ。

そこへ元助も、話を被せてくる。

「新式の洋陣法を使えるようにするには、大砲も更なる習熟が必要です。新しき砲ほど慣れておかねば、いざというとき役に立ちませぬ。手元にある砲は皆、撃ってみねばなりません。つまり多くの砲弾が欲しい」

洋陣法を大がかりに試し、鉄砲や大砲を撃ちまくりたい。弾薬代が大層掛かるに違いないが、大丈夫かと、二人は心配しているわけだ。七郎右衛門は座に連なる皆へ、端から静かに目を向けていった。

「洋式の鍛錬を行い、一日盛大に、火器を撃ったといたします。そうでございますね、その日一日分の弾薬代でしたら、今でも何とかしてみせますが」

ただ、それを何日もの間続けることは、今の大野藩には無理なのだ。そして今は、外つ国がこの先どう出るか、とんと分からない時期であった。公が頷く。

「そうだな、このわしにも先は読めぬ。しかし、金がないことを理由に、軍を今のまま放っておいては駄目だ。それは分かる」

万一亜米利加が攻めてきたとして、一日経ったら降参という訳にはいかないと、公は言うのだ。この言葉には、七郎右衛門も首を縦に振った。だから。

「殿、大野藩には、新たな金の元が必要でございます。入るものを増やさないまま戦となれば、早々に金蔵が底をつきましょう」

ここで公が、わずかに身を乗り出した。

「七郎右衛門、考えはあるのか？」

「一つ、浮かんでおります」

「ほお。この大野に、まだ金を増やす余地があるのか」

思わずつぶやいたのは、年寄の大生仁右衛門で、横で用人の、堀八十五郎も頷いている。七郎右衛門はここで、落ち着いた顔のまま、一世一代の決意を口にした。

「まずは藩の特産を、売りたいと思います」

「はて、それは今もやっていることでは？」

隆佐が首を傾げると、七郎右衛門は、今までと変わる点を語った。さらりと話していったが、己や他の藩士の明日も変える、大事に繋がるものだと分かっている。実は七郎右衛門が考えついた、無茶な話の一つであった。

七郎右衛門は、公の志に遅れてはならないのだ。隠居せず、その傍らに居場所を求めるのなら、走り続けなければならなかった。

「これまで大野には、問屋がございませんでした。よって仲買に特産品を渡し、近隣の国や大坂で売っていたのですが」

しかし他人任せでは、どうしても利が薄くなる。売るべき機も逃がしてしまう。

「要するに、大野の地で良き品を作っても、藩の得る儲けが少なくなっておりました」

七郎右衛門はそこを改め、他へ流れてしまっていた利を、大野藩が全部得られるようにしようと思っているのだ。

「さて、そんなことが出来るのか？」

家老が真っ直ぐに、七郎右衛門へ問うてきたので、正直に答えた。もし、考えている通りのことをやるのであれば、七郎右衛門は長く大野から離れねばならない。公の賛同は、どうしても必要であった。

一同へ目を向けてから、分かりやすく、短く、心づもりを告げる。

「実は、店を開こうと思っております。いえ、大野にではございません。そう、商いをするなら上方……大坂辺りが良いでしょうな」

大野藩の、直営の店を作るのだ。商人任せにしないことで、利を全て藩に入れる訳だ。

すると呆然とした目が、幾つも七郎右衛門へ向けられてくる。

「藩士の誰かに、商人になれと命じる気か？　それともお主が商いをするのか？」

「それがしや藩士の方々だけで、いきなり物売りのまねごとをしても、店は続かないでしょう。商売に慣れた商人達に、売り負けます」

藩の店だから勿論藩士が関わるが、商人も店へ入れると、七郎右衛門は告げる。

「ただ藩が金を出すのですから、店をそっくり、商人に託す気はございません。店はわしが、大野から動かしていくつもりでおります」

すると隆佐が、弟として遠慮のない言葉を向けてくる。

「兄者、武士が商人を雇って店を出し、本当に商売が成り立つのか？　我らが商って儲かるのなら、とうにどの藩も、店を出していると思うのだが」

しかし、そういう話は聞かない。もし商いをしろと命じられ、自分が大坂で大野の品を売ったとしても、儲けていけるとも思えない。隆佐は正直な考えを、告げてきたのだ。

七郎右衛門は、大きく笑った。

「弟ゆえ、そうやって本心を言ってくれるのは助かるな。売ってみせると簡単に請け合ったあげく、店に出た後、困り果ててしまわれるより、余程いい」

ここで七郎右衛門は、不敵な顔を弟へむける。

「だがな隆佐、わしは大坂で、ちゃんと店を続けてゆく気だ。しかも、だ。細々とやっていこうと、思っておるのではない。商人達の上前をはねる気でおるのだ」

よってこの考え、是非に承知していただきたいと、七郎右衛門は黒書院に並ぶ皆々へ訴えた。

「商人の上前をはねる？　ええっ？」

魂消た顔になった隆佐へ、公がさっと目を向け、口元に笑みを浮かべた。ここで七郎右衛門は、懐から肝心なものを取り出し、公や皆へ見せる。

「これが今回の出店の、鍵を握っております」

その言葉と共に出したものに、皆の目が集まる。その後、揃って首を傾げた。

「あの……それは大野の藩札ではないのか？」

「おお、御用人もご承知で。確かに藩札でございます」

七郎右衛門が見せたのは、銀札と呼ばれる、銀への交換を約した十匁(もんめ)の藩札であった。

藩札は、多くの藩が出している藩の金で、大野の藩札は、大野領の内のみで流通する。各藩、そういうものであった。

七郎右衛門はここで、断言する。

「この、大野の藩札こそ、大野藩の強みでございます。他の、借金が重なっている藩では真似できない、大野の強みなのです」

大野の藩札が、大坂での商いを支えるのだ。

「えっ……大野でしか使えぬ藩札で、大坂での商いが出来るのか」

黒書院内から、呆然とした声が聞こえたので、七郎右衛門は思わずため息を漏らしそうになった。黒書院にいる面々は、藩札の使い方を思いつかぬらしい。

（藩札に信用さえあれば、単純に出来る商いなのだが）

実学を重んじ、常に学び続けよと言われている大野藩でも、武家はやはり金に弱いと、七郎右衛門は改めて感じることになった。家老の元右衛門が、戸惑いつつ言う。

「そもそも大坂で店を買うとしたら、藩札は使えまいに」

「はい、それはもちろん」

最初は藩札以外の元手がいる。

「大坂へ店を出す時は、鴻池と布屋、両の金主が、金を融通してくれることになっております」

「お主、いつの間にそんな話をつけたのだ」

元右衛門が呆れると、去年、藩の用で大坂へ向かったおり、ついでに金主達と会ってきたことを告げる。

「いや、布屋が前々から、一緒に商売をしようなどと、戯れ言を言っておりましてな」

酒の席のことだったので、七郎右衛門も戯れ言を返した。藩の店であったら、先々大坂へ出すこともあろうと言ってみたのだ。

「そういうことがあれば、布屋も乗ると、先日言っておりました」

一度そう言ったからには、金主には大野の店と関わってもらう。鴻池も動かす。七郎右衛門がそう言い切ると、大藩も気を遣う天下の金主相手に、言いたいことを言うと、列座の面々があきれ顔となった。

（そりゃあ、そう思うだろうな。わし自身、強気に話していると思っておる）

いや強気どころか、一世一代の大勝負を始めた自覚はあった。今日、不安にかられた重役達に、藩の店などまかりならぬと言い出されては、困るのだ。よって七郎右衛門は、弱気などみじんも出さずに話を続けた。すでに大野では新しい試みが、金を大いに食い始めているからだ。

（新式の鉄砲、大砲に砲弾、種痘、海に面した領地の守り、新たな人材の召し抱え……殿が思いつかれたもの、全てが高くついておる）

せっかく藩債を整理したというのに、このままではじきに、金が足りなくなり、借金がまた積み重なっていく心配があった。改革を成し得た藩の多くが、辿ってしまった道だ。

（我らが大野は、その道へは行かぬ）

七郎右衛門は十匁の藩札を、再び座の皆へ見せると、藩札を使い、どうやって金を儲けるのか、分かりやすく伝え始めた。そんな中、この日真っ先に仕組みを承知し、口元へ笑みを浮かべたのは、やはり利忠公であった。

三

すっかり夜が明けた新田野へ、華やかな出で立ちの大野藩士達が到着した。鉄砲と大砲を主力とした、新しき洋風の陣が、広い野に長い影を落としている。

そしてその大きな陣を、今日は他藩からの見物人達と、大勢の領民達が囲んでいた。滅多に見られない出し物だからと、子供やおなごまで、とにかく大勢が新田野へ押しかけてきていたのだ。

それでも新田野は広いゆえ、十分に見物する場はある。だが皆、少しでも見やすい所から目にし、後で、来なかった者達へ語りたいと思うらしく、陣近くのあちこちに、人だかりが出来ていた。やはりというか、鉄砲隊や大砲の陣近くや、殿や軍師隆佐の姿が見える辺りには、多くの者達が集まっている。

真っ先に鉄砲を撃つからか、七郎右衛門のいる先頭近くにも、多くの見物人が寄っていた。そして風が、ざわめく様々な声を、陣へ運んできていた。

「おいおい、お武家が、何とも大勢いるぞ」

「恐ろしいわな。こりゃ、本当に戦をするんじゃねえかな」

陣が余りに大がかりだったからだろう、広い野に集った見物人達は、まずは怖がるような言葉を口にしていた。しかし。

「いやいや。ありゃ軍じゃなくて、そのまねごとだわ。見や、敵がおらんだろうに」

「そういやぁ……戦う相手がおらんな」

「おらん、おらん」

そうと分かると見物人達は、ぐっと安心したのか、実際に鉄砲などを撃つのか知りたがる。せっかく来たのだ。派手なものを見たいのだろう。

「ばんばん撃ったら、格好良いわな」

「大野のお侍さん、日頃のんびりしとるように見えるが、撃てるのかね」

「鉄砲隊が、鉄砲撃てなきゃ困るだろう」

「見ろっ、向こうに的を据えとる。結構遠いぞ」

これは本当に撃つ気だと、満足げな言葉があちこちから聞こえた。

「大砲も撃つのかね。大きな音がするのかな」

「大砲の弾は、遠くに届くそうだぞ。隣の幕府領の大庄屋さんが、言っとったそうな。大砲の目印が五町先にあるが、その内には入っちゃいかんと、藩から言われたとか」

「五町って、どれくらいの長さだ？」

「一里の七分の一か、八分の一くらいか」

どちらにせよ、その長さの外ならば大丈夫というから、実際に飛ぶのはもっと短かろうと、見物人達は言いたいことを口にしていた。

七郎右衛門はこの時、くいと片眉を引き上げると、用意が整ってきた鉄砲の的へと目を向けた。そしてにやりと笑った後、己の鉄砲隊へ顔を向け、隣の隊長十郎助が、思わず口を尖らせるようなことを言ってみる。

「わが隊の面々に告ぐ。これより我らは先方に見える的を狙い、立ち撃ち、腰高にての撃ち、しゃがみての撃ちを行う。一斉の射撃も、つるべ打ちも、今まで何度も行ってきた通りに、今日も撃てばよい」

そして、だ。

「この七郎右衛門は、勝手方にも関わっておる。そしてこの後、軍の費用をまかなうため、上方へ何度もゆくことになる。さすれば、だ」

遠くに見える的を、さっと指した。

「お主らの頭が、苦労して鉄砲の弾を買う金を、調達しているのだ。あの的、簡単に外してしまうこと、まかりならん」

情けなくも、的が最後まで残ることになったら、これ以後、鍛錬に使う弾を減らすぞと、隊の者達を脅したのだ。

「物頭っ、それは余りな」

魂消た鉄砲隊の面々に、七郎右衛門は更に言葉を重ねる。

「隣の隊より的当ての結果が悪いのも、不服だ」

七郎右衛門は素晴らしい成果を示せと、鉄砲撃ち達をけしかけた。そして、この後見事に全ての的を撃ち抜けば、日頃の鍛錬の為に、余分な弾を出そうとも言ってみる。

すると、だ。隣で十郎助が、顎(あご)をくいと空へ向けた後、己の配下達へ話し出す。

「おい、隣の隊は、あの的を新田野に散らせば、余分な弾を貰えるらしいぞ。しかしわが隊より劣れば、反対に鍛錬の弾が減るという」

ならば、だ。

「我らの方が、先に的を全て撃ち抜き、隣の隊から弾を取り上げてやれ。さすれば明日から、存分に弾が撃てるぞ」

「おーっ、それはよいですな」

隣の隊からときの声が上がり、七郎右衛門の隊の者達は、なにをぉと、低い怒りの声を漏らす。すると鉄砲隊の後ろに並んでいた、二組の大砲隊からも、声が聞こえてきたのだ。

「田村隊長、鉄砲隊は的を全て撃ち壊せば、弾を余分に頂けるらしいです。大砲隊は、どうなのでありましょうや」

大砲を扱う熕手(こうしゅ)が、期待を込めた目で、大砲隊長へ問うた。すると、もっと砲弾を撃ちたい者は、その隣の大砲隊にもいたらしい。もう一人の隊長、長岡も同じことを問われ、二人の隊長は目を見合わせている。

隊長達はじき、揃って、狼のような笑いを浮かべた。そして七郎右衛門へ、後方から声を掛けてきた。

「的を全て撃ち砕いた時は、我らが大砲隊にも、的撃ちの褒美を約束していただきたい。

門が先日、公へ約束した話を持ち出してきた。大野へ大金をもたらすと、言い切ったそうでは
大砲の目標には、小山のように土が盛り上げてある。隊長達はここで何と、七郎右衛
勿論、良かろうな」

「お主、この後上方商人の上前をはね、大野へ大金をもたらすと、言い切ったそうでは
ないか」

商人の上前をはねるのならば己達へも、もっと砲弾を回せという。しかし、その言い
ようが何か偉そうであったので、七郎右衛門は素直にうんとは言わなかった。

「おお、確かに鉄砲隊にのみ、余分な弾を約束するのは、よろしくないな。物事は、公
平に行わねばならぬ」

しかし、だ。

「我らが鉄砲隊の的は、この銃の能力を思えば、当たれば褒められるべき遠さに置かれ
ている。だが」

ここで七郎右衛門は、砲術師範でもある小形元助へ目を向けた。元助は大砲隊長では
なく、煩手として隊に加わっているのだ。

「そこに見える六人引きの大砲であれば、飛ばすのが五町のみというのは、いささか短
いな。的に当てるのも、簡単であろう」

「か、簡単ではござらん」

元助は直ぐ言い返してきたが、五町飛ばすので精一杯だとは言わなかった。すると、

その話が聞こえたらしい見物人から、おやおやとか、意地を見せろとか、勝手な声が飛んでくる。大砲隊長二人の顔が赤くなった。

「見ておられよ。我らが大砲の力、目一杯見せてくれるわ」

「おや」

いつの間にやら話がすり替わり、大砲隊は砲弾を得ることより、長く飛ばすことを目指し始めた。しかしそれに構う間はなく、鉄砲隊はそろそろ、最初の一斉射撃に向かうことになる。

陣の中程より、見物の客人方へ向けての口上があったらしく、見物達が沸いた声でそれを知った。軍師、隆佐よりの使いが前方へ走り寄り、いよいよ一日がかりの行軍の、幕が開く時がくる。

「第一隊、構えっ」

七郎右衛門の声が響くと、見物も武家達も、さっと静まった。今日の洋陣法にて、最初の発砲が命じられるのだ。

「撃てっ」

バンッ、ダンッという音が、野に響き渡った。意外なほど大きかったようで、見物人達がびくりと身を固くする姿を、七郎右衛門は目の端でとらえた。だがすぐ遠い的へ眼を向けると、にたりと笑う。いつもより格段に良く、命中しているように見えた。

「あっぱれっ」

思わず声を出したが、すぐ次の射撃で、ほとんどの的が吹っ飛んだ。続く銃声が、見物人達の声までも、新田野から消していく。

「弾を貰えるぞ。我らはやったわ！」

消え失せた的を指さし、鉄砲隊から歓声が上がると、横にいる見物からも褒める声が降ってくる。十八人の隊と、十七人の隊が銃を続けざまに撃つ様は、新田野を煙と聞き慣れぬ音で満たし、見物人達の目を釘付けにしたのだ。

そして鉄砲隊が撃ち終わると早々に、陣の先頭は、次に控える大砲隊に譲り渡された。気がつけば、大砲目印は五町から、より遠い六町に移されたようで、勝手をしても大丈夫なものかと、七郎右衛門は心配になってくる。

しかし大砲隊長も煩手達も、今やひどく張り切っており、目印を戻せとは、とても言えなかった。

(まあ見物人達がいるのは、撃っている様子が見やすい陣の横だ。目印の先にいる者など、おらぬだろう)

それより、大砲を撃つとなれば、銃とは比べものにならない程の大音に包み込まれるはずで、七郎右衛門は早々に足を踏ん張り、身構えた。鳩ノ御門前で大砲を早撃ちしたことがあり、その時の五十発の衝撃を覚えていたのだ。

(目の前の二隊だけで、六人引きの大砲二門、三人引きの大砲二門、大砲を扱う煩手は合わせて二十人もいる)

その砲が早撃ちをしたら、どういうものになるのか。鉄砲隊の者達も大砲の音には慣れており、皆、それなりに構えている。

しかし、目の前にある大砲四門を、少ないとでも思ったのか、驚くくらい戦に慣れていない見物人達は、鉄砲隊の時と変わらぬ様子で陣へ目を向けている。そして。

どぉんっ、という最初の一撃が辺りを打った。一発放たれると、音が衝撃となって、見物人達の身を叩いてきたのだ。

「ひゃああっ」

大音が腕を、腹を、実際に打つなど、考えられなかったのだろう。大勢が魂消たような声を上げ、しゃがみ込んだり頭を抱えたりした。そんな中、野に、大砲から流れ出た煙がたなびいてゆく。

そしてすぐまた、地を大音が満たすと、遥か向こうで大きな土煙が上がり、それは四方へ散った。

「おおっ、凄い。大砲の弾は、大砲目印を飛び越してるぞ」

「大穴が開いたようだ」

見物に来ていた武家達の間から、大きな声が上がると、大砲隊長達が大きく胸を張る。するとここで、見物の町民達までが、他藩の武家達へ、何故だか得意げな顔を向けたのだ。七郎右衛門は、にやりと笑った。

（おやおや。見物人達はさっきまで、妙に不安げな顔をしていたのに）

洋陣法と新しき武器が、早々に自信と落ち着きを、もたらしたに違いない。

（殿、やり申した）

そう思った時、更なる轟音が耳を打ち、地を揺るがした。そして七郎右衛門は、轟く音の意味を、もう一つ承知することになった。

（戦は二度と、刀や槍で戦うものには戻らぬだろう）

腰に刀を差していても、それが戦の主力となることは、もうないのだ。鉄砲と大砲、軍艦などで戦う時がきていた。昨日までの当たり前が、いつの間にか去っていたのだ。

（ああ、殿はいつも明日を見るのが早い）

だから周りが酷く驚くのを承知で、利忠公は先日、驚く決断をしていた。洋陣法の行軍に先駆け、大野にある、古からの武術を切り捨ててしまったのだ。

あの件を思い起こすと、七郎右衛門は今でも身が震える。

（殿は藩の剣術を、斎藤弥九郎の門に学ばせた介輔の、神道無念流のみにしてしまった。あれには魂消たわ）

それだけでなく、小杉元助の砲術、高島流と、神道無念流の二つだけを残し、昔からの刀術、槍、弓、火縄銃、棒術、柔術の師範家を、すぱりと廃したのだ。

（長く長く、誇りを持って守られてきた大野の武術流派を、利忠公はあっさり切ってしまった。今後の戦には役に立たぬと、お考えを示したのだ）

七郎右衛門は、思わずため息を漏らした。

確かに洋式の軍では、古来の武道など使わないと、今にして、ようく分かる。だが、古いものを捨てるのは、簡単なことではなかった。流派を切ることは、それを守ってきた人を切り離すことになるからだ。

（全く殿は……わが殿は、やはり信長公を思い起こさせる）

当然、昔よりの武道の側から、もの凄い反発があった。多くの者が、己を拒まれたと受け取り、怒った。あのときばかりは、どの流派も大人しくなどしていなかったのだ。名家の知り合いに縋り、城にいる重役達に、長きにわたる功を言い立てた。武士であれば、古来より伝わる武術をおろそかにするなど、やってはならないことだと言い、他藩は今も、日の本の武術を大事にしていると話した。藩として、古からの武術を守るよう迫ったのだ。

（あの件には、介輔の名が関わっていた。どの流派も気が立っていたゆえ、暫くはわしも隆佐も、夜道が怖かったものだ）

だが利忠公は、古流の者達が昔にこだわるのを、藩主の志に沿わない、不忠の至りだと叱責した。今に相応しい己の器量を示せ、力があれば抜擢をしようとも言った。

そして藩の目指す新しさを批判ばかりしていると、減給や永のいとま、つまり藩を出されることとてあるぞと脅した。そうやって強引に、不平不満を押さえつけてしまったのだ。

（大野の古い家柄の面々は、今、相当不満を溜めているだろうな）

内山家など、その不満の矛先かと思うと、七郎右衛門は苦笑いを浮かべるしかない。

(殿は、全ての藩士達に対して厳しいのだが。うん、わしにも等しく厳しい)

先を見通し、走り続けろと命じ続けられることは苦しい。不安と道連れになり、総身が震えてくるほどに苦しい。

(もう日の本は、外つ国から放っておいては貰えないのだから)

そして大野には、古きものと新しきもの、両方を抱える余裕などなかった。

(己はいつも一拍遅れて、身に染みるな)

七郎右衛門がそれを、大砲の轟きと共に分かってきた頃、見物達は更に声を上げ、興奮していた。

驚いてはいる。魂消てもいる。大声を上げている。しかし、しかし。大音を耳にしても、もはや誰も、尻込みなどしていなかった。

(うん、半日も経たぬ内に、この変わりようは凄いな。もしこの先、戦で大野に砲弾が放たれることがあっても、大野の皆は、臆してすくんだりはすまい。ちゃんと逃げだし、命を保つことができるに違いない)

公が目指された通りに、まず新田野へ来た皆は変わった。

(多分わしも、変わってきておる。そうだな、とうに昔ながらの武士では、なくなっているのだろう)

商人の上前をはねると、己の藩主の前で言い切る武士なのだ。この洋陣法が終われば、七郎右衛門には当分、商人達と付き合う日々が待っている。

そして。実を言うと、七郎右衛門はその先に、今は、口にするのも憚（はばか）られるほどの大望を抱えていた。

（大野は変わる。藩士達や領民らと共に、どこまでも姿を変えてゆくだろう）

ならば日の本は、どうなるのだろうか。大野の行き着く先は、どこなのだろうか。

（何でだろう。亡くなった小泉殿のことが浮かんできたぞ。あるべき武士の世を失って、置いていかれ、怒っていた）

藩の処遇が不満で自死し、一家が大野から出るきっかけを作ってしまった、あの老人だ。そしてあの件は、やがて家老の重助を死に追いやった。

（なんでこんなときに、思い浮かぶのか）

小泉も重助も、変わりゆく時が、連れて行ってしまったのかもしれない。続く大砲の音に包まれながら、七郎右衛門はそんな思いと共に、拳を握りしめた。

そして目を輝かせ、大声を上げている見物人達の姿に、何故だかしばし見入っていた。

洋陣法はその後、日が暮れる時まで行われた。七郎右衛門は途中で無事、弟隆佐の騎馬姿を目にすることができた。

鉄砲隊は洋陣の中に煙の筋を盛大に作り、大砲隊は新田野に、四尺もの穴をぼこぼこと開け、他藩から来ていた見物達は、その噂を広げていった。〝化粧見事〟な洋陣であったと、七郎右衛門の耳にも噂話が伝わってきた。

大野藩は後日、参勤交代の往復にも、弓、槍を廃し、鉄砲六丁を携えるようになった。

七郎右衛門には、大野藩を見る他藩の目が、変わってきたように思えた。

(しかし他藩では、武術は未だ、古流と西洋流が交じっているところが多いと聞く)

百万石と言われる加賀藩などは、古流ばかりとの噂だ。それを羨む声が藩内にあることも、承知しておかねばならぬと、七郎右衛門は思った。

四

新田野で洋陣法を行った後、嘉永七年は様々なことと共に、慌ただしく過ぎていった。

三月、公は藩内の全ての子らに、種痘を厳命された。

五月、参勤交代で公が大野を発った。

するとその翌月、七郎右衛門は国の特産などを扱う、国産御用掛に任じられた。

そして七月にはよほど忙しいからと、主立ったお役の番方を免じられ、鉄砲隊とも離れた。大野藩の店、大野屋を作ることに、専心することになったわけだ。

だがこの年一番の驚きは、公の御子、捨次郎君のことであった。たった一人の子である捨次郎君を、公は大野で養育すると決め、大野へ移した。同時に江戸屋敷の人数も、できる限り少なくするとし、九月、若君や多くの江戸詰めが大野へ戻ってきたのだ。

藩士達は、七歳の若君の帰郷に魂消た。

「兄者、跡目の若君は、お国入りまで江戸にて暮らすものだと思っておりました。あの、帰国されてもよいものだったのでしょうか」

ある秋の一日、新堀にある屋敷で、隆佐へそう問うたのは、弟の介輔だ。軍師となって以来、新堀にある隆佐の部屋には、ますます教え子や朋輩達が集うようになっていた。大野屋の件で忙しかったが、今日は七郎右衛門も漬け物と酒を多めに持ち、新堀へ顔を出していた。人数が多かったので、部屋の襖が取り払われ、酒のとっくりと、酒杯代わりの湯飲みが部屋に並んでいる。

隆佐は輪になって聞き入っている面々へ、すぐに返答した。

「それは……殿とて大丈夫かどうか、幕府へ伺いもせず、捨次郎君を戻されたりはすまい。うん、案ずるには及ばないはずだ」

若君が大野で育つのは、嬉しいと言ったので、大勢がほっとした顔になった。しかし隆佐ときたら、その後の説明をせず、兄へ目を向けてきたのだ。七郎右衛門はため息をつきつつ、どういうからくりなのか、酒を片手に考えを口にした。

「おそらく殿は、捨次郎君をまだ、嫡子として幕府へ届け出ておられぬのだ。そして江戸の屋敷におらねばならないのは、各藩、跡取りの君だけだ」

「あのう、殿には捨次郎君の他に、御子はおられませぬが」

部屋内から呆然とした声が聞こえる。七郎右衛門は思わず、苦笑を浮かべてしまった。

「まぁ、たった一人の和子を、江戸から国元へ帰す藩主など、大いに珍しいだろうが」

しかしそれでも理屈の上では、捨次郎君はまだ跡取りではない。お目見えを済ませ、幕府に認められてもいなかった。

つまり大野の藩主は、信長公に似ておいでの、利忠公なのだから。

「また新しいことをされても、我らが驚いてはいけないのだろう」

「なるほど。兄者のむてっぽうに慣れている内山家の者が、殿の無茶で驚くなということだな」

「隆佐っ、山と阿呆をしてきたお前が、わしにその言葉を言うのか」

「おおよ」

笑いが上がり、その日の座は酒宴となっていった。

しかし嘉永七年は、その後もまだ落ち着かなかった。十一月には福井で、そして尾張の方や四国の辺りでも、大地震があった。七郎右衛門は十一月のうちに、福井へ見舞いの使いに出ることになった。

(東海の方の地震は、恐ろしく大きかったという。他藩のことゆえ、はっきりとはせぬが)

亜米利加の来襲といい、天災といい、ここのところ、本当に世の中が落ち着かない。

(それでも、我らは何とかやっていくしかない。藩士達が震えていたら、国が不安に呑まれてしまうわ)

七郎右衛門はこの後、屋敷を長く留守にすることが決まっていた。

安政への改元があり、翌、二年の四月十八日、七郎右衛門は藩命を受け、大野から上方へ向かうことになった。いよいよ大野藩の店を作るのだ。

「武士が本当に、上方商人の上前をはねられるものか、わしに見せてくれ。大野の店、楽しみにしているぞ」

利忠公の近習久保彦助が、江戸より寄こした書状が、そっと公の言葉を伝えてきた。七郎右衛門は、お任せあれと、その文へ返答をした。

しかし……。

「わしははたして無事、店で儲けることが出来るのか？　いやそもそも、商人達が集まる大坂の中で、本当に店を構え、潰さずにやっていけるのかのぉ」

正直に言うと、見通しはついていない。理屈では、儲かるはずだと思っている。だが、藩の借金の為、長年交渉に当たっている七郎右衛門は、上方商人達の強さを身に染みて承知していた。

（我ながら、大口を叩いたものだ。列座の方々と殿の御前で言ったことは、取り消しが利かぬよなぁ）

どうも昔から、大きな約束をした後で、後悔をすることが多い。そのせいで情けない思いにかられたり、幾つもの仕事に追われ、へとへとになったりしてきたのだ。

しかしそれでも、必要なことであった。

「やれやれ」

馬鹿をしていると思う。今回大坂に店を開く件も、むてっぽうだと分かっている。しかしそれでも、必要なことであった。

「案じていても始まらぬ。さぁ、さっさと大坂へ行き、戦ってこねば」

七郎右衛門は、己の戦場が新田野でも、黒船が来た江戸湾でもないことを、承知している。旅姿で屋敷から前の道へ出ると、既に八つになった娘のいしと妻のみなが、見送ってくれた。今回も七郎右衛門は、大きくなった娘の手形を、荷に入れていた。

（もし大野の店が上手くいけば、一段と上方への出張が増えるのだろうな。みなや、いしに会えぬ日が増えてしまうわ）

何度も振り返っていたら、前を見て歩かないと転びますよと、娘に言われてしまった。仕方なく歩み出すと、道の先に旅の連れで、勝手方の配下、吉村勝蔵がいて挨拶となる。そしてそこへもう一人、共に行く藩士、笹島杢右衛門が姿を見せてきた。

「おう、杢右衛門殿」

杢右衛門は、七郎右衛門よりかなり年上の六十五歳だ。大胆な性分らしく、利忠公があれほど藩士達へ引き締めを求めていたというのに〝不筋の音物〟、つまり貰うべきでない賄賂を手にしたらしい。それで前年まで屋敷にて、謹慎処分となっていたのだ。

（だが杢右衛門殿は、金を扱うことが大変得意だ。しかも藩札に関わってきた御仁ゆえ、その使い方を見事に承知しておる）

他に代えがたき人物であった為、七郎右衛門は公に願って、前年さっさと謹慎を解いていただき、配下にした。いきなり許され驚いた杢右衛門は、代わりに自分が、商人の真似をさせられると知り、大いに面白がった。

「ああ、七郎右衛門殿に感謝ですな。わしの歳ですと、謹慎を許される代わりに、隠居しろと言われるかと案じておった」

杢右衛門は、まだ隠居はつまらぬと言い、豪快に笑う。そして共に歩き出しつつ、道の先を指さした。

「七郎右衛門殿、大田村家の先辺りで、町人が旅姿をして、こちらを見ておりますぞ。どこかで見た顔だが」

「ああ、多分塩屋だ。今回、大坂へ連れて行く者なのだ」

「おや、あの者が町人の連れですか」

勝蔵に、七郎右衛門はにやりと笑いかけた。

「商人が同道してくれねば、我らは多分、かなり困ることになる。大坂では御用商人の大和屋が、諸事相談に乗ってくれるはずだが、大和屋には己の商いがあるからな。大野の店を、切り盛りしてくれるわけではない」

理屈ではなく、実際商いをしてきた者の経験が、是非に必要なのだ。それで今回七郎右衛門は、馴染みの商人に無理を聞いてもらった。上方をよく知る塩屋に、店を畳んで同道してもらうことにしたのだ。

「商いを止めさせたのですか」

この話には杢右衛門が驚いた。だがなに、上方に馴染めなければ、暫くして大野へ帰すことも出来ると、七郎右衛門は口にする。

「これから作る店が上手くいけば、大野にも店を開きたいのだ。万一、大坂から大野へ塩屋を帰すことになったら、そこを手伝わせる。さらに他の国へも、店を作っていければ上々だ」

「そこまで考えておいでなのですか」

さすがに驚いた顔で杢右衛門が黙ると、七郎右衛門は、道に顔を見せた商人に、ここだと手を振る。すると寄ってきた塩屋は、連れの二人への挨拶もそこそこに、愚痴を並べ始めた。

「ああ、七郎右衛門様に誘われたからって、なんで上方で暮らすなんて、言ってしまったんでしょう。今から不安で一杯ですよ」

大体、武士がどうやって大坂で、店をやっていくというのか。塩屋のぼやきが止まらないので、七郎右衛門は道々話すことにして、とにかく歩き出し北へ向かった。

この先、中野村の手前で道を西へ曲がり、まずは福井の方へ出る。江戸へ行くにも、京、大坂へ出るにも、大野城下からは、北へ出る道をゆくのだ。

（道の先には、我らの明日が待っている。さて、吉と出るか、それとも……）

面谷銅山でのように、山から転げ落ちる羽目になるのは、勘弁願いたい。七郎右衛門は口の片端を引き上げると、新しい試みへと歩んでいった。

五

慣れない武士が二人いるからか、塩屋はじき話さなくなり、新緑の道で身を小さくして、一番後ろを歩くようになった。大人しい男ではないのだが、四人のうち、塩屋一人のみが商人ゆえ、いつもと勝手が違うらしい。伏見で泊まる時も、ろくに話さなかった。

（この先、頼りにする商人と配下達がこれでは、大坂で困るな。早めに馴染んでもらわねば）

それで七郎右衛門は、翌日舟で淀川を下る時、近くに座った三人へ、懐から取り出した藩札を見せた。先日城で列座の方々へ示した、あの十匁の藩札だ。そしてそれを大野藩の商いで、いかに使ってゆくか話し始めた。

「三人とも、話に分からぬことがあったら、この場で問うてくれ。大坂に着いたら、忙しくなろうからな」

するとと久方ぶりに塩屋が、まず話し出した。

「へえ……でも七郎右衛門様、その藩札、大坂で使う気なんですか？」

七郎右衛門はまさかと言い、連れ達へ問いを返した。

「これから我らは大坂で、大野藩の店……面倒だな、仮に大野屋とするが、その店を開く。この藩札を使うのは、その後だ。どうやって儲けるのか、分かる者はおるか？」

ちなみに以前大野城にて、偉き方々に店の話をしたとき、藩札の使い方に、真っ先に理解を示したのは、利忠公であった。それを告げると、連れ三人は一寸目を見合わせた後、舟に揺られつつ考え込む。

そして塩屋と杢右衛門が、ほぼ同じ時に、話し出そうとしたのだ。顔を見合わせた後、杢右衛門が促し、まずは塩屋が話を始めた。

「藩札を、どう使うか、ですか。大野藩の藩札は、強いですからなぁ」

藩債を返した大野藩は借金が少なく、しかも面谷銅山が好調だ。よって藩札の信用度は高い。額面通りに使えるわけだ。だから。

「その藩札ですが、きっと新しい店のため、大野で仕入れをするとき、使うんですな」

つまり大野藩は、最初大野の特産品を仕入れるとき、手持ちの金を減らさずに済む。藩が刷った金で、品物を仕入れられるからだ。

「当たりだ。塩屋、さすがは商人だな」

七郎右衛門が褒めると、塩屋がやっと笑った。

「それで七郎右衛門様、最初に何を買うことにしたんですか？」

塩屋が問うてきたので、七郎右衛門は分かるかと、また皆へ問い返した。今度は杢右衛門が答えてくる。

「大野では特産品が、あれこれ育っております。七郎右衛門殿は漆（うるし）や生糸、紙の元になる楮、煙草などに、力を入れておいでだと聞きもうした」

ただ漆も生糸も、新しく開く店で客寄せに使うには、いささか弱い。通りすがりに買っていく品では、ないからだ。

「となれば……それがしが店で買うのでしたら、煙草ですね」

煙草は多くの者が、気楽に求める品であった。新しき店なら、開店の祝いに良き品が、値引きされているかもしれない。そう期待した客が、寄ってきそうなのだ。

「七郎右衛門殿が売る気なのは、煙草でございましょう」

「その通りだ。さすがだな。煙草の荷は、もう大和屋へ送ってある」

今度は杢右衛門が笑う。

「大野藩の藩札で、大野の煙草を仕入れ、それを大坂で売る。大坂は幕府の直轄領ですから、代金はもちろん金、銀、銭でいただけますな」

上手い商売だと、塩屋がにやりとした。

「藩札を使ったやり方でしたら、ぐっと煙草を割り引きすることもできますね」

商いは始めるときに、まず越さねばならない一山がある。大野屋はそこを、藩札がもたらす利で乗り切ることが出来るはずだと、塩屋は続けた。

「二人とも、当たりだ。いや頼もしい」

七郎右衛門は舟の上で手を打ち、明るい声を上げる。ただ。

「大野屋では、開店の祝いだからと、煙草の値を大きく下げることはせぬつもりだ。値を上げた途端、売り上げは落ちてしまう。長く続くことではないからな」

その上、一旦安物だと思われてしまうと、煙草を高く売ることが難しくなる。大野の煙草にはまだ名品国分(こくぶ)のような、世に通った名前がないからだ。今しくじると、後々まで値に響きそうであった。

すると、それを聞いた塩屋が、少し上目遣いに七郎右衛門の顔を見てから、ゆっくり頷いた。

「七郎右衛門様は、本当に金のことを、よく分かっておいでですなぁ。いやぁ、七兵衛とでも商人の名を付けて、店の帳場に置いておきたいくらいですよ」

「わはは、七兵衛殿か。塩屋、それは良い」

杢右衛門が塩屋と一緒に笑い、二人はどうやら馴染んできた様子であった。

だが一番若い勝蔵は、金について詳しくないからか、まだ話に乗れていない。

(ううむ、無事店を開けたら、この勝蔵と塩屋に一旦店を預け、大野へ帰らねばならぬのだが)

さればと七郎右衛門は、大野屋で煙草をどう売り出すべきか、勝蔵に考えを聞いてみた。

「勝蔵殿も、これから大野屋を支えてゆく一人だ。己で考えてみるのも良かろうよ」

舟の内では話す他に、出来ることもなし。七郎右衛門がじっくり話を聞くと言うと、勝蔵は生真面目に張り切り、色々思いつきをひねり出してくる。

ところが。この話は、何故だか七郎右衛門の考えの外へ、転がってしまった。狭い舟の内だから、勝蔵の考えは杢右衛門にも塩屋にも伝わる。すると、七郎右衛門が返事をする前に、金に強い二人が、勝蔵の考えの甘さを、ぽんぽんと突き始めたのだ。

「勝蔵殿、引き札を配るというが、まず店を買わねばならぬのだ。そういうものへ使う金を、用意出来るかどうか分からぬぞ」

「勝蔵様、暫くの間、買ってくれたお客に、余分に煙草を渡すと言われましたか？　あの、それは七郎右衛門様のお考えに、反しますよ。値引きと同じですから」

「おいおい、勝蔵殿、なんで塩屋の言葉を疑うのだ。お主、値引きとはどういうものか、分かっておらぬのかな」

二対一になって言葉が交わされたものだから、七郎右衛門は慌てて止めに入った。ところが、だ。勝蔵は、年上で立場も上の杢右衛門には遠慮したものの、町人の塩屋には、不機嫌な顔つきと言葉を向けたのだ。

勝蔵にきつい言葉を向けられると、今度は、塩屋が眉間に皺を寄せた。商売がとんと分かっていない年下の武家が、素人考えを得意げに言ったあげく、それを褒めて貰えぬからと、塩屋へ嫌みを言ったからだ。

「勝蔵様。もうちっと商売を学んで下さらないと。お前様一人で、大野屋を潰してしまいますよ」

「はあっ、町人、何を偉そうに言っておるのだっ」

「こ、こら、塩屋、勝蔵殿、止めぬか」

口で諫めても聞かないと思い、七郎右衛門は、狭い舟の中で、何とか二人の間に割って入る。ところが、塩屋が一言も謝らず、思い切りぷいと横を向いたものだから、勝蔵の顔がほおずきのような色になった。

「勝蔵殿、七郎右衛門殿に、心配をさせるな」

李右衛門も急ぎ横から声を掛けたからか、双方手は出さなかったものの、お世辞にも打ち解けてはいない。仲良くしろと言っても無駄に思える顔が、それぞれ反対側、川の両岸へ向けられることになった。

「ううむ、これはまいった」

一軒店を開くのに、こんな問題が出てくるとは思わず、七郎右衛門は思わずため息を漏らした。大野屋は、己が抱いた大望を支える為の、大事な最初の一手なのだ。合戦であれば、陣の先頭を歩む鉄砲隊のようなもので、切り込み役を負っているとも言える。

(なのに、その大野屋の働き手達が、店を始める前から喧嘩とは。ただでさえ、不安を抱えておるのに)

しかしこうなっても、舟から下りるわけにもいかない。この先の大坂で、他の者に代わることも無理だ。よって何とか場をほぐそうとしてはみたが……夕刻、大坂に着いた時は、ぐったり疲れていた。

(これから、どうなるのだ?)

大坂の町に着けば、辺りは妙に薄暗い。それは、夕刻だからという訳ではない気がして、七郎右衛門は内心頭を抱えた。

六

その日は藩の御用商人、大和屋弥三郎方に泊まると決まっており、淀川から堀川へ出た後、四ツ橋の方へと向かう。そして北久太郎町（きたきゅうたろうまち）に店を出している大和屋へ入ると、ほっと一息つき、世話になると主に挨拶をした。

「このたび開く大野藩直営の店には、藩の明日が懸かっておる。おいおい良き売り家を探し、是非、これという店を開きたいものだ」

勝蔵達と塩屋を、分けて己の両側に座らせ、七郎右衛門はよろしく頼むと言い添えた。すると大和屋はもちろん、きちんと挨拶を返してきた。ただ……何と言うか、そう気張るなとも言ってきたのだ。

「気張るな、とは？」

「せやかて七郎右衛門はん、いきなりこの商人の町で、お武家はんが商い始めたいと言い出しはったから、驚いてますのや」

もちろん、前々から書状は受け取っているし、七郎右衛門とは上方へ来たおり、話もしている。しかし、それでもだ。七郎右衛門が本当に商いを始めるとは、思っていなかったらしい。

「そんな話、冗談かと思いますやろ」

ならば本気で止めるのも、御用商人の務めかも知れぬ。大和屋が、そう言い出したものだから、七郎右衛門は内心慌てた。

「大和屋、余分なことは言わぬでもよい。店を出すこと、諦めたりはせぬから」

「あのぉ、煙草を売るんでっしゃろ？　なら、うちで引き受けても、ようおますけど」

もし大和屋では売れなくとも、売ってくれる店へ、ちゃんと引き渡すと言う。七郎右衛門は思わずしかめ面になると、その売り方を変えるため、わざわざ店を出しに大坂へ来たのだと、はっきり言った。

「大和屋、大野屋を開く空き家の心当たりがなければ、他の知り人に聞く。だから、手を引いてもよいぞ。とにかく我らはこの地で店を開くゆえ、そのつもりでいてくれ」

「いやですわ、お勧めする空き家の心づもりは、ありますて。でも七郎右衛門はん、覚えといてもらえますか。大和屋はちゃんと、大坂で藩が店を持つこと、止めましたで」

「あの、大和屋さんは店を開く前から、大野屋が潰れると思っているのですか？」

「塩屋、止めぬか」

年配の杢右衛門が塩屋の肩に手を置き、いきり立つのを止める。勝蔵も、機嫌の悪い顔を大和屋へ向けたが、七郎右衛門が疲れていると言い、早々に皆を部屋で休ませたいと告げたので、その場は揉めずに済んだ。

食事は大和屋の奥の間で、心づくしの品を出してもらえたが、御用商人とはああも無礼なのかと、勝蔵が汁を睨んでいる。七郎右衛門は笑った。

「今日わしは、金を借りに来たわけではない。よってあれでも商人としては、丁寧な物腰だ」

ただ大和屋が、大野屋を開くことに賛同していないのは、仕方がないと続ける。

「藩が馬鹿を始めて大損でもしたら、大野での商いに差し障るとでも思っておるのだ」

商人であれば、己の商売が、考えの真ん中に来るものであった。七郎右衛門がそう言うと、杢右衛門が柔らかく笑う。

「やはり長い間、金主達と金のことでやりとりをしてきたお方は、強いですな」

我慢強くなければ、出来ない役目であった。すると七郎右衛門は、大商人達は皆、我慢強いものだとあっさり言う。

「皆、やんわりと物を言うぞ。なのに、したたかだ。お主らが商いをするのは、そんな相手だと承知しておいてくれ」

とにかくその夜は、本当に疲れていたので、揃って早めに床へ潜った。

すると翌日の朝餉の席で、四人は目を見張ることになった。大和屋が、昨日話をした空き家を見に行くかと、七郎右衛門達へ問うたのだ。

「おおっ、店に向いた空き家があるとは。本当のことだったのか」

驚いていると、大和屋はちょいと得意そうに、空き家はすぐ近く、大和屋と同じ北久太郎町にあると言い出した。四ツ橋筋の西側で、北は江戸堀、西はなにわ筋に囲まれた区切りの内にあるそうだ。

「七郎右衛門殿、どういたしますか？」

李右衛門に問われたが、さて大和屋の近所が商いに向いた良き場所なのか、正直に言うと、とんと分からない。藩から頼まれた店探しなど面倒だったので、大和屋は手近な所にあった空き家で済ませたのではないかと、一寸疑いが頭に浮かんだ。

「土地の者に聞かなくては、決めるのは無理だろう。布屋へ使いを出す」

四人でこっそり話し合った後、近所であるから、とりあえずその空き家を見せて貰うことにした。大和屋が引き会わせてきた家主、平野屋喜兵衛が家へ皆を誘ってゆく。

（店の前の道に、人通りはあるな。しかし大層な賑わいではない）

町中に現れた空き屋敷は、当然ながら内に誰もいないので、妙に狭く見えた。

「間口四間、店の間は八畳か」

決して広くはないが、奥行きは二十間ほどで、八畳と四畳半、三畳の座敷があった。二階や土蔵も付いていたし、裏手には貸家も二軒あるとのことで、これから開く店なら、広さは十分だろうと平野屋はいう。

「それは、そうだな」

思わず頷いたが、肝心のことを聞かねば、良き屋敷だということも出来なかった。

（大事なのは、代金だ）

一応聞かせてくれと言ってみると、貸家なども合わせ、二十四貫匁だと言ってくる。

「ということは、三百五十両程か！」

「うわっ、高い！」

大野と比べたのか、塩屋と勝蔵の驚く声が揃う。

「確かに、すぐに返答出来る値ではないな」

よって様子見としてもらった。それで他も当たろうという話になったが、すぐに手頃な空き家が見つかるはずもなく、一旦大和屋へ帰ることになる。すると翌日早くに、あの布屋が孫兵衛を連れ、やってきた。

「七郎右衛門はん、店、買うんやて？　わてと商いをする方がええのに」

明るく言うと、布屋はどこに決めたのかと言ってくる。まだ試しに一軒、大和屋近くの空き家を見ただけだと言うと、布屋が気軽に見に行った。そして値を聞き、あっさり良いではないかと、七郎右衛門へ言ったのだ。

「大和屋はんが商いしてはる場所や。ここらで店潰したら、土地のせいやなくて、商いの腕のせいでっしゃろな」

布屋ときたら、前にも言った通り、新参の店で残るのは十軒に一軒だけだと、わざわざ繰り返してきた。

「それを承知で出しはるのや。まあ、そこそこの場所が見つかったら、後は度胸を持って、店を出してみるしかおまへんやろ」

人通りがもっと多く、商いに向く場所は他にもあろうが、良い所であればあるほど、店の値は高くなる。やたらと良き場所を求めても、仕方がなかった。

「それとも大野藩は、大盤振る舞い出来ますのやろか」

「藩が店に出せる金は、十七貫匁程なのだ」

試しに布屋へ、何とかまけて貰えぬかと言ってみると、金主はにたりと笑い、七郎右衛門を見てくる。

「あきまへん。値切りはご自分でせんと。店をやるんは、七郎右衛門はんでっしゃろ？」

「……そうだな」

「さっさと店、買いなはれ。その後も、商いを始める前に、せなあかんことが山とおますよって」

店の代金は大金だ。だから金や銀の相場を考え払わねば、損をすることになる。

「いつ、どの金で払うのか、悩むところや」

その後にも、用は山ほど待っている。店を買った者は町振るまいをせねばならないとか、家の名義人を決める必要があるとか、寺請証文、村送り証文も必要だとか、布屋は次々と並べていった。

「町人の家持ちになると、町義にも関わらなあきまへんよ」

塩屋が横で、ひえっと声をあげる。店に残る、己達に関わってくることだからだ。

「町義！　布屋も己の町で関わっているのか」

「当たり前ですがな。店開いたら、町年寄はん方への挨拶も要りまっせ。七郎右衛門はん、挨拶の品、用意してますやろか。大野の名産が良ろしわな」

「おっ、これはしくじったか」

慌てると、さすがは年の功か、杢右衛門が国から、奉書紬を何反か持ってきたといってきた。後で代金を払うと言い、ほっとした七郎右衛門へ、生まれた時から商人である布屋が、楽しげな笑いを向けてくる。

「ほほほ、お武家が商人のまねごとなさるんは、大変、大変」

「確かに、な」

出店場所の迷いも、勝蔵と塩屋の喧嘩も、山と出てきた用件も、全部七郎右衛門が飲み込み、その上で、商いという賭けに出るしかない。ついでに商人達のあざけりも、目や耳に入れねばよいのだが、どうしても気になってしまい、うんざりとする。

(簡単にはいかぬだろうと、大野を出る前から分かってはいた。そのはずだったが)

しかし大坂で実際、店を開こうとしてみれば、細かな困り事が山と現れてきて、ことは進まない。それみたことかという、商人達の目つきが嫌になる。

(くそっ、それでも店を持つと言い出したわしが、弱音を吐くわけにはいかぬ)

七郎右衛門は、利忠公と合戦を始めた中、新たに攻略すべきものを定めたのだ。勝ち取るしかない。出来ねば、己の殿の傍らにはいられない。

(しかし……商いとは、本当に手強いものだ)

慣れることもない、胃の腑が痛むような思いが、次々と襲ってくる。七郎右衛門はその痛みを、この後、長く抱えることになった。

八章

殿四十五歳
七郎右衛門四十九歳

一

安政二年の四月。空き店を高く売りたい平野屋と、安く買いたい大野藩が、大坂で戦いを繰り広げることになった。

その戦いが、先日大野で行われた洋陣法より、ぐっと静かで、地味なものなのは確かだ。ただこのたびは、小判が懸かった実戦であった。そのため大和屋の座敷で、売り主平野屋の一行と顔を合わせたとき、七郎右衛門達は腹の底に力を込めた。

(平野屋との対峙こそ、大坂での初戦だ)

よって杢右衛門、勝蔵、塩屋を連れた七郎右衛門は、自らが、値切りの先頭に立った。

すると平野屋は先鋒として、まずは大層柔らかな声で、七郎右衛門達へ挨拶をしてきた。それから同じ声で、恐ろしいことを言った。

「空き店の売り値ですが、先日言いました通り、銀二十四貫匁程、頂きとうございます」

「それはつまり……三百五十両程だな」

大野方の先陣、杢右衛門が相場を考え、素早く小判での値を出した。聞いた途端、横にいた塩屋が、しゃっくりのような声を上げた。

「高いです。大野じゃ考えられませんわ」

「そうかいな。せやけどここは、大坂やよって」

しらっとした顔で平野屋がまた攻め、横で敵方の奉公人が頷いている。大和屋が心配そうな顔になってきたが、七郎右衛門がここで押し返した。

「そう言われてもな。平野屋、大野藩が出せるのは、銀十七貫匁程なのだ」

金にして二百五十両弱だと告げると、平野屋は、大仰に驚いて見せた。そして鉄砲隊の一撃とでもいう言葉を、打ち込んでくる。

「そんな値では、裏の借家抜きでも買えまへんで。冗談言わはってはあきまへんわ」

つまり平野屋は否と言って、そろりと形勢有利に持って行こうとした。しかし七郎右衛門も、これしきのやりとりで、後手に回る気はない。七郎右衛門は連れの面々にも、朝のうちにしっかり言い含めてあった。

「平野屋は、当然のように高い値をふっかけてくるだろう。だが絶対に、言い値のまま払ってはならない。方々も、そのように承知しておいてくれ」

よって、商人との合戦に慣れていない杢右衛門と勝蔵も、塩屋共々落ち着いた顔で平野屋を見て、七郎右衛門の後押しをしてくる。

平野屋とて長年、大坂で商人として生きてきた者であった。それで、これ見よがしに口を尖らせると、今度は主力である大砲の一撃を、こちらへ放った。つまり七郎右衛門が言った値では、売るのを諦めるしかないと口にしたのだ。

(うーむ、手強いな。まけると言ってこぬわ)

七郎右衛門は苦笑いを浮かべると、陣を一旦後ろへ引き、持久戦の構えをとってみた。

「ならば仕方がない。平野屋、双方がどれだけ歩み寄れるか、これから時をかけ、長ーく話し合ってまいろう」

「は、はぁ? 七郎右衛門はん、そっちは暇なお武家かもしれまへん。けどわてには、己の用があるんやけど」

「そりゃあ大変だ。平野屋、早く話がまとまるとよいな」

「……」

とにかく共に、うんと言わないのだが、どちらも売りたくない、買いたくないわけではない。相手がへたばるのを待つ構えで、七郎右衛門は明日も会おう、明後日も大丈夫だと平野屋へ告げてみた。

その上細かい値の話を続けるものだから、最初にうんざりしたのは、間に入った大和屋だ。その後七郎右衛門が、昼餉(ひるげ)と夕餉は大和屋で出してくれと言い出すと、いつまで引き延ばす気なのかと、今度は平野屋が呆れた。

ここで塩屋が、上手く後押しをしてきた。自分は忙しい商人だが、明日も明後日も七郎右衛門に付き合うと、平野屋へ告げたのだ。

途端、敵方の大将平野屋が、両の眉尻を大きく下げた。

「ああ仕方ないですわ、大まけしましょ。銀二十二貫匁にしますわ」

だが、これ以上はまけられない。平野屋がそう言うと、勝蔵がほっとした顔になり、杢右衛門を見た。とにかくこれで、一つ勝ちを収めたと思ったのだろう。

だが、今は合戦の最中だと、七郎右衛門は心得ているのだ。よってここで、七郎右衛門はもう一歩、陣を前へ押し出した。

「平野屋、ならば二十一貫匁、この値にしよう。うん、それが良い」

「……七郎右衛門はん、あんさんほんまに、お武家でおますのか？」

戦の後詰めが上手くいき、空き店は結局、大野藩が銀二十一貫匁、金にして三百七両と九十九文二分七厘で買うことになった。七郎右衛門は、四十四両ほど値切り倒すことができたのだ。

平野屋が帰り、己達だけになると、さい先良く初戦を取ったと、皆、七郎右衛門が照れるほどに喜んだ。

「大坂商人相手に、素晴らしい戦果です。やはり七郎右衛門殿は、金にお強いですな」

金を払い、さっそく大野屋へ移ると、七郎右衛門は店が手に入ったことを、文で大野へ伝えたのだ。

もっともまだまだ、開店とはならなかった。町年寄への挨拶は、奉書紬片手にさらりと済ませたものの、その後難儀だったのは、店持ちは町義に参加が必要という問題だ。

四人は大野屋の板間で、悩むことになった。

「この塩屋、大坂商人の集まりへ一人で入ったら、やっていけません。大野へ逃げ帰らせてもらいます」

塩屋が泣き言を言ったので、七郎右衛門が頭をひねる。そしてじき、この難問を何とかした。

「家主になると、町義に出ねばならぬ。ならば、だ」

家主にならなければよいわけだ。

「でも七郎右衛門殿、わしらは大野屋を、買ってしまいましたよ」

「勝蔵殿、書類が整っておればよいはずだ。同じ町内に住む商人で、既に町義へ出ている者に、仮の大家になってもらおう」

そして大野屋は、その店子（たなこ）になるのだ。

「そうすれば大野屋は、ただの間借り人だ。町義に加わらなくとも良いだろう」

町の方でも、余所者（よそもの）に町内のことへ口出しされるより、良い筈であった。七郎右衛門は大和屋と話し、町内の商人、羽山屋利兵衛を仮の家主に仕立て上げた。

「おおっ、七郎右衛門様、ありがとうございますっ。今までもそうやって、上手いことやってこられたんですね」

「上手いことって……。塩屋、ものには言い方があろうに。わしは真面目な侍なのだぞ」

自称、真面目な七郎右衛門はため息をついた後、次の問題、店の名義人を誰にするかで、また悩んだ。店を開くまで、やるべきことが山とあるものだと、しみじみ思う。

「大野屋は、大野藩の店だ。店を預ける店主は、藩の都合で変わるかもしれぬ。しかし店の名義人がころころ変わると、そのたびに書類の出し直しが入り用になる。それはうっとうしいな」

　よって七郎右衛門は、大野藩が誰を大坂に寄こしても困らぬよう、手を打っておくことにした。つまり、更なる逃げ技を使ったのだ。

「そうだ、名前だけの名義人を、適当に作ることにしよう。どういう名にしようか。何でも良いが」

「適当な名ですか。それなら……七郎右衛門様の名に掛けて、七兵衛とか」

「七兵衛か。塩屋、うん、それでいこう」

　七郎右衛門はその後、布屋と手代孫兵衛を、急ぎ大野屋へ呼んだ。そして、店が無事に買えたと聞き、祝いを言ってきた藩の金主へ、堂々と、とんでもないことを頼んだ。

「布屋、祝いの言葉の他に、もう一つ祝いを追加してもらいたいのだが」

「おや、金子（きんす）か品が欲しかったんかいな」

「いいや、欲しいのは、寺請証文だ」

「は？」

　ついては、今日も連れている手代孫兵衛を、〝七兵衛〟と改名させることにして欲しい。七郎右衛門はそう言ったのだ。

「あの……七郎右衛門様、いきなり何を」

孫兵衛が顔を引きつらせたが、構わず話を進めた。布屋はなぜだか笑っている。

「それでな、布屋には、その七兵衛の名で、寺請証文を取ってもらいたい。店の名義人を届けるために、必要なのだ」

「へっ？　けど、ですな」

「もちろん孫兵衛には、布屋の仕事がある。お主は孫兵衛の名のまま、布屋で働けばよい」

「えっ……今のままで、ええんですか？」

つまり孫兵衛には、書類を作る時だけ名を貸して貰うわけだ。当人は、ただびっくりしている。

「大野屋の名義人、大野屋にいる〝七兵衛〟の本物は、どこにもいない方が都合が良い」

七郎右衛門は言い切った。

「ほっほっほっ。七郎右衛門はん、また面白いこと考えはりましたな」

布屋が笑って承知し、寺請証文を取ったので、幽霊のように本物がいない、店主七兵衛が誕生した。孫兵衛は気味が悪いとぼやいたが、とにかく店を開くのに入り用な書類は、こうして整ったわけだ。

それから四人は気合いを入れ、近所の者達を酒食でもてなす町振るまいをし、あとは大野屋を開けるのみとなる。

「商いが調子よく回り出したら、勝蔵殿と塩屋に後を頼み、わしと杢右衛門殿は、大野へ帰らねばならぬ。勝蔵殿達はそのつもりで、力を合わせ商いにあたってくれ」

店を開ける日となった。七郎右衛門達は、合戦の初戦を制した後、いよいよ戦の要（かなめ）、商いで儲けるという難儀に、突入することになった。

二

七郎右衛門達四人はその日、店表の八畳で客を待った。

最初に売るのは煙草と決まっている。店の表には煙草屋の看板を出し、売り物のことを書き連ねた引き札も、貼り出した。

店の端近（はしぢか）に、煙草盆も幾つか置いた。売り物の煙草はよくあるように、包丁などで煙草の葉を、糸のように細く切ったものだ。多くの男達は、刻んだ葉を凝（こ）った煙草入れに入れ、それを根付（ねつけ）で帯に引っかけ、小粋に持ち歩いていた。

「初めて来るお客はん、どういう方でしょうな。若い方かな。それとも近所の、ご隠居さんやろうか」

「塩屋、言葉が少しこちら風になってるぞ。上方の言葉は、確かに引っ張られやすいな」

杢右衛門が笑っている。

いかにも侍ですという者が店にいては、客が入りづらかろうと、今日は塩屋以外の三人も髷（まげ）を変え、着物を整え、町人のような見てくれとなっている。七郎右衛門や杢右衛門は侍姿のまま、奥から表を見ていても良かったのだが、とにかく店の様子が気になる。つい出てきてしまうので、腹をくくって損料屋（そんりょうや）で、町人の着物を借りたのだ。

しかし店を開けても、客が大野屋へ駆け込んでくることなどなかった。

「ううむ、客とはなかなか、来てくれぬものだな。しかし、売れないと気が焦るぞ」

手持ちぶさたとなったので、畳を拭いたり土間を掃いたりしていたが、じきに終わってしまう。四人はそれではと、大野の煙草を、揃って一服吸ってみることにした。

「店の内から煙草の匂いがすれば、客を呼ぶかもしれぬ。なあ、杢右衛門殿」

「おおっ、それはそうですな」

絹糸のように細く切った大野の煙草を、煙管（きせる）に山盛りにし、順に煙草盆から火を付ける。ほわっと火が回ると、味わいは柔らかかった。

「うん、これは上物だ。正直に言うと、わしが煙草入れに入れているものより、余程良い品だな」

「七郎右衛門様、油の匂いがないのは良いですわ。安い煙草ですと、まとめて鉋（かんな）で削りますから、扱いやすくしようと葉に油を引いたりします。ですが、あれはいけません」

この品の方がずっと美味しいですよと、塩屋が言い切る。杢右衛門や勝蔵も、灰をとんと煙草盆へ落とした後、大きく頷いた。

「本当に品は良いですな。しかも名品の煙草といわれる国分ほど、高くはないのですから」

「これなら売れるに違いありません！」

四人は品の出来に大いに納得して、帳場の横でまた客を待った。七郎右衛門が、煙草が順調に売れれば、大野の他の特産品も、順次店で扱いたいと言うと、三人が頷く。

「漆や生糸、奉書紬なども扱えるようになれば、ぐっと儲けも増えてくるだろう」

「だが杢右衛門様、まずは煙草を売らねば。最初の一品ですから」

塩屋の言葉に皆が笑い、更に待った。店の前には人通りもあったが、しかし入ってくれる者がいない。直ぐに一刻が過ぎ、気がつけば店を開けて二刻も経っていたが、しかし一人の客もこなかったと気がつく。じき、四人の顔が強ばってきて、塩屋が真っ先に不安を口にした。

「これは……どうしたことでしょうか」

「その、多分、ここに良き煙草が安くあることを、皆は知らぬのではないでしょうか」

勝蔵が言うと、残りが頷く。もちろん、引き札に子細を書き、店表から見えるように貼ってはある。しかしどの店とて、己の品は良いと、大げさに言うものであった。大野屋は新しき店だから、本当に良い煙草を売っているかどうか、誰も知らないのだ。

「拙いな。いかにしようか」

杢右衛門から真剣な眼差しを向けられ、七郎右衛門は必死に、次の一手を考えた。

（ここでしくじる訳にはいかぬ。殿は、既に洋式のものを取り入れる為、金を使い始め

ておられる。金を稼げませんでした、では済まぬぞ）

そして煙草盆と睨み合うこと、小半刻。七郎右衛門はすっくと立ち上がった。

「煙草を、一文で売ろう」

「は、はあっ？」

この言葉には、三人が魂消る。

「そ、そこまで安くしては、大損ですっ」

「狼狽えるな、勝蔵殿。最初に一服、味見をしてもらう。それを一文で売るのだ」

いわゆる、お試しであった。

「良き品ゆえ、一回吸ってもらえば、多くが客となってくれるだろう。表で煙草盆を持って立ち、一服勧めてみる」

「おおっ、その手がありましたか」

それで二人ずつ交代で、店の前に立った。道をゆく者達に、新しい店の客寄せだと告げ、煙草を山と盛った煙管を勧めたのだ。

一服一文ならばと、道端で吸ってみる御仁は結構いた。ぷかりとやると、皆、揃って悪くないと言ってくれる。煙草の値を告げると頷き、何人かは大野屋をさっと見た。さあ、最初の客が入るかと、七郎右衛門は煙草盆片手に、心を弾ませたのだ。

ところが。

「なぜ皆、大野屋へ入ってくれぬのだ？」

四人はじき、店表の八畳に戻って、真剣に悩むことになった。店の前の道へ出て、大野屋の見てくれに、何か拙いものでもあるのかと、探しもした。

しかしどう見ても、近くの店と似たり寄ったりの店構えなのだ。世話になった大和屋とも似ていて、看板がなければ間違えて入りかねない。その看板だとて、近くの職人にあつらえてもらった品だから、妙なところなどない。いたって並なものであった。

「どうして売れぬのだろう。何が悪いのだろう」

七郎右衛門は頭を抱えた。この年になるまで、金のことでは色々あったし、困りごとにも数多出会ってきている。しかし、だ。

「こういう理屈に合わない話は、初めてのような気がする。狐や狸に、化かされているのではないのか」

「山深い大野ならばともかく。大坂の町中へ出てくる狸など、おりませんよ」

鍋にされてしまいますと、勝蔵と塩屋は共に眉尻を下げている。

「何か……どこかに、売れない訳があるはずなのだが」

七郎右衛門には、それが見えてこないのだ。

「ともかく、道で一服売ることを、続けていきます」

勝蔵や杢右衛門が、諦めずに表で煙草を勧めていると、その姿を見て心配になったのか、大和屋が顔を出してくれた。

「おや、まだ一つも売れてなかったんですかいな。そりゃ、気になることで」

ならばと大和屋が、最初の一包を買ってくれたが、後が続かない。そのうち杢右衛門が、刻み煙草の包みを道へ持ち出し、一服を気に入ってくれた客、二人ほどに売ったが、店売りは未だになかった。

七郎右衛門の悩みが、更に深くなる。

「これは……売れぬ訳は、煙草より店にありそうだな。どういうことなんだろう」

いくら町人風にこしらえても、七郎右衛門達、侍はそれと分かり、気になるのかとも思った。しかし道で一服を勧めた時、客達は誰も三人の素性を気にしていない。

「訳が分からん」

売れないまま、時ばかりが過ぎてゆく。そのうち日が陰ってきて、気がつけば昼餉も食わぬまま、店を閉める日暮れを迎えてしまった。

三

恐ろしいことに、次の日もやはり売れなかった。夕刻まで客は一人も店には来ず、様子を見に来た布屋が仰天して、幾つか煙草の包みを買って帰ったほどであった。

そんな調子では、ものを食べる気にもなれずにいたところ、今度はお千(せん)が差し入れの重箱を提げ、様子を見に来てくれた。おかげで夕餉にはありつけたが、一日で売れていないことを言い当てられ、情けなさに気が沈んだ。

「お前はん、何か間抜けをしたん？」
問われたので、首を横に振った。客が一人も来ていないのでは、間抜けすら出来ないと言うと、お千は呆れ、皆を慰めてくる。そして、明日も差し入れを持ってくると言って、帰っていった。

次の朝になっても、店は何も変わらない。四人は暇を持てあまし、また掃除などをしつつ、ため息ばかりを重ねていく。七郎右衛門の頭に、〝閉店〟とか〝潰れる〟とかいう言葉が過ぎるようになってきたが、余りに早すぎる話であった。

店をしくじって大野へ帰れば、七郎右衛門は嘲笑を受け、利忠公の困った顔を見ることになる。

「わしは今まで、金に強いとか、武士にあるまじき、算盤の使い手などと言われてきたが。いざ店を開いてみれば、この始末だ」

帳場の脇で、七郎右衛門が肩を落とすと、塩屋が慰めるように、昼餉を振り売りから買ってこようと言い、八畳から土間へ降りた。気がつけば客の来ないまま、早、昼近くになっていたのだ。

「きっと食べたら、少し気持ちもほぐれますわ。うどん屋でもおらんかな」

塩屋が暖簾をくぐり、表へ消える。ところが本当に、あっという間に戻って来たので、他の三人が顔を上げた。見れば後ろに、何人かの男達の姿があった。

「ここが大野屋はんか？　大野から荷物、持ってきたわ。重いやつやで」

「あっ……そうだ。銅山から、荒銅（あらどう）が着くことになっておったのだった！」

大野の面谷（おもだに）銅山で取れた荒銅は、大坂にある銅座へ納めている。今までその荷は、大坂の商人に受け取ってもらっていたのだが、それでは費用が余計に掛かる。蔵も買ったゆえ、荒銅は大野屋へ運ぶ手はずとなっていたのだ。

「余りに煙草が売れぬので、すっかり忘れておった。杢右衛門殿、勝蔵殿と荒銅の数を確かめ、銅座へ届ける手配をしてくれぬか」

これからも大野屋が引き受けてゆく荷だと言うと、二人は頷き、急ぎ人夫達へ蔵の場所を教える。

すると人夫の頭は、大野からの書状が入った箱も、七郎右衛門へ渡してきた。中の文を確かめると、国の用件が色々出てくる。

「おや、適塾の緒方洪庵殿に、支払わねばならない金があるらしい。塩屋、大野屋が払っておいてくれと、大野から言ってきたぞ」

「へっ、まだ儲けてませんのに。払いだけは一人前にあるんですか」

他にも、大坂にある藩の米倉へ行ってきて欲しいとか、大野へ送ってもらいたい品があるとか、煙草の商いには関わりない用件が連ねてあった。

「大野屋は、藩のよろず屋ですな」

塩屋がため息をついている横で、七郎右衛門が立ち上がる。

「金の払いがあるゆえ、外の用はわしが引き受けるとしよう。塩屋、済まぬが暫く店を頼む。暇だから、一人でも大丈夫だろう」

　そう言って身軽に店を出たものの、考えてみれば七郎右衛門には、米倉へゆく道が分からない。仕方なく近所の大和屋へ、舟の頼み方を聞きにいったところ、今日は店が賑やかですなと真っ先に言われた。

「大野の銅山から、荒銅が届いたのだ」

　煙草が売れたゆえの、忙しさではない。七郎右衛門が情けのない顔で言うと、大和屋の者達が優しげに頷いた。

「しかし銅の荷、多いこと」

「いきなり慌ただしくなったわ」

　緒方洪庵のいる適塾は、銅座のすぐ近くにあると聞いていた。場所は大体分かるが、大坂には詳しくない。七郎右衛門は舟に乗ると酒手（さかて）をはずんで、先々困らぬよう、船頭から道や町について教えてもらった。そしてようよう使いを終え、大野屋へ戻ると、昼を大きく回った刻限になっていた。

　すると。

「おや？」

　大野屋の裏手の堀川で舟から上がったとき、七郎右衛門は一寸（ちょっと）首を傾げた。大野屋へ出入りする人の姿が見えたからだ。

「まだ荒銅の運び込みが、終わっておらぬのか？　もう随分時が経っているが」

近かったので裏から店へ入ると、今日もお千が来ていて、台所で煮物を作っている。

「ああ、お前はん。布屋はんがおいでや。手が足りんから、店、手伝うてもらってまっせ」

「は？　どういうことだ？」

七郎右衛門は慌てて店表へ向かった。すると八畳間へ出た途端、足が止まってしまう。

魂消て目を見張った。店の土間に、何人も人がいたのだ。それはどう見ても、お客に思えた。塩屋一人では相手をし切れず、布屋と孫兵衛までが煙草盆を前に、客と話をしている。

「これは……」

「七郎右衛門はん、やっと帰ったんか。店奥から煙草の包み、持ってきておくれやす」

布屋がすぐに声を掛けてくる。七郎右衛門は急ぎ煙草を運びつつ、しばし呆然としていた。

（客だ。お客が大野屋へ来ている！）

表に出たとき、客は確かに一人もいなかった。なのに帰って来たら、煙草が売れ始めていたのだ。出した煙草の包みを更に五つ売り、一旦己の客が途切れた時、小声で塩屋へ問うた。

「塩屋、何があった。布屋がお客方を連れてきてくれた訳ではないよな？」

返事をしたのは、当の布屋だ。

「違いまっせ。わてが来た時は、お客はんが何人も来てはってな。塩屋はん、一人で困っとったんや」

布屋は仕方なく、孫兵衛と共に手を貸してくれたらしい。七郎右衛門はすぐ、二人へ頭を下げた。

「これは申し訳がなかった。しかし、店が忙しくなったというのに、勝蔵殿達はどこにいるのだ？」

すると奥から当の勝蔵が顔を見せ、荒銅を運び出す手配が出来たので、杢右衛門は銅座へ行っていると、まずは知らせてくる。

一方、勝蔵が店へ戻れなかったのは、蔵で一騒ぎあったためらしい。どうやら書面と荒銅の数が合わず、人夫が荷を抜いたのではないかと、揉めていたのだ。

「どう考えても、あいつらが怪しい。ですが、素直に認めぬのです」

しかしこのままだと、大野からの次の荷でも、また銅を抜かれる心配がある。しらを切る人夫達へ、勝蔵が運び代を渡さなかったものだから、長く揉めることになったのだ。あげく人夫達が、もう大野の荷は運ばないと言いだし、困った勝蔵は、七郎右衛門を探しに店表へ戻ってきたという。

七郎右衛門が口をへの字にした。

「荷を運ばぬときたか。このままでは困るな」

七郎右衛門が、まずはそちらを片付けねばと言って立ち上がると、布屋が情けのない声を出してきた。

「ありゃ、わてらはまだ、帰れんのかいな」

「布屋、夕餉を食べていってくれ」

そして七郎右衛門はにっと笑うと、更に一つ頼み事があると、布屋や塩屋へそっと言ってみた。

「これから店に来るお客方に、煙草を一服差し上げてくれ。吸っている間に、聞いて欲しいことがある」

途端、商人達の目がきらめいた。

「何で急に、大野屋で煙草を買う気になったんか。話を聞き出したらええんやな?」

「その通りだ。頼んだ」

「その訳、わても知りたいわ。七郎右衛門はん、荒銅の荷を抜かれた件の方も、どう始末したか、後で教えてや。わてらの働き代、それでええから」

布屋が笑って言ってくる。

そして暮れ六つ頃、七郎右衛門は荒銅を運んできた人夫達と、やっと話をつけ、運び賃を渡すことができた。店へ戻ると、大野屋から最後の客が帰るところで、皆、少々くたびれたような顔をしている。

煙草はその後も、売れ続けていたと分かった。

四

「ああ、お腹空いたわ」

布屋と孫兵衛は、嬉しげに夕餉の席に座ると、並んだ手料理を見て、出来映えの良さに驚き、褒めている。照れたお千が、お盆で布屋を軽く叩いたので、塩屋が笑い出した。

ここで七郎右衛門は、まずお千へ、今日までの礼を言った後、これからの心づもりを告げた。

「お千、やれる日だけでよいから、このあとも、大野屋の台所を助けてはくれぬか」

「あら。わての料理でええんですか？」

「大いに良い。それに、そう決めておけば、お千と大野屋に繋がりが出来る。年上のわしに万一何かあっても、大野屋がお千を長く支えるだろう」

七郎右衛門の心づもりを知って、お千は一寸目を見開き、勝ち気そうな顔つきになる。だが横から、料理など出来ない塩屋と勝蔵が、是非によろしくと言い出したので、そのうち笑い出した。

「分かったわ。わては独り暮らしやし、そんなら、手の空いてる日の夕餉は、こっちで作りましょ」

「おや、こんな料理があるんなら、たまに大野屋へ来てもええな」

「孫兵衛はん、来はったら店で働かせまっせ」

　お千に言われて、布屋主従がため息をつく。七郎右衛門は笑うと、箸を取る前に、布屋達へも、手を貸してくれたことへの礼を口にした。そして無事、煙草が売れ始めたことの祝いとして、まずは皆で一献傾けたのだ。

　大商人は、機嫌良く杯を干すと、すぐに目を輝かせ、荷の件を七郎右衛門がどうさばいたか、聞かせてくれとせがんできた。

「上方でも運ぶ途中、荷を抜かれることがあってなぁ。苦労してはる店、多いから」

　つまり、人夫相手に上手くやれる方法が分かれば、布屋は他の店に、大きな顔が出来るらしい。

「せやから、すっかり話してや」

　布屋には世話になっているし、大野屋へ金を貸してもらってもいる。だから七郎右衛門は笑って頷くと、顛末を語り出した。

「わしは温厚なのでな、揉め事は嫌いなのだ。あん？　孫兵衛、温厚と聞いて、何でそっぽを向く？　それで最初は、荷を抜かないでくれと、人夫達へ大人しく頼んでみたのだ」

　武家がまず、下手に出て頼んだわけだ。しかし人夫達ときたら、盗みなど知らぬと言い抜けてきた。真に分かりやすい態度であった。

「つまり人夫達は、すっかり味を占めておったようだ。これからも荒銅を抜き取り、売って銭を手に入れる気だったのだ」

大人しい七郎右衛門も、その様子には腹を立てた。荒銅は山師達が銅山から、命がけで掘り出したものだ。その儲けをかすめ取るなど、反吐(へど)が出るほど嫌なやり方であった。

「それでな布屋。人夫達へ、このままでは心配だと言ってみた」

「はて、心配とは？」

布屋と孫兵衛が、首を傾げている。

「大野を出る時にはあった荒銅の荷が、大坂へ着いたら消えていたのだ。その話を知れば、荷運びの人夫達が荒銅をかすめ盗ったと、山師達は思うに違いない。そう考えたのだ」

「おや。そういうたら七郎右衛門様は前に、銅山の頭をしておられましたわな。山師のことも、よう知っておられましょう」

「銅が抜かれて藩の儲けが減れば、山師達への支払いも減る。当然、山師達は怒るわな」

七郎右衛門は、己の言葉に頷く。

「となると山師達は、大野へ人夫らが荒銅を取りにきたとき、盗人を捕まえようとするだろう。布屋、捕まえてどうすると聞くのか？　銅山に放り込んで働かせるのだ。そうやって盗まれた分を、取り戻すわけだな」

少々荒っぽいやり方だが、藩の知らぬうちにやりかねず、己達には止められないと七郎右衛門は思う。

「もし面谷銅山の、坑道の奥に放り込まれたら、誰も探しになど行けぬ。何しろ銅を掘るのは、山に掘られた長い穴の先だ。真っ暗で、山師でなければ出る事すら叶わぬ、深い山の底なのだ」

「おお怖い。せやけど、それはただの脅しやろ？　人夫のうち、誰が荷を抜いたんか、山師はんらには分からんもん」

「はは、確かに」

だがそうなると、荷は奪われ続ける。そのうち山師達は癇癪を起こし、証などなくとも、まず人夫の頭あたりから、銅山へ放り込みそうであった。荒銅の盗みが止まるまで、一人、また一人と、人夫は姿を消してゆくのだ。

七郎右衛門は人夫達へ、覚悟しておけと言うしかなかった。気の毒だが冗談事では済まないと、念を押しておいた。

「うわぁ、嫌やわ。まるで怪談や」

「布屋、人夫達も嫌だと思ったようだ」

特に渋い顔をしたのは人夫の頭で、荷が抜かれぬよう気を付けると約束してくれた。それで七郎右衛門は先程やっと、人夫達へ運び賃を渡せたわけだ。

「分かって貰えて良かった」

布屋は、大きく笑った。

「要するに、脅したんやな。七郎右衛門はん、お堅い顔をしてるのに、時々、とんでもないこと、しはるなぁ」

笑っている布屋へ、今度は七郎右衛門が話を促した。肝心要、大野屋へどうして急に客が来たのかを、塩屋と布屋達に尋ねたのだ。

するとニ人はさっと目を見交わし、膳の前で頷く。口を開いたのは大野の塩商人で、客人達から思わぬ話を耳にしたと、ゆっくり語り出した。

「二日前、大野屋を開けたのに、何で今日になってから、煙草を買いに来たのか。お客に一服勧めた後、それとなく聞いてみたんですわ。そうしたら」

大野屋の店先で、客達は皆、同じような言葉を返してきたという。

「昨日までは、大野屋があんまり静かだったんで、入るのが怖かったんですと」

「は？　怖かった？」

この言葉に、勝蔵達も目を見開く。

「何しろ大坂では誰も知らない者が、突然開いた、訳も分からない店だったんで。通りでの一服は、いい煙草を吸わせても、店で一包み買ったら、くずを掴まされるのではないか。皆、そう疑ってたみたいですわ」

横で布屋と孫兵衛も、頷いている。

ところが大野から荒銅の荷が届き、皆が忙しくなった途端、風向きが変わった。

「お客らは、やってきた人夫達に、大野屋がどこの誰がやってる店か聞いたんですな。得心いったみたいですわ」

荒銅の荷を山と扱うのを見て、すぐに畳む店ではないことも分かった。大和屋や布屋達など、身なりの良い大坂商人達の出入りも、見られていたらしい。

「一服もらった人夫達が、大野の煙草は良いと言って、表で吸ってた。奉公人のいないところで話すんやから、煙草の味、本当に良いんだろうと、納得したお客もいたようですわ」

「店の引き札では駄目だったのか」

杢右衛門がうなる。

だが一旦客が付くと、値の割に良い品を売っている店があると、あっという間に口伝えで噂が広まった。お得な品を買ったという話は、自慢になるからだ。

「そんなわけで、荒銅の荷が届いたのと一緒に、店が忙しくなったわけですわ」

塩屋が話をくくると、七郎右衛門は大きく息を吐いた。

「大野屋を出したことで、本当に色々、商いについて学ばせてもらった」

それを聞いた布屋が、夕餉を食べつつゆっくりと笑う。

「店をやっていくんは、難しいでっしゃろ。布屋も鴻池(こうのいけ)も金主として、大野屋へそれぞれ千両出しましたんや。利を付けて返して貰えるまで、頑張って欲しいもんですわ」

すると勝蔵が、町人の偉そうな言葉に、一寸むっとした顔になる。だが七郎右衛門は、柔らかく頷いた。

「心配を掛けたな。こつが摑めてきたゆえ、大丈夫、借りたものくらいは返せるだろう。

なあ塩屋、今日は大分、商いになったな」

「へえ。大野での煙草の仕入れはただ……というか、藩札で買ってますからねえ。売れた分はとりあえず、全部大野屋へ入りますし」

「は？　藩札？」

　意外な言葉を聞いたという顔で、布屋達の手が、膳の上で止まる。七郎右衛門は、機嫌良く、藩札のからくりを語った。

「藩が刷った札で大野の特産品を買い、大坂の客からは、全国どこでも使える金、銀、銭で、払ってもらっておるのだ。ううむ、教えはしたが、このやり方、布屋が真似るのは無理だな。藩札を商人が勝手に、刷ることは出来ぬゆえ」

「ありゃあ……えらい手を、使うてきはりましたな。藩札とは」

　孫兵衛が呆れると、隣で布屋が、狼が笑ったような顔を作った。

「その手、わてら商人だけやなく、大概の藩でも使えまへんな。余程信用がないと、藩札は、額面通りには使えまへんよって」

　しかし儲かる面谷銅山を抱え、借金の少ない大野藩の藩札には、大事なその信用があった。布屋は目を細め七郎右衛門を見てくる。

「やっぱり商いに強いなぁ。大野藩は七郎右衛門はんに、今まで、いくら稼いでもろたんやろ」

　七郎右衛門はまず、余り儲かっていなかった面谷銅山を、再び宝の山にしたと、布屋は言い出した。次に金主達の間で、年貢収入の十年分はあろうと噂されていた借金、大野の藩債を整理した。江戸の上屋敷と中屋敷が一度に燃えた時も、七郎右衛門が手を打ったと、布屋は商人仲間から聞いたらしい。

「他に、この布屋が知らん話もあるんやろな。殿様は七郎右衛門はんのこと、打ち出の小槌やと言いはったとか。分かるわぁ」

だが、今のままだと金で潤うのは、大野藩ばかりだ。それに。

「七郎右衛門はん、藩内の噂、聞いとるで。そないに儲けとるのに、ちょっぴり禄を増やしてもろたら、名門の出の方から、えらい嫌味を言われてるんやて？」

元は八十石、大した家柄でもない七郎右衛門が、今や藩の財を支えているのだ。それがかんに障る藩士もいるのだろうと、布屋は笑った。

「なんや、あほらしい一生になりそうやわ。だから言いましたやろ。さっさと隠居して、商人になったらよろしいて」

これからでも構わない。大坂で自分の店を開けと、布屋がけしかけてくる。

「おいっ、大野屋は、七郎右衛門殿が頼りなのだ。妙なことを言いださんでくれ」

杢右衛門が慌てて止め、夕餉の席に笑い声が起きた。

そして。やっと大野屋へ客が来るようになり、商いも回り出したので、大坂に来て一月と少しの五月二十五日、七郎右衛門達は大野へ帰ることになった。

「勝蔵殿、塩屋、大野屋のこと頼んだぞ」

そう言い残し店を出る段になって、七郎右衛門は不意に、心配の虫に取り憑かれた。勝蔵と塩屋の二人は、あまりそりが合わなかったと、今頃になって思い出したからだ。しかし店前の道からそっと振り返ると、二人は店先で早くも、何やら話し合いをしている。すると横で、杢右衛門が笑った。

「二人きりになれば、何とかやってゆくでしょう。他に相談相手もいないのですから」

「そうだな」

心配はしても、七郎右衛門が店へ帰ることはできない。そして店というものは、銅山の鉱脈のように、一旦上手くいけば、そのまま続くというものでもなかった。

「わしらはまだ、大野屋を始めたばかりだ。苦労がこれからも色々、出てくるのだろう」

それを承知で、続けねばならない。

(商売は始めても、十軒に一軒しか残らぬといわれているわけだ)

ならば進むしかないと己に言い聞かせ、七郎右衛門は、大野への道を歩んでいった。

大坂大野屋はその後、無事に商いを続けた。三月後、大坂へ出て収支を確かめた七郎右衛門は、胸をなで下ろした。金主からの借金は残っているものの、店を続ける金六百両を取り除けても、数十両の残りが出たからだ。

二度目、翌安政三年三月までの七ヶ月間を確かめると、店はもっと楽になっていた。先に残した六百両を合わせ、入った金は二千五百四十七両、出た分は千七百七十二両だった。差し引きは、七百七十五両あったのだ。

三度目の収支は、同じ年の九月に見た。江戸藩邸へ送る分千両を差し引いても、残金は二千四百六両もあった。

（ありがたい。金に余裕が出来た。これで、わが志を目指し、また進める）

よって七郎右衛門は早々に、次の決断をした。安政三年には大野藩の飛び地、西潟領の織田村に、新たな大野屋を開いたのだ。そしてその後、更に店を増やしていった。

すると侍の店が潰れもせず、増えていくことが、余所目には余程不思議に映ったらしい。やがて大野屋には、誰も姿を見たことのない、七兵衛という天狗がいて、その者が店を大きくしているという不思議な噂が立ち、広がっていった。

五

安政二年の十一月、大野にいた七郎右衛門は、隆佐の弟子にあたる吉田拙蔵を、城下中追いかけ回すことになった。

「拙蔵の阿呆っ、大たわけっ。こらっ、逃げるなっ」

「わあああっ、済みませんっ」

三十歳の拙蔵を、四十九歳の七郎右衛門が追いかけているのだが、七郎右衛門がかんかんに怒っているためか、拙蔵は逃げ切れずにいる。まだ雪が降るには早かったので、城下の道に、二人の足を止めるものはなかった。

「七郎右衛門兄者は、今も結構足が速いなぁ」

城下を駆け抜けてゆくとき、道ばたに立って見ている介輔(かいすけ)の、苦笑混じりの言葉が聞こえた。横には岡田求馬(もとめ)もおり、二人は友である拙蔵を心配げに見ていたが、七郎右衛門を止めはしなかった。

拙蔵には、怒りを受ける訳があった。やってしまった不始末は、頭を抱えるほどのものだったのだ。

「馬鹿をしおってっ」

拙蔵は江戸で学んでいる最中、花街でおなごと酒に、盛大に溺(おぼ)れてしまったのだ。首が回らなくなった拙蔵は、仕方なく師の隆佐に全てを白状し、雷を落とされて大野へ送り返された。それが、四月のことらしい。

かなりの借金を作ってしまっており、当人が反省をしても、全ては返せていない。このままでは大野藩の江戸上屋敷に、迷惑が掛かりかねなかった。

（だが隆佐の奴、それを承知していたのに、わしに今まで黙っていたな）

走りつつ、七郎右衛門は口をへの字にした。隆佐は明倫館の仲間で、こっそり花街の借金を返してやろうと思い立ったらしい。隆佐も若い頃江戸で、酒とおなごに溺れるという、同じ馬鹿をやっている。そして七郎右衛門から、思い切りお灸を据えられていたのだ。

（拙蔵の馬鹿を話せば、わしがまた怒ると思ったのだな。ああ、当たりだ）

四月といえば、七郎右衛門が丁度、大坂の大野屋へ行っていた時分であった。大野へ帰って来た頃には、時が経ち、拙蔵の噂は聞かなくなっていたのだ。抜かったと、七郎右衛門は唇を嚙んだ。

ところが隆佐の目論見(もくろみ)は、早々に崩れてしまった。仲間内から、なけなしの金を集めたものの、到底足りなかったのだ。

(拙蔵殿の借金は、花街でこしらえたものだけではなかった。大野にも、ごっそりあったようだ)

困り果てた隆佐は、七郎右衛門が城へ上がった日、やっと事情を話してきた。幾ら使ったのか書き出し、拙蔵の借金返済に力を貸してくれと、城の廊下で頭を下げたのだ。

(もちろん、わしは今度も怒ったさ)

無駄遣いをした拙蔵へも、隠し事をした隆佐にも、七郎右衛門は雷を落としたかった。拙蔵への助力よりも先に、目の前の隆佐へ、まず拳固(げんこ)を食らわしたいと思ったのだ。

だが城中であったから、七郎右衛門は騒ぐ訳にもいかなかった。その日は、江戸の上屋敷から大野へ飛脚が着いており、その話を聞かねばならなかったのだ。十一月の六日は〝蝦夷地(えぞち)在住〟のことなど、公儀が出した知らせが十七通も江戸から届いており、他のことへ使う時などなかった。

(くそうっ、それで隆佐は、あの日を選んだのだな)

つまり七郎右衛門はあの日、隆佐に怒りそびれてしまったのだ。

その上賢弟は、弟子の借金返済を兄へ頼んだというのに、何故だかその後三日、拙蔵を七郎右衛門の屋敷へ伴わずにいた。そして殿から用を言いつけられたからと、顔を見せぬまま、今朝方上方へ発ってしまったのだ。

（蘭学者にして医学者、そして外国のことにも通じておいでの緒方洪庵殿が、大坂でやっておいでの適塾。あそこの塾頭、伊藤慎蔵殿を、大野へ迎えることになったとか）

隆佐は七郎右衛門から逃げ、慎蔵を迎えに行ったのだ。それを聞いて、七郎右衛門は癇癪を起こした。

（ああ、旅の途中、塾頭と洋学の話が出来て、その用は面白そうだ！　わしも借金より、塾頭慎蔵殿と親しくなりたいぞっ）

七郎右衛門はふてくされ、借金を押っつけてきたまま、挨拶にも来ていない拙蔵を、探しに出かけた。そして城下の道で見つけ、追いかけ回しているわけだ。

「わしは、お主らの金箱ではないっ」

日頃酒を飲み過ぎているせいか、拙蔵はそのうち息切れしたので、七郎右衛門は捕まえることができた。明倫館近くの道に引き据え、借金額を書き連ねた例の書状で打っていると、慌てて介輔達が止めてきた。

介輔と求馬は同い歳、拙蔵は一つ年上で、似た年頃の友なのだ。今度大野へ迎えることになった伊藤慎蔵は、拙蔵と同じ歳とのことで、若い才が大野へ集うのは嬉しい。だが、そのうちの一人が借金だらけとは、大いに情けなかった。

「兄者、そろそろ許してやって下さらぬか。拙蔵殿は江戸で情けないことをしたが、勉学だけは真面目に続けていたと聞いておるし」

隆佐に鍛えられた拙蔵は、大野で洋学に長けた者といえば、すぐ名の挙がる才人なのだ。だが七郎右衛門は、珍しくも介輔を睨んだ。

「当たり前だっ。その才ゆえに藩の金で、江戸へやっていただいたのだ。無駄に金を使うなど、とんでもない。悔いぬのなら、面谷銅山で銅を掘らせるぞ」

「うわぁ、済みません、済みません」

拙蔵が大声で謝り、七郎右衛門も息が上がってきて、書状を持つ手を止める。そしてそこで、ことは収まっていくはずだった。

ところが、このとき拙蔵が間抜けを、一つ増やしてしまった。介輔達の姿を見たからか、言わないでもよい一言を、友へ向けたのだ。

「済まぬ、こんなときに」

七郎右衛門が、さっと弟達へ目を向けた。すると介輔達も、馬鹿をやった。揃って無言で顔を逸らせたので、七郎右衛門は眉間に深い皺を寄せることになった。あの隆佐が、七郎右衛門の屋敷へ三日も顔を出さず、突然上方へ発った訳に思い至った。

「介輔、求馬！　お主達はまた、集まって何か隠し事を始めておろう」

だから今、拙蔵は〝こんなときに〟と言ったのだ。しかもそれは、金が掛かることに違いない。それゆえ懲りもせず、またまた七郎右衛門に、ことを黙っているのだ。

拙蔵の借金を頼んだすぐ後に、新たな金の話を始められず、隆佐は一旦上方へ向かうことで間を置こうとしたのだろう。

「介輔、答えなさい。嘘を言うなら、今度こそ殿が何と言われようと、金など用意せぬ」

どうせ大坂へ消えた隆佐あたりが、ことの真ん中にいるのだろうと続けると、弟達が足下へ目を落とす。

「ううっ、見抜かれましたか」

介輔は早々に観念したらしく、頷くと、近くにある明倫館を指す。そして皆の前で話すと言い出したものだから、七郎右衛門は思わずうなり声を上げ、何故だかもう一発、拙蔵の頭を叩いてしまった。

(明倫館……つまり藩校の多くの仲間が、ことに関わっているわけか。嫌な感じがしてきたぞ。金がないのに明倫館を建てたときも、大いに悶着があったものだが)

しかしここ最近、大野でも日の本でも、昔とは比べものにならぬほどの、大事が続くようになっている。これから何かが起こるとしたら、昔、学び舎を建てたことなど、かわいいと思える程、とんでもないことになる気がするのだ。

(となるともしや……いや多分、殿も既に、ことに関わっておられるのだろう。今度は一体、何を行うおつもりなのだ?)

次から次へと、大枚の使い道を思いつく己の主を、七郎右衛門はいっそ凄いと感じていた。今回、利忠公が何を望んでいるのか、まだ見当もつかない。そして七郎右衛門は、分からないということが怖いと思った。

明倫館の中へ入ると、何人かの藩士達が、黙って七郎右衛門達を見てくる。介輔は奥の間へ進み、一枚の地図を取り出して広げると、七郎右衛門へ見せてきた。

「……蝦夷地の地図だな」

大雪の積もる大野よりも遥かに寒い、北の地であった。七郎右衛門は、最近、同じような地図を見たと口にした。

「確か拙蔵殿の借金を知らされた日、城中で見たと思う」

江戸から届いた、十七通の知らせの一つを、確認する為だった。幕府が蝦夷地の開拓を決め、従事したい者は名乗り出るよう触れを出したと、上屋敷が伝えてきたのだ。介輔が頷く。

「幕府は少し前に、蝦夷地の領土を上知したとかで。つまり蝦夷を幕府領としたのです。殿が、蝦夷を発展させたい幕府の意向を摑み、お触れが出る前にお話しになったので、隆佐兄者は事情を承知していました」

「殿はわしには、何も言われておらぬが……」

ひやりとした。そういえば利忠公は以前にも、七郎右衛門にだけ、隠しごとをしていたときがあった。嫌な感じが増してゆく。

「幕府から、正式に触れが出たことを隆佐兄者が知ったのは、先日上屋敷から来た、文を見たときでした」

介輔は続ける。隆佐が拙蔵の借金返済を、城中で七郎右衛門へ頼んだ、直後のことなのだ。

「ほう。もしや隆佐は、その話を耳にしたので、あの後、拙蔵殿をうちへ伴わなかったというのか？　蝦夷地の開拓が始まると、なぜ拙蔵殿の件が後回しになるのだ？」

隆佐達が……いや利忠公と共に、目指していることとは何なのか。一つ息を吐いてから、介輔が七郎右衛門を正面から見た。

「我らは、幕府の求めに応じたいと思っております。蝦夷地を見事開拓し、あの地から利を得たいのです」

そして。ここで介輔と求馬の声が揃う。

「いずれはあの北の地の一部を、わが大野藩の領土として頂きたい。それを目指しているのです！」

「蝦夷地に……大野藩の領地である、飛び地を作る気なのか」

考えたこともなかった。そんなことが出来ると、七郎右衛門は、夢の内ですら思い描いたことはない。

（だが……ここの皆は既に、その夢に向け、走り出しておるようだ）

それにしても、突然蝦夷地が、大野藩の前に現れてくるとは！　七郎右衛門は寸の間立ちすくんでしまった。

（ここにも、とんでもない夢を見た者達がいる……）

そして介輔の目を、じっと見つめることになった。

「皆、蝦夷に関わるつもりなのか。それが、何を意味するのか、分かっておるのだろうな」

幕府は、開拓を己から望む者を求めていると聞いた。つまり、だ。北へ行く為の金を、出してはくれまい。開拓にかかる金は、大野藩が出すことになるのだ。

その上、蝦夷は酷く寒い地だと聞いている。その地を目指すのに、開拓という言葉を使うほど、厳しい場所なのだ。ならば、藩として北へ向かうことを決めた場合、行く者達が無事に帰るか、その身を案じることにもなるだろう。

「そして何より！　蝦夷の開拓は、大野藩が藩の存続のため、何としても、やらねばならないことではないのだ」

明倫館に来ていた者達が、その言葉を聞き、目を畳へ落とした。

（もし隆佐達が北へ行くことになり、その為の金を、この七郎右衛門が出した場合。わしはまた、藩内の怒りを浴びることになるな）

七郎右衛門は、利忠公が改革を成すため、揃ってお役から退くことになった、家老達のことを考えた。公に廃止された、古流の武道のことを思い浮かべた。

他にも大野藩を立て直すため、それは多くの者達が、厳しい沙汰を受けてきた。面扶持を行った時、大野の藩士達は、銅山の山師達よりも金の無い三年間を過ごしている。なのに、だ。公儀から命じられた訳でもないのに、隆佐達が蝦夷へ行き、大枚を使うという。それを知ったら、彼らはそれを何と思うだろうか。

(己達は切り捨てられたのに、隆佐らは勝手をしている。そう受け取るのではないか)

公に取り入った内山家の悪党のため、自分達が切り捨てられることになった。多くの藩士達が、そう言い怒っても驚かない。

(殿と隆佐、考えの揃う二人が一緒に動き出すと、歯止めが利かず危ない。昔、重助殿や官左衛門殿が、心配していた)

その危惧の通り、隆佐が公の側近くに来た今、とんでもないことが起きてしまったようだ。

(利忠公はきっと、この七郎右衛門こそ先頭に立って、蝦夷行きに反対すると思っておられるのだろう。そうお考えだから、またも引き返せなくなるまで、わしには黙っているのだ)

深いため息がこぼれた。

(さて、わしはどうするべきか)

昔、藩の会所で言ってしまったように、公へ再び、金は出せないと言うか。それとも、既に主へ差し出した命ゆえ、諾々と主の考えに従うか。

すると、ここで思い浮かんできたのは、己が成すと決め、しかし未だ、口には出していない大望であった。七郎右衛門はここで、唇の片端を大きく引き上げた。

(ならば、答えは決まっているか)

末の弟が目を見開き、不思議なものでも見たような顔で、こちらを見つめてきた。

十二月の九日になって、隆佐が、大坂から大野へ帰ってきた。

伴ってきた適塾塾頭、伊藤慎蔵は、洋学の才に優れた者との評判だ。利忠公は慎蔵を大野に迎えることで、藩内に新しい学問が広がることを期待しているらしい。

慎蔵には新しい家を建てて与え、両親を大野に迎える為、五十両も渡したのだ。その上、慎蔵は来月にも、百石もの禄で召し抱えられるだろうと言われていた。

そして今日明倫館では、慎蔵の歓迎の席を開くことになっている。七郎右衛門も酒を片手に明倫館へ向かったが、めでたい席へ行くというのに、胃の腑の具合が良くなかった。

慎蔵の召し抱えが決まった途端、何故だかそのことで、七郎右衛門が嫌味を言われるようになっているのだ。

(やれやれ。最近内山家への風当たりが、一段ときつくなってきたな。まだ蝦夷へ行く話は、噂になってはいないはずだが)

内山家の兄弟も、慎蔵と同じく、大した出自でもないのに公から引き立てられている。慎蔵の召し抱えを聞き、そのことを思い出して、多くが怒りを覚えているのだろう。大野屋が無事始まり、商いが上手くいっていることも、かんに障っているに違いない。

（侍に商いなど無理と、決めつけていたらしいから。わしが大野屋で失敗するのを、楽しみにしていた者達が多くいたようだ）

店が上手くいって、がっかりしたのだ。その不満は、嫌味と嫌がらせに化けていた。

（ああ、胃の腑が痛いわ）

七郎右衛門は、ため息を漏らした。

それでなくとも二月前の安政二年十月二日、江戸を未曾有の大地震が襲い、大騒ぎになっていた。江戸では数万人の町民と、万を遥かに超す数の武士が、亡くなったという噂であった。

八年前に建て直した、大野藩の江戸屋敷もかなりやられ、怪我人が出た上、修理の費用も嵩んでいる。

（落ち着かぬ時なのだ。本当は蝦夷行きなど、止めねばならんと思う）

しかし彦助から話を聞いたところ、蝦夷地について公のお心は、既に定まっておいでのようであった。

（ならば、蝦夷地の件でこの先、どう動くか）

腹を決めている間に明倫館へ着いてしまったので、七郎右衛門は酒席の始まる前に、まずは拙蔵を捕まえた。そして、周りに人がいるのも構わず、溜まりに溜まった吉田家の借金を、いかに始末するかを告げた。

「家政改革だ。居宅没収とする。拙蔵殿、貸家へ移れ」

横にいた介輔と求馬が、顔を見合わせる。

「七郎右衛門殿、屋敷は残せませぬか？」

「無理だな。実は家を処分したくらいでは、まったく足りぬのだ。求馬殿、拙蔵殿にはこの後、間を見つけて、大野屋の仕事を手伝わせようと思う」

大野にいても出来る、帳簿付けや商品の手配を任せようと、七郎右衛門は考えていた。その約束で大野屋から前借りをし、一気に借金を返す。この方法しか思いつかなかった。

「拙蔵殿、この後また馬鹿な借金を重ねたら、今度は本当に銅山で働かせるぞ。銅山奉行としてあの山で暫く暮らせば、金を使うところもなく、借金の癖も消えるゆえ」

「……はい」

拙蔵がうなだれた時、明倫館の中がざわめいた。隆佐が見慣れぬ者を連れ、座敷に現れたからだ。拙蔵と同じくらいの年の男は、少し目が細かった。

（あれが、今までに千人以上の塾生が通ったと噂の、高名な蘭学の私塾、適塾の塾頭か。伊藤慎蔵殿）

見ればその後ろから、久保彦助も姿を現してくる。ざわりと低い声が聞こえたのは、彦助は、公の使いだと、皆が承知しているからだろう。

（おや、殿は蝦夷地の件、彦助殿を介して、話を進めているのかのぉ）

公自身が明倫館へ通い、皆と論議をするわけにもいかないのだろう。ならば蝦夷の件の文句は、彦助へ言っておこうと、七郎右衛門は頷いた。

六

七郎右衛門は口の端をわずかに引き上げると、ここで弟隆佐の方へと歩んでいった。そして横にいた慎蔵に挨拶をした後、これから少々兄弟で喧嘩をするゆえ、酒宴は少し待って欲しいと、丁寧に言ったのだ。

「はい？」

慎蔵が目を見開いた時、七郎右衛門は白扇(はくせん)を使っていた。つまり隆佐の頭を、思い切りひっぱたいたのだ。

「兄者っ、何をするっ」

大声と共に隆佐が睨んできたので、大野藩による蝦夷地開拓の話を、正面から持ち出した。介輔が長兄に事情を話したことは、もちろん隆佐も既に、承知しているはずなのだ。

「兄者、その件は、後日ちゃんと話をするゆえ」

弟は宴席で話したくはなさそうだったが、構わず続ける。

「隆佐の阿呆。蝦夷地開拓などと簡単に言うが、いくら掛かると思っておるのだ。はっきり言うが、幕府は己から名乗り出た大野藩へ、開拓のための金を出したりせぬぞ」

「いやその件は……話が決まったら、兄者に相談するつもりだった。本当だ。だから」

七郎右衛門は黙らない。

「蝦夷地へ向かうのなら、藩士達の支度は、余程しっかりとせねばならぬ。彼の地は、我慢してどうにかなるような寒さでは、ないそうだ」

蝦夷行きの話を摑むと、七郎右衛門はすぐ、知り合いの商人を通じ、蝦夷地へ商いにゆく北前船(きたまえぶね)の船頭などから話を集めていた。そして、夢見る者達がまだ考えていないらしい、金の額を口にする。

「蝦夷地を調べるなら、少なくとも三十人は向かうことになるだろう。一人につき……そう、最低二十両は支度の金を渡さねばならん。頭立った者達には、もっと必要だ」

その額に、遥か北の地へゆく旅の費用や、船の代金などが上乗せされる。大野藩には、藩の船などないのだ。

「ざっとみて、まず二千両はかかろう。蝦夷行きは、大枚がかかる話だぞ」

「二千両……」

金のことは後回しであったのか、宴に集っていた藩士達の間から、呆然とした声が上がる。彦助と慎蔵が、食い入るように七郎右衛門を見てくるのが分かった。

「幕府が、蝦夷地を開拓する者を求めるのは分かる。魯西亜(オロシャ)が北から来ているし、国境の線は、今も確(しか)と定まっておらぬからな。守るにしても、あの地から利を得るにしても、人がいる」

そして蝦夷地の開拓と聞いたとき、隆佐達がやりたいと考えた訳も、七郎右衛門には分かるのだ。盆地と山ばかりで、これ以上田畑を増やせない大野藩にとって、北の地は、新たな領土を夢見られる唯一の土地であった。

「殿は……そんな隆佐達の夢を、面白がってしまわれたのだろうよ」

つまり、だから。

(殿が止まられることは、ないのだ)

よって七郎右衛門は、己に驚きつつ、皆へはっきりと言った。

「殿が蝦夷地を目指すと決められたのなら、わしはそれに掛かる金を出してみせよう」

明倫館の中が一寸、驚くほど静かになった。直ぐにわっと大きく声が上がったのを、七郎右衛門は一睨みで押さえる。そして、これだけは言っておくと続けた。

「どうせお主達のことだから、もし蝦夷へ行けたら、無茶をするに違いない。初めての険しい山で鉱脈を無理に探し、北に慣れている上方の商人達と張り合い、危ういことばかりやるだろう」

しかし、だ。

「蝦夷地へ向かった者は、何としても無事に、全員戻ってくるように。そう誓わねば、お主らの無茶に金は出さぬぞ」

集っていた全員が、声を出さずに頷く。

「そして、もう一つ。これは簡単に聞こえるだろうが、存外難しかろう」

だが何としても心がけて欲しいと、七郎右衛門は続けた。

「もし蝦夷地行きが決まっても、喜んで騒ぎ立てるな。城下でこの試みについて、大声で語り合ったりするな」

「えっ……なぜなのです？」

　慎蔵が驚きに目を丸くしたが、隆佐達から問いが返ることはなかった。皆、察しがついたに違いない。

　七郎右衛門はここで、藩へ来たばかりの慎蔵に、事情を口にする。

「蝦夷地行きには今言ったように、大枚が必要でしてな。しかもそれは藩として、何が何でも出さねばならない金ではない」

　大野藩は七郎右衛門が若い頃、参勤交代の費用にすら困っていた。藩士達は今も、諸事に倹約を言い渡されている。

「なのに蘭学好きの面々の願いを、殿が許されて、また大枚を使うことになるのだ」

なぜお前達だけが金を使えるのかと、不満に思う者達が出る。少なくない人数だろう。

「だから騒ぎ立て、そんな者達を煽らないで欲しい。わしは皆へ頼んでいるわけだ」

　蘭学好きへの贔屓と聞き、慎蔵が口を歪める。

「もしかして、わしが大野へ来たことも、快く思わぬ御仁がいるのだろうか？」

　すると彦助が、ここで口を開いた。

「慎蔵殿が大野へ来られて、殿は本当に喜んでおられる。果報なことと思うが」

　そしてこの先、大野で何か困ることがあったら、隆佐や七郎右衛門に話をするといい。すぐに手を打ってもらえるからと、殿の近習頭の彦助は、兄弟を見もせず勝手を言った。

苦笑と共に頷き、七郎右衛門が続ける。

「あとは幕府への折衝など、蝦夷へ向かう者達で決めることばかりだ」

よって己は、もう口出ししない。

「藩外で動くことは、隆佐に任せる。わしはこの後、金集めに忙しくなるのでな」

「兄者……かたじけない」

頭を下げた弟へ、七郎右衛門はにやりと笑いかける。

「こうと決まれば皆、蝦夷地で何を行うか、すぐに話し合いをしたかろう。だが、まずは隆佐が江戸へ向かい、幕府と交渉をして、蝦夷地行きの許しを得てからのことだ」

隆佐が頷いたので、それではと言い、七郎右衛門は介輔達に、奥の間との境の襖を開けさせた。山と並ぶつまみと酒を見て、男達が目を輝かせる。

「蝦夷地の件で騒ぐのは拙いが、慎蔵殿が来られた祝いはせねばならん。ゆえに今日は、明倫館で酒を飲んでも構わんだろう」

随分強い方だと、大坂の商人から聞いたと言い、七郎右衛門は慎蔵に酒を示して笑う。

「この地の酒も、味わって下され。なかなかのものですぞ」

慎蔵は一瞬目をしばたたかせてから、破顔一笑する。そして集まっていた一同は、嬉しげに酒へ手を伸ばした。

年が明けた安政三年。隆佐は江戸へ向かうと、幕府へ伺書を出し、公儀や主家のため、蝦夷地を開拓したいと申し出た。そしてやはりというか、幕府より金は出なかったものの、開墾の為、蝦夷地へ見分に向かうのは構わぬとの許しを得たのだ。

七郎右衛門が年寄・蝦夷地御用掛に任じられ、要するに金の都合に走り回った。二十石禄が上がり、気がつけば七郎右衛門の頂く石高は、元の倍近く、百五十石になっていた。そして隆佐もまた、年寄・蝦夷地惣督に任じられた。こちらは蝦夷へ向かう者達をまとめ、旅の支度を調えるのに、かかり切りとなる。蝦夷地開拓の話も、否応なく、皆が知ることになった。

「ううむ……殿が、わしまで年寄になさったのには驚いた。隆佐は蝦夷地行きの頭だ。身分も必要であるだろうが」

七郎右衛門の出世は多分、蝦夷地開拓への貢献というより、大野屋を無事に開いたことへの恩賞だろうと察しはついた。店は早々に、藩へ利をもたらし始めているのだ。

しかし蝦夷の名と絡んで、兄弟が揃って出世をしたことで、七郎右衛門と隆佐には、今までにないほど、藩士達からの風当たりが強くなった。よってどちらの屋敷の塀にも、以前重助の屋敷で見かけたような、心ないことを書いた紙が、貼られるようになったのだ。

「くそっ、今日も胃の腑が痛いぞ」

七郎右衛門が唸る中、蝦夷地へ向かう人選が行われ、浅山八郎兵衛、早川弥五左衛門、吉田拙蔵、中村岱佐などが選ばれてゆく。銅山方からは、伊藤万右エ門も加わった。北の地で鉱山を見つけることができるか、それも大事な目的らしい。七郎右衛門は頷いた。

（万右エ門殿とは銅山以来、久方ぶりに勤めで関わることになったな。ああ、銅山での失敗から時が経ち、出世もされたようだ）

志とむてっぽうを背負って、北へ向かう面々は、総勢三十人ほどと決まった。二隊に分かれて蝦夷地を目指し、隆佐達は一旦江戸へ出てから北上する。もう一隊の弥五左衛門達は、船で箱館を目指すことになった。

「藩の船がないと、不便ですな」

会所で、弥五左衛門が隆佐にぼやいていた。七郎右衛門は今日も金のことで、集まりに顔を見せていたのだ。

「とにかく遅れないよう、支度金を渡せて良かった」

会所に集まった一同が、わが儘の禁止や、指図無しの対応の禁止など、蝦夷行きの〝掟〟を申しつけられている。それを見ると、いよいよ出発の時が迫ったのを感じた。

「皆、若いのう」

七郎右衛門が廊下で思わずつぶやくと、側から小さな笑い声が聞こえる。見れば彦助で、今日も殿へ集まりの様子を話すため、来ていたと分かった。

「七郎右衛門殿も、一緒に北へ向かいたかったのですかな？」

問われたので首を傾げ、寸の間考えた。それからゆっくり首を横に振ると、蝦夷は自分が行くべきところではないと答える。

開いて間もない大野屋や、藩の台所など、己を待っている場所があった。

「それは分かっているのだが……何だろうな、苦しく、大変な日々が待っているだろう蝦夷地が、きらめいて見えることがあるのだ」

もう行くことはないと、分かっている場所だからだろうか。自分が五十になったからだろうか。

「新しい明日へ向かう若さが、きっと羨ましいのだろう」

素直に言うと、彦助が片眉を引き上げた。

「去年、武家であるのに、大坂に店を作った男が、何を言っているのやら。本物の年寄りは、あんな無茶はせぬものだ」

「そ、そうか？」

おまけに大野屋は、驚く程の金を稼ぐようになっている。全く、聞いた事がない話だと、彦助は言ってきた。

隆佐達、江戸を経由して蝦夷地へ向かう者は、まず三月六日に大野を発った。そして船でゆく弥五左衛門達は三月の九日に、海のある西潟浦へと旅立つ。

後に来た文によると、弥五左衛門達は船で、三月二十五日に西潟浦を出たらしい。箱館に着いたのは、四月の四日であったという。

（早いな。船があれば、蝦夷地へ八日で行けるのか）

江戸を回っていった隆佐達も、四月の二十三日には、無事箱館へ到着したと七郎右衛門は聞いた。箱館では、弁天町最上屋八兵衛方にて、世話になっているらしい。まずは、ほっとする知らせであった。

ただ。

北からの便りを受け取った時、七郎右衛門は、大騒ぎのただ中にいた。

隆佐達を送り出した安政三年の三月、大野藩の金蔵である面谷銅山が、突然火事を出したのだ。対岸の急斜面に広がる村も燃えたとの話が伝わり、七郎右衛門は他の藩士らと、山へ駆けつけることになった。

（全焼だというが……なぜだ？）

もちろん、どこの銅山でも、火事が起きることはある。火が出てしまうと、煙が一気に坑道を満たしてしまい、息が出来なくなるから、火を消すどころではなくなる。命を繋ぐため、逃げ出すしかないのだ。

しかし……七郎右衛門は連れの藩士達と面谷への道を歩みつつ、小さく首を傾げた。

（村まで燃えたのは、どうしてだろうか。川を挟んだ対岸にあるのに、何故だ？　亡くなった者はいるのだろうか？）

一体、何が起きたのか。七郎右衛門はどうにもまだ、ことを飲み込めなかった。

（ちょうど蝦夷地に、大枚が掛かっているときだ。一番困る時に、面谷銅山からの収入が途絶えた。本当に痛い……）

それだけではなく、銅山の山師達を助け、人が余所へ行ってしまわぬように手当てをくとも分かった。

し、山を何とか元に戻さねばならない。それに莫大な金が掛かることは、誰に言われな

（三月では、山はまだ寒い。早く手を打たねばならぬ。もし山師達が他の山へ行ってしまったら、面谷銅山は当分閉めるしかなくなる）

元に戻すための金を、どう算段するか。七郎右衛門は考えつつ、眉間に皺を寄せた。

（面谷は……どうして今、燃えたのだ？）

深くなってゆく山の中で、まさかという考えが、頭にわき上がってくる。抑えても抑えても、どうしても考えてしまう。

（まさか……放火か？）

七郎右衛門達、洋学好きの者らに、勝手に金を使われるくらいなら、銅山など燃やしてしまえと思った者がいたのではないか。

それほどの悪心が、既に七郎右衛門へ向けられているのではないか。

さればこそ、面谷で川向こうの村へまで、火が及んだのではないか。深い山の奥へと足を踏み入れつつ、七郎右衛門の総身は、疑問に包まれていった。

しかし。

（火事が全てを燃やしてしまっている。真実が分かる日が来るとは、思えぬ）

この件は、不幸な事故と諦め、先へ目を向けるしかない。そうと分かっていても、七郎右衛門は、総身が重くなるような考えから、なかなか離れられなかった。

九章

殿四十六歳
七郎右衛門五十歳

一

大野の城下で、内山家の者達をそしる落書が、その数を増やした。隆佐達が目指した蝦夷地の開拓が、上手くいかなかったと、分かった頃からだ。

大野藩藩士達が北へ行った後、蝦夷地の件は、考えてもいなかった方へ動いてしまった。幕府は諸藩へ、蝦夷地を開拓する者を求めておきながら、途中で方針を変えたのだ。あの北の地が面白き場所だと、大野藩など、諸方から報告を受けたからに違いない。幕府は突然、藩による開拓を止めさせ、蝦夷を、幕府の直営にすると言い出した。

北の地を、大野の藩士達で開拓し、いずれは大野藩の新しい領地にするという隆佐達の夢は、叶えられなかったのだ。

とたん、内山家に対する悪口や嫌な噂が、大いに増えることになった。

「蝦夷行きは大野藩にとって、何の利にもならなんだ。そしてそんな無謀に、七郎右衛門達は二千両も使ったという話だ」

「皆には節約を押しつけておるくせに、好きに藩の金を使いよって」

今までにも、七郎右衛門達への悪口が、落書として塀に貼られたことはある。だが、今までは内山家の塀に貼られていた落書が、ここ最近は明倫館や、新しく出来た蘭学館にまで貼られるようになっていた。

藩の建物に、そんな落書があるのは耐えられず、七郎右衛門は暮れて、己の姿が目立たぬようになってから、落書を剝がして回っている。

昼は、積み重なった仕事をこなし、夜は落書の始末をしているせいか、疲れが溜まり、咳が出るようになって止まらない。みなもいしも、家で休んでいるよう言ったが、こればかりは止められなかった。七郎右衛門は、気を落としている隆佐の分まで、毎日せっせと落書を剝がし続けていた。

（今宵は月も星も見えず、一際暗いな）

そして咳の方も、いつにも増して酷かった。ごほごほと言いつつ、提灯一つを手に、塀から紙を引きはがしていく中、思い出されるのは、晩年、やはり落書に悩んでいた、家老重助の顔であった。

（やれやれ。文句があるのなら、正面から、わしに言えばよいものを）

意見を戦わせるのであれば、逃げはしない。金に関わる件であれば、言い負けるとも思えなかった。

しかしだからこそ、不満は落書となって貼り付けられるのだと、七郎右衛門にも分かっている。となると、この嫌がらせには終わりが見えず、その分辛かった。

「げふっ……う、ううむ」

そして、またもや咳き込み、身を折った後、七郎右衛門は何かが気になって振り返り、暗い道の先へ目を向けた。

ふと、誰かに見られているような気がしたのだ。しかし光の届かない先は、すぱりと闇に切り落とされたかのようで、なにも見えない。

「気のせいか。今日は朝から、調子が良くないゆえ」

やはり今日だけは、みなの言う通り、屋敷で休むべきであったか。そう思い、道から目を離したその時、七郎右衛門は両の足を踏ん張った。体が大きく揺れたのだ。

すると、どこからともなく、男達の声が聞こえた。闇の中の者達は、剣呑な口調で、七郎右衛門のことを語りだした。

「見ろ、成り上がりの七郎右衛門様が、こんなところにおられるぞ。夜、供も連れずに出歩いておる」

一人歩きをするなど、身分低き者のやることだと、笑い声が続く。なのにそんな男が今、大野の財を動かしているのだ。話す声には、怒りが含まれていた。

（おや、この話、昨日聞いた悪口に似ておる）

声の方を見たが、提灯の灯りすら見えず、誰かがいる様子はない。だが、直ぐにまた別の声が、耳の内で響く。

「成り上がりの七郎右衛門様は、身勝手がお好きだ。己の身内は次男、四男まで出仕させておる。ああ腹が立つな」

こちらも同じ事を、十日前も、先月も耳にしている。夜の中から聞こえてくる声は、七郎右衛門が城下で聞いた様々なそしりを、繰り返してきていた。

「お主達、誰なのだ？　わしに不満があるとみた。話があるのなら聞くぞ」

思い切って言ってみた途端、体が大きくふらついた。暗がりからの返事はなく、今度も気配が感じられない。七郎右衛門は咳をした後、苦笑を浮かべる事になった。

「なるほど。ひょっとしたら誰も、近くにはおらぬのかも知れん。わしは、余程調子が悪いようだ」

無理をしたあげく、頭がぼうっとし、要らぬ事を思い起こしているのだ。それが、闇の向こうから聞こえる言葉のように、思えたに違いない。

「これは拙い。早く帰ろう」

提灯を掲げた途端、更にふらついた。すると怒りを含んだ声が、また頭の内に響く。

「話を聞く、だと？　話を聞かせて下さい、と言うべきだろう。八十石の家の生まれではないか。いっそ斬ってしまいたいわ」

すると、もう一つの声が、仲間をなだめにかかる。

「焦るな。取り除くのならば、七郎右衛門だけでは駄目だ。あの生意気な弟達も、一緒に葬らねばならん」

心ない噂話を、己は大層気にしているのだと分かった。おまけにと、七郎右衛門は、情けない思いで首を横に振った。

（体の力も、衰えておるらしい。落書一つ、剥がすのに苦労するとは）

闇の中へ足を踏みだし、とにかく屋敷へ向かった。すると新たな笑い声が、頭の中に響く。

「おやおや、七郎右衛門ときたら、酷くふらついておるぞ。行き倒れそうだ」

「助けてくれる者が、誰も側におらぬわ」

体が揺れ、たたらを踏みつつ更によろけたが、七郎右衛門は、それでも先へ進んだ。屋敷は遠くない。

すると。さほど歩かない内に、他の足音を聞いたと思った。振り返ったその時、手にしていた提灯を塀にぶつけ、落としてしまった。

道で燃え上がり、一寸辺りが明るく照らし出される。そのとき、七郎右衛門の体は、大きく傾（かし）いでいた。

「えっ」

城前の堀へ、足を踏み出してしまったと分かった。大野は水が豊かな地で、しかも雪深い。冬、積もった雪を流す為にも、町のあちこちに水路が巡っているのだ。

「しまったっ」

叫び声を上げたとき、水の中へと飲み込まれた。

落ちる時、どこかから声が聞こえた気がした。だがそれも、頭の内に響いた、噂話かも知れないと思う。

水を飲み、もがいた。しかし闇の中、どちらが水面(みなも)なのかすら、七郎右衛門には分からない。堀から這い上がれるとは、とても思えなかった。

二

気がつくと七郎右衛門は、何とも珍しいことに、花畑の中にいた。一面の菜の花が美しく、遠くには桜の花も見えている。

（おや、五月を過ぎておるのに、まだ桜が咲いておるのか）

季節外れである上、花ばかりの景色は、余りにも美しすぎた。ある考えが浮かび、七郎右衛門は納得するしかなかった。

（もしやここは、噂に聞く死出の道かのぉ。わしは……死んだのか）

不思議な気がしたが、そういえば夜道でふらつき、溺れたはずだと思う。

（やれやれ。こうも急に死ぬとは思わなんだ）

直ぐに後悔に包まれた。まだ婿取り前の娘と妻を、大野に置いてきてしまったのだ。

妻のみなと、娘いしの顔が浮かぶ。

（突然わしがいなくなったら、二人は心細かろう。せめていしに婿を迎えるまで、頑張

れたら良かったのだが)

みなの身内である岡嶋家から、いしの婿になる男子を、養子として得ようと思っていたのだ。しかし忙しさにかまけている間に、その機会を失ってしまった。仕事ばかりして、家の者達のことが、おろそかになっていたのだ。

(二人とも……済まぬ)

心の内で手を合わせると、他にも心配事が、山と浮かんでくる。独り言が転がり出た。

「火事になった面谷銅山の件は、なんとか片付けた後で良かった」

全焼した面谷銅山を救う為、七郎右衛門は先日決断した。利忠公に願い、幕府より七千両の金を拝借してもらったのだ。そこから山師達への賃金を出し、山に慣れた彼らの手で、焼けた銅山の坑道を元に戻すと決めた。

(暮らす金が出れば、山師達は面谷に留まってくれる。うん、なんとかなるだろう)

ただ銅山が当分の間、利を出さなくなったのは苦しい。もし大野屋を作っていなければ、大野藩は年貢以外の利を、ほとんど得られなくなっていたところだ。いや、七郎右衛門が突然死んだら、頼りの大野屋も、この先危うくなりかねない。

「大野藩はこの後、大丈夫なのだろうか」

七郎右衛門は死にかけているというのに、花の中を歩きつつ、悩んで首を振った。その上こうなると、他の無念も浮かんでくる。

「殿は以前、今は合戦の日々だと言われた。だがわしは家臣として、まだ戦働きの手柄をあげておらぬ」

しかし今は、戦国の世ではない。実際の合戦をし、他の領地を奪い取ることなど、無理というものであった。

よって七郎右衛門は、戦に勝利し領地を広げた、戦国の世の功に匹敵するものを、得なければならなかった。時には弟たちと己を比べ、気を落としつつ、七郎右衛門は己が何をすればいいのか、悩んできた。

そして、だ。悩み続けた末に、七郎右衛門はようよう、やるべきことを摑んでいた。直ぐには、口にするのも憚(はばか)られる大望だと思った為、まだ誰にも話してなどいない。しかしそれを何とか成してやろうと、七郎右衛門は既に、動き始めていたのだ。

「なのに、こんなことになるとは。生きていたら、大望を成せたかのぉ」

花の間を歩きつつ、己に問うてみる。

するとその時七郎右衛門は、不意に立ち止まった。己の名を、誰かに呼ばれた気がしたのだ。しかし辺りに、誰の姿もない。

七郎右衛門は首を傾げつつ、また花の間を歩んだ。花畑の中には、他に誰もいない。それで思い切って、今こそ己の望みを口に出してみる。

「わしはわが殿に、信長公のように、大きな国の主になっていただこうと思う。うん、臣下としてそれを成し得れば、戦国の世でも、功を立てたと言ってもらえただろう」

四万石の大野藩は、常に小藩だといわれ続けてきた。つまり利忠公は、そんな国の主だと、軽んじられていたわけだ。その無念から、利忠公を解き放ちたい。

もちろん、いくら大国の主を目指すといっても、徳川と合戦をし、日の本全てを得るのは、無理というものであった。

だが。

「大野を大きくするのに、大きな領土はいらぬ。そうだよな？」

大野屋を作った今、七郎右衛門は花畑の中で、そう思い至ることができた。

「大国の年貢米に匹敵する大きな利益を、大野藩が得られればよいのだ。年貢でなくとも、他から毎年金が入ればよい」

それに領地が狭いままなら、藩主が養わねばならない家臣は増えないから、その分、楽になる。要は必要な大金を、どこから得るかということだ。

「答えはもう出ているな。大野屋だ」

となると、今の二軒のみでは足りなかろう。大坂に大野屋を作ったように、日の本中に店を増やし、金を得るべきであった。

「大藩が得ているような財を手にできれば、わが殿はきっと、その志を存分に果たされる。様々な改革を成してゆかれるだろう」

それを目に出来れば、七郎右衛門は功を立てたと思えるはずであった。

「うん、やはり良いっ！　わが目指すべきは、これだ！」

七郎右衛門は一面の黄色い花畑の中で、片手を振り上げ、大きく頷いた。興奮で、総身が熱くなってくる。

「そのためには大野屋だけでなく、大きな藩船も必要だな」

北前船の船主達が得ている巨大な金も、大野藩が得たいと思う。更に、先々また藩の借金が増えないよう、金のかかりそうなことは、七郎右衛門がさっさと終わらせておくべきだと思いつく。蘭学の学び舎はもう作ったが、病院はまだだ。それに。

「そうだ、北蝦夷のことが気に掛かっていた」

隆佐たちの蝦夷行きは、確かに上手くいかなかった。だが、隆佐の義兄弥五左衛門が、蝦夷よりもっと北の地、北蝦夷へ行きたいと望んでいた。

「北蝦夷行きは、面白い」

蝦夷よりさらに北にある蝦夷、樺太（からふと）などでは、その地の権利を得ても、年貢などほとんど望めないという。しかし、そういう寒冷の地であれば、幕府と揉めなくとも、形だけでも、藩の飛び地を得られるかもしれなかった。

そうすれば得られる金と領地、二つが大きくなって、大野藩は掛け値なしに大きくなれるのだ。

「いいぞ。ああ、成し遂げたい」

死出の道にいるせいか、口にしてみた思いつきはどれも、素晴らしいものに思える。周りを埋め尽くす菜の花の黄色が、夢のごとく、きらきらしい。七郎右衛門は満面の笑みを浮かべ……その後、また声を聞いた気がして、ふっと正気に返った。

「だが、駄目だ。わしはもう、なにも出来ぬのだった」

どう考えても、この花畑の先に待っているのは、あの世であった。七郎右衛門は軍功を立てるどころか、今にも大野から去ろうとしているのだ。

「みな、いし……わが殿」

思わず立ち止まり、うなだれる。

すると。その時思わぬことが、花畑の中で起こった。

七郎右衛門の頭へ、突然何かがこんと当たったのだ。花の間から拾うと、驚いたことに白扇であった。急ぎ首を巡らせると、花畑の向こうに見慣れた姿を見つけ、飛び上がりそうになった。

「殿、なぜこんなところにおられるのですか」

ここは死出の道ではなかったのか。思わず問うと、利忠公に、思い切りため息をつかれてしまった。

「七郎右衛門、やっと返事をしたな。いつまで黙っているつもりかと思ったぞ」

「は?」

「それ、何度も呼ばれておるだろうが」

確かにまた、己を呼ぶ声が聞こえる。

「そういえば、ずっと聞こえておりました。しかしそれがしは、そろそろ道の先に行かねばならないので……」

「七郎右衛門の阿呆。お主の命はわしがもらったのだ。だから文句を言いにきた。打ち出の小槌が、勝手にどこかへ行くなど許さぬわ」

口をへの字にすると、殿は白扇をもう一本、取り出した。公が何本白扇を持っておいでなのか、今もって謎だ。

「さっさと返事をせよ。いつまで寝ておる」

白扇がまた飛んでくる。七郎右衛門は思わず声を上げた。

「痛いっ」

己の声に驚き目を開ける。すると、みな、いし、それに弟たちの顔が目の前に並んでおり、思わず狼狽えた。

「おや……花畑にいたはずだが。殿はどちらにおられるのだ？」

訳が分からずつぶやくと、みなが、いしと抱き合うようにして泣き出した。何故だか介輔の横に、引きつった顔の吉田拙藏がいる。隆佐がほっと息を吐き、ぺしりと七郎右衛門の額を叩いてきた。

三

「兄者、死にかけた後だぞ。もう少しの間、大人しくしていることは出来ぬのか？」

溺れかけた七郎右衛門は、五日も寝込んでしまった。しかし、熱が下がると直ぐ床上げし、働き始めたので、隆佐が文句を言った。

七郎右衛門は真っ先に、己を堀から引き上げ、命を救ってくれた拙蔵の家へ、礼を言いにいったのだ。

拙蔵は夜、借金と引き替えに引き受けている仕事、大野屋の帳簿を、七郎右衛門の屋敷へ届けに来ていたという。

叫び声を聞き駆けつけ、咄嗟に岸から七郎右衛門の腕を摑めたのは運が良かったと、家で拙蔵は口にした。七郎右衛門が寝込み、死にかけたのは、溺れかけたからというより、ずぶ濡れとなったためだ。風邪を余計にこじらせたあげく、高熱を出したのだ。

「拙蔵殿のおかげで、命を長らえた。礼に、拙蔵殿が苦手な大野屋の帳簿付けは、全てこの七郎右衛門がやることにしよう」

「おおおっ、それはありがたい。助かります」

「それでもまだ、大野屋へ返さねばならないものは、残っているだろう？　なかなか減らぬが、一気に返してしまうと楽だぞ」

「その、今はまだ無理でして。弥五左衛門殿と、北蝦夷のことを色々調べておると、時が足りぬので」

「拙蔵殿は、相変わらずことを成す順が、乱れておるな。才はあるのに、どうも心許ないというか」

拙蔵の力を承知して頼っていると、突然、とんでもないことに化けてしまう。そういう、危ういところがある男なのだ。

とにかく、七郎右衛門は重ねて礼を言い、一旦引き上げた。

そして次の日、七郎右衛門は、みなの里である岡嶋家へ向かい、当主となっている義兄洞雪に頭を下げた。先々、娘いしの婿になる者として、洞雪の子を養子にもらいたいと頼んだのだ。

岡嶋家次男、艮次郎（こんじろう）の名があがり、両家で話を進めていくことになった。七郎右衛門はいつもの手形と共に、娘いしの許婚（いいなずけ）が決まったことを、大坂のお千へ知らせた。

（お千は喜んでくれるだろう。気に掛かっている娘の先々が、無事決まったのだ）

だが安心できたことで、なぜだか少し、お千はさみしく思うような気もした。

七郎右衛門は更に、病院を建てる算段もした。場所を探しに行くと言うと、しかめ面の隆佐が同道してきたので、思わず苦笑を浮かべた。

「隆佐、わしは死にかけたからこそ、あれこれ急いでおるのだ」

七郎右衛門は、種痘（しゅとう）を常に受けられる場所を、早く作っておきたかった。確かに病院建設のことは、隆佐も喜んでいる。

「しかし兄者、まだ出歩かんでくれ。明倫館の塀に落書を貼っている奴らと、一人の時、出くわしたらどうするんだ」

病み上がりの身を、狙われるかも知れんぞと、真っ直ぐな大野の道を歩きつつ、弟は言ってくる。すると七郎右衛門は、隆佐と介輔も気をつけてくれと口にした。

「わしだけでなく、隆佐や介輔を一緒に葬り去るという、落書があったぞ。何をやったらそんなことが出来るのか、わしには分からんが」

確かに、危うい話だと思う。

「しかしなぁ、だからといって隆佐は、屋敷に籠もったりはせぬだろう？　怖い相手が見つかり、ことが終わるまでと言われてもだ」

「それはそうだ。兄者、もしその男達が見つからなかったら、死ぬまで動けぬことになる」

七郎右衛門は笑いだした。

「わしも同じだ。大人しゅうは出来ぬよ」

次にやりたいのは、殿と藩のため、大野屋をぐっと大きくすることだ。今が、動き出す時だと言うと、隆佐が片眉を引き上げた。

「おや、大野屋は既に二軒あるが、足りぬのか？」

七郎右衛門は頷くと、今日は軽く、まるで世間話でもするかのように、己の大望を語り出した。長く、口にすることも憚られたが、今は人に話したかった。そして、己が生きている内に、現実のことにしたくて、七郎右衛門は笑顔で隆佐に語ってゆく。

「じつは、な。大野屋をもっともっと増やし、大野藩を、大藩並に変えるつもりなのだ」

更に、弥五左衛門の北蝦夷行きを叶え、北蝦夷の地に、大野藩ゆかりの飛び地を得ようと思う。その二つをあっさり告げた。

「わしは蝦夷にも、大野屋を作りたいと思っておるのだ。つまり、もう一度藩士を北へ送るのは、理にかなっているはずだ」

北の物産は、西へ運べば大金に化けるのだと、付け足した。

「は……大金？　大野の飛び地？」

大藩並とは、どういうことだと、隆佐が問うてくる。しかし七郎右衛門は、とりあえず最後まで、志を語ってしまった。

「だから船がいる。大野藩の藩船だ」

船の件など、隆佐が真っ先に目を輝かせそうな話だと思い、七郎右衛門は弟へ笑いかけた。だが隆佐はすぐには喜ばず、顔を引きつらせ、道の真ん中で立ち止まっている。なぜだか肩で、息をしていた。

そして七郎右衛門がようよう話を止めると、弟は低い声で語り出した。

「武家なのに、商いを始めただけでは、飽き足らなかったのか。山ほど大野屋を作り、儲けた金の力で、大野藩を大藩にする気だと？」

兄者、本気なのかと問われた。だが隆佐は直ぐ、己で答えを出していた。

「いやその顔、本気だな。わしには分かる」

「いつも無茶をする隆佐が、何を驚いているのか」

問うと、隆佐が真剣な顔を向けてきた。

「無茶なのはわしではないっ。絶対に兄者の方だ。拙蔵だって介輔だって、兄者ほど、とんでもないことを言ったりせぬぞっ」

今の世で、藩の大きさを変えようという藩士など、知らぬと隆佐がいう。しかも、他から土地を奪い取ろうというのではない。大野藩が得られるものを増やし、藩の値打ちを変え、藩ごと成り上がろうというのだ。

「無茶苦茶だ。聞いたことがない。武士が思いつくことではないわっ」

隆佐は両の拳を握りしめ、身を震わせた。

「ああ、総身が熱くなったぞ。やれる話だろうか。ぞくぞくしてきた」

天に向かって拳を突き出した。

「それに、また北へ行ける！」

失敗だとされ、二度とゆくことが叶わないと言われたとき、隆佐は余程、応えていたに違いない。その蝦夷の、そのまた北へ行けるという話が、震えるほど嬉しいようであった。

「兄者が承知と言ったのだ。金を出してもらえる。なんとしても、大野の藩士は北蝦夷へゆくぞっ！」

そしてそれが、大野藩と利忠公の立場を、押し上げてゆくのだ。

「兄者の気が変わらぬうちに、動かねば」

まずはその話を、弥五左衛門に相談してくると言い、隆佐は駆けだしていった。兄への心配など、見事に頭からすっ飛んでいる。七郎右衛門は遠ざかる弟の背を見つつ、にやりと笑い、つぶやいた。

「大野の藩士達の内で、かなりの一派が、内山家の敵方へ回っておるのだ。面谷の火事の真相も、落書を貼った面々のことも、調べたとて、多分分かるまいよ」

望んだところで、都合良く、全てが分かることはないと、七郎右衛門は本気で思っていた。つまり、そういった件に取られてもよい暇は、七郎右衛門には残っていない。死にかけて、己の年が身に染みていた。

「国を大きくする気ならば、嫌でもその為に、多くの時が必要だ。つまり落書には、関わってはおれん」

隆佐や介輔の身は気になるが、二人とも、とうに一人前の男であった。兄の身を、心配する年になっているのだ。

「ならばわしは、突き進むのみだ」

七郎右衛門は、さっさと病院を建てる土地を見繕うと、次の用へ踏み出した。夜、己の志を記した長い文を、江戸にいる久保彦助へしたためたのだ。

いよいよ己の殿へ、一世一代の志を、告げる時がきていた。

（とんでもない文が届けば、彦助殿はそれを、殿へ届けてくれるだろう）

七郎右衛門はまず、体の調子を悪くしたあげく堀へ落ち、死に損ねたことから綴っていった。

死出の道の途中で、利忠公を夢に見たことも書いた。

その時、己の志を遂げるべく、武士としていかに軍功をあげるべきか、かねがね考えていたことを、行う決意が出来たと続けた。

よって、文にてその大望を語り、進み出すと知らせたのだ。七郎右衛門は、大野藩を変え、大藩並にすると書いて、いよいよ狼煙（のろし）を上げた。

（藩士の分際で、わしはとんでもないことを、書いておるな）

そして上手くいったばあい、その手腕見事なりということで、幕府は利忠公に、幕政に関わらぬかと声を掛けるだろう。きっとそうなる。七郎右衛門には分かっていた。

よって公へ、それでも事を進めてよろしいかと、文にて問うわけだ。

（これを読めばわが殿は、あの恐ろしいような笑みを浮かべるに違いない）

いつも怖いと思ってしまう、あの笑顔だ。だが今回ばかりは殿の近くにいて、その笑みを見たかったと、七郎右衛門は思った。

（わが殿であれば、この文、楽しんでくださるだろう）

もし、七郎右衛門の志が遂げられれば、日本にある藩の、立場が変わっていく気がした。一見の大きさでは、藩を測れなくなってゆくのだから。

（中でも大名方が大野藩を見る目は、絶対に変わるはずだ）

文机の上にある蠟燭（ろうそく）の火が、ゆらりと揺れた。七郎右衛門は書き上がった文を目の前にして、夜の向こうにある、大野藩の明日を思い浮かべていた。

四

物事は、思わぬ方へと進むことがある。

利忠公へ文を送った翌月、忙しく動き回っていた七郎右衛門は、屋敷の近くの道で介輔と行き合い、その話を聞いて魂消た。

「兄者、隆佐兄者から聞きました。藩船を造ることになったとは素晴らしい。しかも異国型の、最新の船にするそうですね」

興奮気味に話す介輔に、七郎右衛門は呆然とした眼差しを向けた。

「異国型の船だと？　何の話だ」

真剣に問うと、介輔は大きく首を傾げる。

「兄者が江戸におられる殿へ、西洋の船を持ちたいと願われた。わしはそう聞きましたが」

「わしが、望んだことだというのか？」

「はい、兄者が」

七郎右衛門は介輔に、知っていることを全て話してくれと、恐る恐る言ってみた。弟は道ばたで、耳にした次第を告げてくる。

「まず兄者は隆佐兄者へ、北蝦夷行きを勧められたとか」

もちろん隆佐と弥五左衛門は、金の当てが出来たと喜び、北行きの許しを、文にて利忠公に願った。江戸におられる公は、七郎右衛門からも、大いなる志の文が届いていると言い、すぐに許しを下さったらしい。

「すると殿は江戸上屋敷で、蝦夷の北を目指すなら、藩船が必要だろうと言われたとか」

今度こそ北行きを成功させたい。ならば、一回の航海では済まぬかもしれない。そして毎回、北へ向かう為の船を借りていては、それこそ散財であった。

「うむ、その通りだが」

「殿は、今、藩で船を造るのであれば、旧来の日の本の船とは違う、黒船のごとき異国型の船を造りたいと言われたようで」

驚いたことに利忠公は、すぐに江戸家老を部屋へ呼び、異国型の船について調べろと言ったという。青ざめたのは、江戸詰めの家臣達だ。大野のような小藩で、とんでもない値がするはずの船を、造れるものか、江戸家老が公へ伺いを立てたらしい。

「殿は、七郎右衛門が払うゆえ、金は心配いらぬと言われたようです」

「うっ……殿にやられたわ」

七郎右衛門は道ばたで、思わず大きな声を上げ、たまたま通りかかった者から、眉をひそめられてしまった。介輔が心配そうな顔になって、こちらを見てくるが、それでも笑みなど作れない。まさか江戸へ送ったあの文から、異国型の船が飛び出してくるなど、考えてもいなかったのだ。

ため息が出た。

「介輔、わしはそんな船など、欲しいと思った事はないのだ。しかし殿ならば……そう、大野藩の藩船を造るのなら、異国型を望まれるだろうな」

「残念……船のことは、勘違いでしたか」

「和船でよかったのに」

思わず言ってしまった。七郎右衛門は大野屋の荷を運び、北前船のごとき利を生む船を、得ようと考えていたのだ。

「えっ？　兄者は、元々船を造る気はあったのですか？」

「異国型とは参った。あれは足が速いが、ひどい金食い虫の船だそうだ」

「兄者……悩んでいる点は、そこですか？」

「いや、他にも困りごとはあるぞ。きっとわしは早々に城へ呼び出され、御家老の元右衛門殿や重役方から、山と文句を言われるに違いない」

重役達は間違いなく、大枚をはたくなと反対してくるだろう。しかし、だ。

「ここで重役方に、異国型の船など造らぬというのも、拙いのだ。北前船を買いたいと、後で殿へ言いづらくなるではないか」

それでは大望を果たせず困ると、七郎右衛門は口にした。介輔が、妙な顔つきになっている。

「兄者は、大野屋の荷を運ぶなら、船を借りれば足りると、言われるかと思っておりました」

「いや、足りぬのだ。大野屋をこれから、あちこちに建てる気でな。藩の船が欲しい。まあ、異国型と北前船、両方造ればよいか」

聞いた介輔が、拳を握った。

「四万石の大野藩で、異国型の船を造りたいという、殿のお考えも凄いです。だが」

商人と張り合うため、二隻も船を造るという七郎右衛門の意向に、弟は呆然としていた。

「けれど兄者、両方造ると、本当に大金が必要でしょう。都合はつくのですか?」

「金の調達は……」

このとき、七郎右衛門の返答が途切れた。口を開ける前に、急に他から声が掛けられたからだ。

兄弟で声の方へ目を向けると、笠を被った武家が二人、近くに現れていた。

「散財の話をしているとは、やはり七郎右衛門殿だな」

二人には七郎右衛門達の話が、聞こえていたようだ。堀でとんだ目に遭ったばかりなのに、まだ懲りず、今度は船を造る気なのかと、険のある声が聞こえてくる。すると無念流師範の介輔が、すっと身構えた。

「おや、兄者が堀へ落ちたことを、よく知っておるな。夜に起きたことゆえ、噂にもなっておらぬはずだが」

どこでそれを聞いたと、介輔は眼前の二人へ低い声を向ける。落書を貼り付けていた者が、己が堀へ落ちるのを見ていたのかと考え、七郎右衛門は顔を顰めた。だが。

（いや、それは違うな。あの夜、拙蔵殿の足音以外、気配はなかった）

七郎右衛門は頷くと、二人へ、何の用かと落ち着いて問う。すると笠を被った男達の返答は、少々意外なもので、七郎右衛門は目を見張った。

「お主、藩の金を己のもののように使い、弟たちを仕官させた上、北蝦夷へまた、藩士達を送り込もうとしているそうだな」

今度こそ、許せないと言ってきたのだ。

「おや、北蝦夷行きのこと、早くも承知しておるのか。決まったばかりだろうに」

そのことを今承知しているのは、公と重役達、それに隆佐の仲間だが、弟達が余所へ漏らすとも思えない。つまり二人は、そういう話が耳に入る、重役の身内なのだと分かった。

すると介輔には、眼前の二人が誰か思いついたらしい。堀家の次男と、大中村家の三男だろうと口にしたのだ。

（ふむ、名家の冷や飯食い達か。確か介輔と、似た年頃のはずだ）

昨今は名家でも、次男以下が新しいお役に就いたり、養子先を見つけることは、大変になっている。利忠公は文武に優れた者を好まれるゆえ、寝る間を削って学ぶような者でないと、新しく引き立てられることは難しいのだ。

（思うようにいかぬ面々が集い、不満をわし達へ向けてきているのか）

それとも、十何年か前に亡くなった小泉老人のように、余りに姿を変えてゆく今の世に、耐えられなくなっているのか。そういう時、人は怒りの矛先を探す。

（さて、どうするかな）

七郎右衛門は唇を引き結ぶと、一寸空へ目を向けてから、小さく頷いた。そしてここで、遠慮もなく道ばたの二人へ近づいてみる。

「な、なんだっ」

堀と大中村は身を引いたが、七郎右衛門は構わず語りかけた。

「お主達、暇はありそうだな。ならばわしに、力を貸してはくれぬか」

「は？　わしらがお主に、力を貸す？」

七郎右衛門の突然の言葉に、堀達だけでなく、介輔も目を丸くしている。しかし七郎右衛門は、どんどん話を続けていった。

「わしはこの先、大坂に作ったような大野屋を、別の地にも増やしてゆく気なのだ。銅山が火事になったところだ。藩のためにもっと、入る金を増やさねばならん」

大野屋は藩営の店であるから、藩士の力添えが欠かせないのだが、これが存外難しい。大野で勤めを抱えていては、遠い地に作る大野屋へは、行ってもらえぬのだ。

「その点お主達は、次男、三男で身軽だ。ならば大野屋で働かぬか？　なに、藩の店なのだ。武士の身分のままでよい」

「は？　店で働く、だと？」

眼前の二人は、目を小皿のように丸くしている。七郎右衛門は、必ず長きにわたって、きちんと店で働き続けられるよう、計らうと請け合った。もちろん、暮らしてゆけるだけの金も渡す。

「店に慣れたら、そのうち嫁も世話するぞ。二人とも幾つになるのだ？　そろそろ嫁取りを考えてはおらぬのか？」

そう問うと、二人はしばし黙っていた。だが、嫁という言葉が効いたのだろうか。じき、おずおずと笠を取った。

やはり三十前後、介輔と似た年に思えたが、冷や飯食いでは嫁などいないはずだ。一方介輔は、既に岡嶋家から嫁をもらっている。

堀と大中村は、七郎右衛門を見つめてきた。

「わしらは……店などやったことはないが」

不安げな言葉を、七郎右衛門は笑い飛ばしてみた。

「わしも大坂で大野屋を始めるまで、やったことはなかったな。だが、既に二軒の店を作っておるぞ」

余所の土地の店へゆくのは、不安かも知れない。しかし武士が店で働くのであれば、いっそ知り合いの目がない場所の方が、気楽だろうと言うと、二人は顔を見合わせる。

「それにもし、お主達がその気になったなら、ちゃんと明倫館で、算盤や帳簿付けなど習うてもらうから大丈夫だ。その後、大坂の店などで暫く働いてもらおう。それから、他で始める店へ行くことになるな」

するとだんだん話が飲み込めてきたからか、堀と大中村は、自分たちの方から問いを向けてきた。

「その、本当に我らでも、店で勤まるだろうか」

「心配するな。不安だろうが、わしでも何とかなった。それに大野屋の各店は、この七郎右衛門が束ねる。大丈夫だ」

大中村から、思わぬ言葉が続いた。

「あの。真実、暮らせるほど稼げるのか？　嫁取りが出来るようになるか？」

それは請け合うと、七郎右衛門は笑った。

「世話する娘御は、商いを助けてくれるような、町の者がよいかな。それとも同じ大野の、武家の出がよいかな」

とたん顔を赤くしたから、大中村には既に、心当たりがある様子であった。

「相手の当てがあるのか。後は遠方へ嫁いでくれるか、おなご次第という話になるぞ」

「そ、それは大丈夫だ。きっと大丈夫だ」

大中村が、顔を赤くしたまま言ったので、ならば早々に明倫館へ通い出してくれと、七郎右衛門は促した。

「とにかく算盤と帳簿付けだけは身につけねば、後で己が苦しくなってしまう。ああ、それと、親御は許して下さるだろうか」

　これは気になったが、どちらも意外なほど、あっさり頷いた。

「家には他にも、養子先を探している兄弟がいる。だが……一人分の持参金すら、満足に用意出来ておらぬのだ」

　このままでは、ずっと長兄が、弟達を養うことになる。武家身分のままでいい、そして己で食べていけると聞けば、店で働くと言っても身内は反対しないだろうと、二人は言った。武家が一旦町人身分に変わり、商人になることも、珍しくはない世の中なのだ。

「決まりだな。ただ大中村殿、好いた相手へ話をするのは、己でやってくれよ」

「わ、分かっておる」

　剣呑な話が、なぜだか働き口の紹介に化けたわけで、横にいた介輔が呆然とした顔で、話が整ってゆくのを見ている。堀と大中村はじき、世話になると言い、そろって頭を下げてきた。そしてふと、声を低くして言った。

「あの、介輔殿が大層強いことは、承知しておる。だが内山家のご兄弟は、暫く用心された方が良かろうと思う」

「おや、なんでだ？」

　今度は七郎右衛門が驚く。すると二人は、せっかく進める道を見つけたのに、店を仕切る七郎右衛門が危ういことになっては、困ると言い出したのだ。最近、堀も大中村も、内山家に対する、なにやら寒いような噂を耳にしているという。

「どうも、内山家憎しの考えに捕まった輩が、結構いるようだぞ。そして間違いなく、その者達は動き出しておる」

それで、仲間ではない堀達の耳にまで、夜、堀で何があったのか伝わってきたのだ。

(やはり、少なくない数の藩士達が、内山家の敵方に回っているのか)

七郎右衛門が顔を顰めると、介輔がすぐに問うた。

「その噂、どこで聞いたのだ? 話していたのが誰だか、分からぬか?」

「済まん、親からの又聞きだ。ただ、うちの親は、剣呑な者達の仲間ではない。やっとうの腕は立たんし、お人好しだから、剣呑な話には近寄らぬよ」

親に話は聞いてみるが、出所が分かるかどうかは怪しいと堀が言う。

「……そうか」

とにかく七郎右衛門は、働く者達を得て、更に大野屋を増やしていく事になった。二人と別れた後、介輔がひょいと首を傾げる。

「兄者、そういえば先ほど、わしは何か問うていたような」

「そうだったか? ああ、船を造る金を、どうするか、聞いていた」

それなら、既にどう得るか考えている。

「新しい店から、利を上げる気だ。今、新たな働き手も見つかった。だから大丈夫だ」

そして大野屋はじき、蝦夷地でも店を開いた。大野屋に天狗がいるという噂は、やがて北の国にも広がっていった。

五

安政三年の後半、大野では多くの者が、かけずり回っていた。

まずは隆佐が、顔を出した七郎右衛門の屋敷で、顔色を変えた。利忠公から打ち出の小槌と言われている七郎右衛門が、弟に、異国型の藩船を造る費用は、己達で借りるよう言ったからだ。

「あ、兄者！　金を出してくれるのではなかったのか？」

隆佐の顔がとても怖かったので、七郎右衛門は自室で、思わず苦笑を浮かべてしまった。

「案ずるな。約束ゆえ、ちゃんと出してやる。ただし異国型の船は高いものだ。一旦まとめて金を借り、それを返してゆく形になる。分かるな？」

七郎右衛門は、最初に金を借りるところまでを、隆佐がやれと言ったのだ。返すのは、自分が引き受ける。

「兄者、余所から借りずとも、大野屋から払えぬだろうか？」

「隆佐、異国型の藩船を購う(あがなう)のにいくら掛かるのか、分かっておるのか？」

「いや、詳しい値は、まだ……」

「覚えておらぬか？　わしは三十三歳の時、殿から藩の借金返済を言いつかった。そのころ大野に入ってくる年貢の収入は、年に一万二千両ほどだと、隆佐にも話した覚えがある」

「ああ、そういえば。兄者が鯖を持って、新堀の家へ来たときの話だな」

新田はほとんど増えていないから、今も大野の年貢収入は、同じくらいのはずだ。ちなみにその時、藩の借金は十万両ほどだったと、七郎右衛門は続ける。そして。

「隆佐、異国型の船の値は、一万両ほどだ」

「うっ」

「造るだけでなく動かすのだ。他にも必要な金が、結構出てくるだろう。つまり異国型の船を買うと、大野藩の一年分の年貢収入が、きれいに吹っ飛ぶことになる」

船を買う話は急なことゆえ、今、藩にそれだけの蓄えはない。いや、もし金があったとしても、絶対に即金で払ってはいけないと、七郎右衛門は言い切った。

「大野藩に、そこまでの余裕があると幕府に分かったら、幕府からまた、遠国御用の者が来てしまいそうだ。お手伝い普請など言いつけられかねん」

その上、大野の藩士達も騒ぎだしそうだ。藩は未だに、禄の借り上げを行っている。殿は、贅沢を好まれないのだ。

「よって船を買う為の金は、是非とも余所から借りねばならん。隆佐、船を欲しがったお主が、借りてくれ」

「あの、借りるのも、兄者がしてくれるわけには、いかぬのか？」

困った顔の弟へ、七郎右衛門はきっぱり首を横に振った。時が作れないのだ。

「実は江戸の屋敷から、急ぎの知らせが入った。毎年夏から秋にかけ、大嵐が来ることがあるが、今年はその害が大きかったらしい」

江戸は去年、大地震の被害を受けたばかりであった。そして大野藩の場合、上屋敷は地震の時よりひどい様子になったという。

「放っておけぬ。わしはすぐ、そちらにかからねばならぬのだ」

その上、七郎右衛門は今、小銃のことでも忙しかった。大野では、小銃や大砲を作るようになっていたが、最近それが評価を得ているのだ。小銃数十丁を江戸上屋敷へ送ったところ、他藩からも引き合いがきて、商売になっている。

ただ、ものがものだけに、売るのには手間がかかった。おかげで七郎右衛門は、目の回る忙しさだ。

「兄者、そちらは介輔にやらせるわけにはいかぬのか？　大金を借りるのは初めてだ。一万両となると、わしにはきついぞ」

「介輔に小銃を任せるのは無理だ。船を造るお主達と、北蝦夷へゆく者達が抜けたので、あいつは今、明倫館のことでひどく忙しい」

蘭学館を建てたからか、最近、大野藩へ学びにくる他藩の藩士達が、ことに増えていた。他藩が関わることには、藩の面目が掛かっている。だから、世話役は大変なのだ。

「その上江戸から、今回殿が、桜田門の守備を仰せつかったと、知らせてきている」

あのお役には、結構な金が必要なのだ。七郎右衛門が動かねばならなかった。

「それとも隆佐、わしが一万両借りるから、お主が桜田門を守備する為の金を、調達するか？」

もちろん江戸屋敷を直す金も算段し、北蝦夷へ向かう者達の費用も、用意してくれねばならない。更に、大野屋で働くという藩士達の面倒を見て、焼けた面谷銅山が元に戻るのを助け、蝦夷で開くつもりの、新しい店の費用も隆佐が作るのだ。

「あと、二つの大野屋からくる帳面を読み、店が大いに儲かるよう、藩札で大野の特産を仕入れ、荷を店へ送ってくれるだけでよい。ああ、これから借りる異国型の船の代金、それをどう返してゆくか、そこも考えて欲しいものだな。全部、今年中にやってくれ」

「わはは……兄者には暇がなさそうだな」

隆佐の腰が大いに引けたので、七郎右衛門は柔らかく笑った。

「心配するな。実は金を借りる先には、当てがある。今回は特別に殿が、松平阿波守様に、異国型の船の話をして下さっているのだ。それも江戸からの文に記してあった」

阿波守は、船に出資してくれるやもしれぬとの話なのだ。七郎右衛門も、布屋と鴻池という大野藩の金主当てに一筆書いてあると、書状を取り出して隆佐に見せた。

「一万両も借りるのは、確かに大変であろう。だが藩船を造るとなれば、この先、借金と似たような苦労が続くと思うぞ」

小藩と言われている大野が、大藩でも持たぬ様式の船を、得ようというのだ。新しい船を造るにしても、既に造っている船の権利を買うにしても、大事になるはずだと七郎右衛門は続けた。

「こちらが買い手だというのに、武士を武士とも思わぬ態度で、対してくる者もいよう。隆佐、金を借りることで世に揉まれてこい」

「この年で、新しい難儀に挑戦するのか」

「わしも、大野藩を大藩に成すための挑戦を、始めておる。互いにやり通してみせようぞ」

隆佐が、諦めた顔を天井へ向けた。

「うまい話には、難儀も付いているわけか。まあ、兄者のむてっぽうを考えれば、わしが一万両を借りることくらい、なんでもない気がしてくるわ」

「隆佐に、むてっぽうだと言われたくはないぞ！」

隆佐はわははと笑い声を残し、一万両をかき集めるべく、仲間の所へ相談に行った。七郎右衛門はその後、せっせと文をあちこちに向けて書き、江戸上屋敷を直す金の算段を、何とか終わらせた。

そして夕刻、行灯（あんどん）を灯したとき、ふと思う。

（隆佐は本当に、一万両借りられるかな）

少し心配になったが、大丈夫だろうとも思う。いや、そうでなければ困る。一万両は借りるだけだ。返さずともよい借金だから、本来、大いに気楽な話なのだ。

「つまり異国船を造る為の一万両は、わしが返さねばならぬ。うむ、どうやるか」

先に、堀と大中村への払いをはじき出すと、七郎右衛門はひょいと筆をくわえた。口でふらふらと筆を動かしていたとき、不意にやりと笑ったら、筆が落ち、文机が墨でよごれてしまった。

「わっ、着物に墨がついたら、みなに叱られるぞ。いしに笑われるのも、父としてみっともないし。着物についたか？　大丈夫か」

情けない言葉を口にしつつ、このとき七郎右衛門は一万両をどう返すか、頭の中にするすると道筋を立てていった。

（異国型とはいえ、船は船。隆佐や弥五左衛門達が北蝦夷へ探索に向かう時、藩士達だけでなく、荷も運んでもらおう）

蝦夷は寒い土地柄だから、運べば儲かる荷というものが、あるはずであった。もちろん帰りには、秋鮭や蝦夷ならではの荷を、西へ持ち帰るのだ。

（和船を造ろうと思い立ったとき、北前船のことを調べたではないか。そう、今、日(ひ)の本中(もと)を巡っている大型の船は、大層儲けていると聞いたぞ）

知り合いから耳にした話だと、北前船は一航海で、千両から三千両もの利を得るという。中古の北前船を買った者が、翌年にはその代金を払い終わったという、嘘のような話も伝わっている。

（冗談のように素晴らしい商売だな。もし船が、難破しないのであれば、だが）

もっとも大野藩が造る異国型の船は、元値が北前船より、ずいぶんと高い。それに北の港へ入るのには、当地の藩の制限があり、北前船は年に一航海しか出来ぬという、嘘か本当か分からない奇妙な噂もあった。

（しかし、もしその噂が本当だったとしても、打つ手がなくはないぞ）

七郎右衛門は文机の上で、また筆をもてあそぶ。

（大野藩には、大野製の小銃があるからな。大砲も作れる。これからはそれらを上手く、他藩との駆け引きに使いたいものだ）

ペリーが日本へ押しかけてきた今、日の本では、海防が大事になっているのだ。質の良い武器は各藩、是非欲しい品であった。北の地でも同じだろう。

七郎右衛門は、行灯の灯りに向け、にやりと笑った。

（大丈夫だ。大野藩はきっと大きくなる）

七郎右衛門は文机の前に座ったまま、蝦夷地から長崎まで、しばし考えを飛ばした。

六

翌安政四年一月、隆佐は御船製造主任となり、江戸へ向かった。

その後、大野屋を広げる為、京摂（けいせつ）へ旅立った七郎右衛門の耳に、二回目の蝦夷地探検の許しが、幕府より出たと伝わってくる。

（弥五左衛門は北蝦夷を開拓したがっていたが、どうなったかのう。まあ殿のことだ。許しを与えるに違いない）

そう見当をつけていたら、弥五左衛門が北蝦夷を目指し出立（しゅったつ）したと、大坂の大野屋に文が着いた。箱館に大野屋を開き、蝦夷の開拓をするのが目的だと文に書いてあり、大いに頷く。蝦夷にて大野屋を開きたいのでよろしく頼むと、くれぐれも伝えてあったのだ。

「弥五左衛門に従ったのは中村岱佐や伊藤禁之助達、全部で十四名か。うち、数名は箱館で、砲術や蘭学の研究をするとある。となると、北蝦夷へ向かう人数は少なくなるな」

蝦夷へ向かった一回目に、成果を上げられなかったのだ。もう一度蝦夷へ行く話が出たとき、大野城にいる重役達は、渋い顔を浮かべていた。よって今回は、大人数を送ることが出来なかったに違いない。

「やれ、仕方がないか」

訪れた布屋の部屋で文を読み返し、ため息をついていると、店奥の一間へ、馴染みの金主が現れる。久方ぶりに挨拶をすると、七郎右衛門を見た布屋は、少し首を傾げた。

「おや。なんや見た感じが、変わりましたな。七郎右衛門はん、なんぞおましたか？」

七郎右衛門は笑って首を横に振り、今日は頼み事にきたと、愛想良く布屋へ言った。

「実は、商いの為の船を持ちたいのだ。弁才船（べざいぶね）を改良した形の、北前船を購いたい。大野屋の荷を自前で運びたいのでな」

だが船は大きく、値が高く、造るのに時もかかるものであった。今日注文して、明日船をもらうわけにはいかないのだ。

「大きな買い物だ。それに、商いに使う北前船を買うのが武士では、船を売る側が躊躇いかねぬ。よって布屋に、船を買う仲立ちとなってもらいたい」

もちろん手間賃は払うというと、布屋が笑みを浮かべた。

「これはこれは。端は煙草が売れず、困ってはりましたのに、早、船を買おうというんかいな。大野屋の商い、上手う回ってるようや」

しかし布屋は、大野から大坂へ荷を運ぶのに、大きな北前船が必要だろうかと、首を傾げている。七郎右衛門は、茶を出してくれた孫兵衛に礼を言ってから、船は大きい方が良く、千石は欲しいとはっきり言った。

「えっ？　千石と言わはったんか？」

「北へ向かう船だ。帰りに秋鮭などをごっそり積める、大きいものがよい」

「上方やのうて、北へ行くんかいな？　そりゃ、なんで？」

「実は蝦夷にも、大野屋を作ることにしたのだ。あの地との商いは儲かるそうだ」

既に蝦夷地へ人をやっており、店を出す場所も見当をつけてあると話した。働く者も決まっていると言うと、布屋はすっと顔つきを引き締め、こちらを見てくる。

「これはまた……えらい勢いでんな」

このとき孫兵衛が主の横から、つまり北前船を買う金を、布屋へ借りに来たのかと、笑いを向けてくる。七郎右衛門は布屋へ目を移し、自分が借金に来たと、主も思っているかどうかを聞いてみた。

すると。

大野藩の金主は、ずいぶん長い間黙ってしまったのだ。それから腕を組むと、七郎右衛門の目を見てから、片眉を引き上げる。

「答えは〝否〟でおますな。七郎右衛門はんは、蝦夷に店を作ると言わはったから。もう場所も決まっとるらしいし」

ならば北前船だけでなく、遠い北の地で店を買う金も必要だ。金を借りるなら、先に金主と話し合いをしておかなければ拙い。

「七郎右衛門はん、船を買う為の金の都合、とうに、つけてはりますやろ」

それで、布屋には仲介だけを頼んできたのだろうと、頭の良い金主は言ってくる。布屋はここですっと、目を半眼にした。

「けど、金を借りはったところに、船の仲介も頼めば良かったのに。わてより頼りに出来るお人がいる気がするわ」

なにやら不満げな口ぶりを耳にし、七郎右衛門は大きく笑いだした。

「布屋、すねるでない。金はまだ、借りておらぬのだ」

「えっ？　ほんまかいな」

「だが、借りる当てはある。実はな、幕府から借りる気なのだ」

「幕府が藩へ、金を貸すんでっか」

孫兵衛の声を聞いた七郎右衛門は、茶を飲んで、一つ間を置いてから答えた。

「布屋、大野藩は以前にも、面谷銅山を質に入れて、幕府から三万両借りておるぞ」

話したことがあるだろうと言うと、布屋は小さく声を上げ、頷いた。

「最近、銅山が火事を起こした時も、幕府から七千両借りたな。まあ、次の借金を目指し、その金は大急ぎで返しているが」

返金を終え証文を交わすとき、七郎右衛門は船を買う話を、持ちかけるつもりなのだ。

「あの、そんな当てがあるんなら、なんで布屋へ来はったんやろ」

幕府から金を借りられると決まれば、信用は大きい。船を売ってくれる相手は、見つかるはずなのだ。

ここで七郎右衛門は、まっすぐに布屋を見た。

「大野藩は年々、商いを大きくしておる。だが我らは、商人ではない。よって問屋の組合にも入っておらず、仲間もいない」

組合に縛られず、それが強みになることはあり、武家ゆえ得をすることもあった。だが。

「この後大野屋が、商売を続けてゆくなら、商人との縁は必要だ」

しかし大野屋が儲かれば、金を借りることはなくなり、金主と藩との縁は切れてゆく。

「それで、だ。わしは今日、布屋が大野屋と、この先も深くつきあう気があるのか、問いにきたのだ」

孫兵衛が目を見開き、布屋は顔を顰めた。さらりと言われた言葉ではあったが、大野屋と布屋の明日を左右するほどのことだと、分かっているからに違いない。

「わては前に、大野藩の借金のこと、他の金主方やお武家はんへ話したことがあるわな」

つまり七郎右衛門は布屋に、今よりもっと、信用していい相手になって欲しいと、願っているのだ。

「せやけどなぁ、大野屋は布屋の親戚でも分家でもないし。難しいなぁ」

「おや駄目か。うちは武家で、新参の商売人だ。それゆえ深入りはごめんか」

「けど七郎右衛門はんは、そりゃ面白いお人やしなぁ。縁を失うのは、惜しいなあ」

するとここで、布屋は驚く決断をしてきた。七郎右衛門は布屋が、明日まで待ってくれとか、来月返答をするとか、とにかく、もっと迷うだろうと思っていたのだ。

だが大名家の金主となるほど金儲けの上手い人物は、見事に早くことを決めた。日の出の勢いと言われ、その名を大名達に知られる商人は、やはり別格の者であったのだ。

「ああ、約束しまひょ。大野屋はこれから、布屋の親戚並とします。ええ、孫兵衛もそれを、心得ておくれやす」

「旦さん、よろしおますんか」

余りに早い話に、七郎右衛門より孫兵衛が驚いている。一方七郎右衛門は、三つ数える間に驚きを抑えると、笑って、これから一層よろしくと、布屋へ頭を下げた。

「あの、そのっ」

七郎右衛門は狼狽える孫兵衛にも、笑いかけた。

「そうだ、ならば親戚並の布屋には、告げておくことがあるな。先ほど頼んだ船の仲介だが、実は一隻だけではない。大野藩は、五隻ほど買いたいのだ。今回も幕府より、三万両借りる」

よって、よろしく頼むと言うと、さすがの布屋が目を丸くしている。

「北前船を、いっぺんに五隻、買うんかいな。そりゃ、仲介もいるわな」

「そして蝦夷の店の次に、大野に店を作ることも、もう決めておる。その後は横浜だ」

「お、おやおや」

「布屋、うちは今、小銃の取引を始めておる。大いに好評だ。武器の売買を布屋の商いにも生かせるのなら、力を貸すぞ。なにしろお主の店は当藩の店の、親戚並なのだからな」

布屋は一瞬、目を見張った。それからすっと背筋を伸ばすと、ゆっくり頷く。

「七郎右衛門はんが、はっきり口に出しはるなら、船のことも店のことも、法螺（ほら）話やないやろ。商売を大きく動かし始めましたな。こりゃ、ええ相手と繋がったみたいや」

こうも大きく動いているのに、借金が増えていかないのが不思議だと、布屋がしみじみ言う。金主は、やはり大野屋の借り入れがどれくらいあるのか、今もちゃんと承知しているらしい。

（確かに借り入れは、増えておらん）

七郎右衛門は幕府からの借金を怖がらないが、しかし努めて早く返していた。藩札を上手く使った商いは、大きな利を生んでいる。

「ああ、商人になれと、お前様を前に誘たけど。隠居してから商いを始めんでも、七郎右衛門はんはもう、そこらのお武家様とは違うわ」

布屋はそれを、面白いと思うらしい。武家と町人なのに、親戚並と思うほど惹かれると言うと、大商人は、今更ながらにすっと頭を下げたのだ。

「これ以降、布屋は七郎右衛門はんと、道を共にしまひょ。約束や」

「うん。布屋はこれより、金主というより、わが仲間だ。こちらこそよろしく頼む」

この縁は、大きな利を連れてくるだろうと二人で笑うと、早く動く話に乗り切れていないのか、孫兵衛は横で、未だに顔を強ばらせている。布屋はそれを見て、ぽんと手代の背を叩いた後、しかし、と言葉を続けた。

「七郎右衛門はん、大野でのお勤め、上手うやってはりますか？　商いが、こうも急に広がると、付いてこれんお武家様は多いやろ。喜ばんお人も、出る気がするわな」

しみじみと言われ、七郎右衛門は苦笑を浮かべるしかなかった。

「大野では、二手に分かれておるな。意を決し、わしに付いてきてくれる者もおる。憎むほどに、こちらを嫌う者もおる」

そして。

大野屋はこの後、七郎右衛門の望み通り、大きく化けた。七郎右衛門は箱館や横浜だけでなく、更にあちこちに店を増やし続けた。

そして大野の名は、いつの間にか領地を越え、日の本中に広がっていったのだ。

七

江戸にいる隆佐から、大野へまめに文が来るようになった。

城下へ届く荷に入れたり、他の文と一緒に送ったりして工夫はしているが、それにしても便りが多い。

「代金が、相当掛かっているに違いないぞ」

大変だろうと思うのだが、隆佐は七郎右衛門への文を、止められない様子であった。

要するに弟は今、いらだちを山と抱え、誰かにその心情を訴えねば、やっていけないらしい。七郎右衛門は屋敷の部屋で文を目にし、両の眉尻を下げてしまった。

(隆佐の奴。大野藩の船を得るため奔走したとき、天敵と出会ってしまったな)

世の中、そりの合わない相手はいるものだ。そしてそれが、なんとしても関わらねばならない相手だったりすると、毎日がそれは苦しくなる。

(やれ、大変だ)

七郎右衛門は弟からの文に、こまめに返事をした。隆佐からくる最近の文は、必ず

〝兄者〟という一言で始まっていた。

〝兄者、元気か。また山から転げ落ちたり、堀へ落ちたりしておらぬか。二度あることは三度あるというから、気をつけてくれ。

江戸についてから、わしと岡田求馬、それに服部与右衛門の三人は、日々、新しき船のことを研究しておる〟

〝それでな、我ら三人は、最近結論を出した。船は箱形で、二本マストの帆船が良かろうと、話をまとめたのだ。あの形は日の本の荒い、北の海を行くのにふさわしい〟

〝二本マストの船に、大野藩の三つおもだかの小藩旗をはためかせる日が、今から待ち遠しいわ。兄者も楽しみにしていてくれ。

ああ、それと。金の件で紹介いただいた松平阿波守様は、新しき船に大いに興味を向けて下さっておる。そのうち、出資して下さるだろう。安心してくれ〟

「おや、隆佐の奴、まだ出資を取り付けていなかったのか」

最後の文を読んだ時、七郎右衛門はこめかみを押さえた。利忠公の肝いりだから、阿波守との話は、とうに済んでいると考えていたのだ。

「ううむ。隆佐は才の塊(かたまり)だが、金を借りるのは苦手なようだ。急がぬと船が造れぬぞ」

仕方がないので、連れの若手、求馬へ文を送り、借金に関わるよう促しておいた。求馬あたりが次に、大野の財を預かるべき者ではないかと、七郎右衛門は考え出しているのだ。

　すると次の文が、間を置かずに来る。

〝兄者、ちゃんとまだ生きておるか。

報告だ。わしらは船を造るに当たって、考えをまとめた。箱館御用商人、栖原（すはら）角兵衛が計画しておった船を、買い取ることに決めたのだ。これから造る権利を、譲ってもらうわけだ。栖原は、蝦夷に大きな漁場を持っていると噂の、大商人だ。

近々、栖原の番頭長七と会う話になっておる。楽しみだ。本当に、楽しみだ〟

　その時の文は調子よく終わっていた。ところが次は、欠片（かけら）も楽しそうではなかった。

〝兄者、藩船の為に、日々頑張っておる。

ところで、聞いてくれ。先日文に書いた栖原の番頭と、江戸で対面したのだ。

相手は町人で、しかも主の栖原自身ではなく、その奉公人だ。だが、この長七がうんと言わねば、事が進まぬという。

　それでこちらは大いに気を遣い、いつもは行かぬ料亭へ長七を招き、もてなした。その上で、船を造る権利の売り渡しを頼んだのだ〟

　ここで七郎右衛門は、一旦文から目を離すと、眉間に手を当てた。

「強き立場は、栖原の番頭の方だな。船を売るも売らぬも、この番頭の意向一つなのだから。隆佐、相手を奉公人だなどと言い、下に見ている場合ではないぞ」

文の続きで、案の定というか、長七と隆佐は剣呑な間柄になっていた。平たく言うと長七にとっては、船に対する藩の熱意など、どうでも良いことだったようだ。

「それよりも藩が、ちゃんと金が払えるかが、大事ということらしい。大野藩は小藩だと、下に見られておるな」

まあ商人の番頭であれば、そんなものかと七郎右衛門は思う。ところが隆佐達は、軽んじられたのが気に入らなかったようで、それが料理屋で顔に出たらしい。

長七との間には、一気に深い深い溝が、出来てしまったようなのだ。

「隆佐、何をやっておるのだ」

大野で呆然としてしまった七郎右衛門へ、更に文は届いてきた。

〝長七の阿呆、なかなか船の権利を譲らぬ〟

〝あいつが持っていても、船は世の役に立たぬのに。なのにまだ、うんと言わぬ〟

〝長七ときたら、田舎者の武家が、町人を馬鹿にしておるというのだ。わしは、そんなことはしておらぬ。ただあいつとは、そりが合わぬだけだ〟

〝こちらが是非、西洋式船を造りたがっていると知っておるので、さらにじらしてくる。あいつの顔を見ると、胃が痛くなるぞ〟

〝新しく、最初から船を造ることにした方が、良いのかもしれぬ〟

江戸から次々に届く文は、段々半泣きの様相を呈してきて、手を貸す訳にもいかない七郎右衛門は、己の部屋で頭を抱えた。

「やはりわしが、金を用意すべきであったか」

長七と隆佐が、この後互いに納得し、船の売買を終える様子など、思い浮かべることも出来なくなっていた。

「どうしたらいいのだ？　わしが江戸へ行くか？　いや、それは無理だ。では、江戸の留守居役にでも、動いてもらうか？」

七郎右衛門は、部屋の内を、ぐるぐると歩き回ることになった。そしてじき……思わぬ文が、江戸から届いたのだ。

〝兄者、栖原の番頭長七が、やっと船の権利を売ってくれることになった〟

「えっ」

驚いて文の先を読むと、なんと求馬がようよう、松平阿波守から金を調達したらしい。長七は阿波守が船へ金を出すと聞くと、ころりと態度を変え、売り渡しを承知したのだ。

「おおっ、求馬、お手柄だ！」

もっとも、ここから先、新造にあたっては、隆佐の手腕が冴えた。設計図式を長崎に求め、造船の場は武蔵の川崎と決め、次々と事を進めてゆく。

船の大きさは長さ十八間（約三十二メートル）、幅四間（約七メートル）、深さ三間（約五・四メートル）。二本のマストと、西洋式に沢山の帆がついた、美しい船になるという。

隆佐は差し入れ持参で、造っている場へ日参し、船大工達と船に寄せる夢を語っているという。七郎右衛門は大野でそのことを知り、両の拳を握りしめた。

「よし、藩船のことは一山越えた」

すると公が挨拶の席で、幕府が軍艦教授所を築地の講武所内に設けたと話した。七郎右衛門はすぐ隆佐へ文を出し、隆佐は吉田拙蔵を、軍艦教授所へ放り込むと決めた。西洋式船の航海術を学んだ者がいなければ、新しい船を動かすことができないからだ。

七郎右衛門は、江戸へ向かうと決まった拙蔵のやる気を、大いに高めることにした。

「拙蔵殿、もし早々に航海術を会得されたら、めでたいことだ。そのときは祝いとして、大野屋に残っている借金、帳消しとしよう」

「それはありがたいっ。死ぬ気で張り切って、見事に会得してみせまする」

一方利忠公は新しき船の委細を、幕府へ届け出た。一旦品川沖に置いているが、越前浦を港とすること。江戸、大坂、北海筋を行き来すること。乗員は三十名前後。白地に朝日の総旗と、船尾に三つおもだかの小旗を付け、目印にすると、記して出したのだ。

そして。

安政五年、いつもの通り、参勤交代で江戸へ発つ五月が近づくと、公は彦助を介し、大野の屋敷内で七郎右衛門に問うてきた。

「殿は、船の代金一万両、七郎右衛門殿が払うことを、大きな功だと考えておられます。よって今回は、望むなら江戸への同道を許すと言われておりますが」

新しい船は六月末日にできあがり、七月の二十五日に品川沖で、進水の儀式を執り行うことになっている。

「もちろん隆佐殿や拙蔵殿も、その式には出ます。蝦夷から帰った弥五左衛門殿も、今江戸におられるので、出ると聞きます」

船の勇姿を目に刻むため、一緒に江戸へ行かぬかと、公は問うてきたのだ。七郎右衛門は、目を輝かせた。

「ああ、行きたいのぉ。きらきらしい江戸の海を、また見たい。わしも大野の新しき藩船の進水を祝い、船上で皆と一杯やりたいわ」

だが、しかし。

「西洋式の船のことは殿の願いであり、隆佐達の手柄だ。わしは大人しく大野で待とう」

新しき藩船が出来たことは、大いなる祝いごとだ。だが七郎右衛門の目指す明日は、船を造ることではない。

「船が江戸を出て、敦賀(つるが)の港へ着いたら、わしもその勇姿を、見にいかせてもらうとするよ」

彦助は部屋で頷くと、一つ問うてきた。

「その、七郎右衛門殿。わしは殿に当てた、お主の志を読んだ。大野藩の価値を変えたいとのことだな。大藩並の金を得、新たな飛び地を得ることまで目指しておると知った」

七郎右衛門は大野を大野のまま、大きく化けさせるという。だが、その。

「本当にそんなことが、出来るのだろうか。それともあれは、叶わぬながらも志すということか？」

本気で問うてきたと思ったので、事実を話した。

「彦助殿、大野藩が得ている年貢は、わしが若い頃と、変わってはおらぬ。だが今、藩へ入ってくる金は、大きく増えておる」

七郎右衛門が志した所へは、まだ至っていない。しかし大野は既に、三十年前とは、違う地になっているのだ。

そうでなければ十万両あった藩の借金を返し、藩校や洋学館を作り、病院を一番町に新築することなど出来ない。一万両の船を、造れはしないのだ。

「藩は変わりつつあるわけだ。後は、この流れを大きくするのみだ。法螺でも、夢の話でもない。わしは大野を大藩にしてみせる」

これは七郎右衛門の、一世一代の大戦なのだ。合戦の日々が待っていると、利忠公は、七郎右衛門が若いときに告げた。それより三十年余りが過ぎ、七郎右衛門は未だに、勝利の時を迎えてはいない。

「だが、勝ってみせる」

彦助は目を見開き、しばし黙り込んだ後、やがて小さく「ああ」と言った。そして何故だか目に涙を浮かべ、言葉を続ける。

「長い間、わしは殿のお側で、才があるという者達が、引き立てられてゆくのを見ていた。羨ましいとは思ったが、殿の求められる才とは何か、分かっておらなんだと思う」

引き立てられた者達は、外つ国の言葉を操り、天下を論じ、算盤を得意としていた。武道に優れた者もいた。才ある者達は、他の若者達よりは目立っていたが、それが藩に何をもたらすのか、知らなかったと言う。

「だが今にして、才の意味が身に染みておる。お主達は、国の命運を決めるのだ」

そして大藩でも造れぬ新式の船を、大野藩にもたらす。他藩が借金にまみれていく中、新しき収入を得て、藩に藩校や病院、店を作り、皆の暮らしを変えてゆく。七郎右衛門達が彦助へ見せてきたのは、考えもしなかった藩の明日であった。

「殿が選んでいったのは、それを成せる者達だったのだな。君主が家臣に才を求めるとは、そういうことであったか」

並々である自分は、それが本心から分かるまでに何十年か必要だったと言い、彦助はわずかに笑った。買いかぶりだと七郎右衛門は言ってみたが、笑いつつ首を振っている。

「こんな考えが思い浮かぶ日が来ようとは、思ってもおらなんだぞ」

それから程なく、彦助は席を立った。だが帰る前に玄関で、七郎右衛門を真っ直ぐに見ると、一言口にする。

「気をつけられよ。亡き山役人小泉殿のように、昔ながらの毎日を失うことが、耐えられぬ御仁もいるゆえ」

「……何か耳に、届いておるのか？」

「わしは殿のお側におるゆえ、剣呑な話は最も拾いにくい。皆、憚るからな」

だがその彦助にまで、最近は何か不安に思えるような話が、伝わってくるのだ。

「例えば、蓑虫騒動という言葉を聞いた」

「は？　それは、一揆のことではないか」

思いもよらぬ話で、七郎右衛門は目を見開いた。越前や若狭では、一揆のことを蓑虫騒動と呼ぶのだ。しかし天保の飢饉の時であればともかく、今、藩で一揆が起きるはずはない。七郎右衛門の言葉に、彦助も頷く。

「確かにな。しかし、それでもお主達兄弟は、余程気をつけねば。この国では大きな騒動が起きても、矛先は殿へは向かぬ」

土井家は早死にが多く、藩主である利忠公の他に、跡取りの男子は若君一人しかいない。他藩であったと聞く、主君の一族を巻き込んだお家騒動は、まず起きないと思われる。

「となると何か不満があれば、矛先は目立つ家臣へ向かう。出世頭の内山兄弟など、真っ先に目がいくはずだ」

もう一度、気をつけろと言い置いてから、彦助は内山家を去って行った。屋敷の前で、その後ろ姿を見つつ、七郎右衛門は聞いたばかりの思わぬ言葉に、ただ驚いていた。

「蓑虫騒動、か」

それは民による、国をひっくり返しかねない力であった。国の民達が、田畑を耕す代わりに、農具を武器に立ち上がったということなのだ。幕府に知られると、藩政が失敗していると取られかねない。

（しかし、殿は見事に藩を治められておる）

納得できる話ではなかった。ただ。

（最近剣呑な話が、次々と出てきている。それ自体が、拙いことなのだろう）

彦助が去った城前の道で、七郎右衛門はしばし立ちすくんでいた。

七月二十五日、品川沖で進水した大野藩の船を、藩主利忠公は大野丸と命名した。式には藩の重鎮達が列し、新しい船を見物する者達が、品川へ多く来ていたと、彦助や隆佐から、大野へ知らせの文がきた。

四万石の小藩が、二本マスト、数多（あまた）の帆を付けた西洋式の船を、藩船としたのだ。他藩の藩士達も、船に驚きと賛辞を送っていたことを、七郎右衛門は彦助からの文で知った。

「確か今、他に西洋式の船を持つ藩は、大藩である、薩摩藩のみだと聞くからな」

誇らしげな気持ちが、七郎右衛門の中にも湧き上がってくる。隆佐や弥五左衛門、拙蔵達にとっては、生涯、忘れ得ぬ日となったことだろう。三人は新船の上で乾杯し、明月の下で、天下を論じていたということであった。

「ああ、報われた一日になったのだな。殿も本当にお喜びだろう」

七郎右衛門は泣き出しそうなほど嬉しく思って、江戸で見ているのと同じ月を、大野から見上げた。月光はすがすがしいばかり。秋になった夜の大野の町には、そろそろ虫の声が聞こえている。

ただ。また文へ目を落とすと、夜の中、長年の友の声がよみがえってくる。

（お主達兄弟は、余程気をつけねば）

七郎右衛門は最近、あちこちから繰り返し、気をつけろと言われている。そしてそのことに、薄ら寒いようなものを感じ始めていた。

十章

殿五十歳
七郎右衛門五十四歳

一

江戸で凶事が起きた。二百数十年にもわたる徳川の平安に、また大きな亀裂が入った。江戸城桜田門近くで、幕政の頭であった大老、井伊直弼が殺されたのだ。襲ったのは、脱藩していたとはいえ、水戸藩の家臣達であった。将軍家を守るべき徳川御三家の陪臣が、江戸幕府の役職中、最高位にある大老を殺めたのだ。

天下の一大事であった。

よって江戸藩邸から文が届くと、利忠公は変事を伝えるべく、早々に大野藩の主だった者達を登城させた。年寄という重き立場にいる内山兄弟も、大野城の白書院へ集った。そして城の白書院の間はこの日、いつにないほど張り詰めていた。

大老が殺されたゆえ、藩士達は大いに驚き、先を案じてもいた。ただ、そうは言っても藩士達は、江戸より遠く離れた小藩の、しかも陪臣の身なのだ。当面、何ができるわけでもない。よって家老堀三郎左衛門が、江戸上屋敷よりの文を読み上げるのを、皆、大人しく拝聴していた。

だが、それでも集った面々は、強ばった顔になっていった。珍しくも藩主利忠公が、恐ろしく不機嫌であったからだ。

「譜代の藩主として、大老暗殺を憂えておいでか。それとも他に、気がかりがおありか」

押し殺した声が交わされる。だがそのうち、皆の眼差しは、白書院の横手に座っている七郎右衛門に向いた。落ち着かない様子の公が、話の途中、持っていた扇子をいきなり、七郎右衛門へ投げつけたからだ。

白扇は固い音を立て、額に当たった。すると七郎右衛門はその扇子を、慣れた様子で素早く手に取り、すっと身の横へ置いたのだ。どちらも一言も話さなかった。公は、七郎右衛門をろくに見もしなかったし、七郎右衛門は公へ、白扇が飛んだ訳を問わなかった。

弟の隆佐が、驚いた顔を向けてきたが、七郎右衛門は、ただ公の方を見ていた。白書院では、大老殺害について読み上げる、家老の声だけが聞こえていた。

異国の蒸気船が姿を見せた後、大地震や流行病、大嵐さえも数を増し、日の本を揺さぶった。そんな中、七郎右衛門は、大老殺害というさらなる厄災を、他の藩士達より早くに摑んでいた。上方にいる親戚同様の商人が、大野の屋敷へ急使を寄越したからだ。

（布屋は凄いな。世情を摑むのが早い）

藩へも江戸上屋敷より、早々に知らせが来るだろうとは考えたが、七郎右衛門は彦助に急を告げ、朝早く城へ上がった。殿と御居間で顔を合わせ、江戸での凶事を告げたところ、さすがの利忠公も驚き、しばし声もなかった。

「井伊大老が殺されたのか。幕府の大老が……」

「凶事は三月三日に、起きたと。井伊大老のいる彦根藩の行列を襲ったのは、水戸藩の脱藩者達だとのことです」

江戸では、登城する大名行列を見物する者達が多く、一種の名物のようになっている。そして登城時は多くの大名家が行列をなし、門へと急いでいるのだ。そんな中で、彦根藩の行列が襲われた。大老が暗殺され血まみれとなった場を、数多の人たちが見たはずであった。

利忠公が、眉間に皺を寄せつつ頷いた。

「今頃は、大野のような遠き藩にまで、大老の死を伝える急使が向かっている筈だ。今日は、日の本全てが揺さぶられそうだな」

公の声が低い。

「死んだのが、井伊大老だからではない。国を開いたばかりのこの時期に、日の本を支えている幕府の、要の者が亡くなったからだ」

不安と剣呑な噂話が、この国を覆ってゆくだろう。公の言葉に、七郎右衛門は頷くしかなかった。そして、畳へ目を落とす。

（この件はわしにとっても……なんとも不都合なことだ。まるで狙い澄ましたかのように、困りごとは重なるものだな）

七郎右衛門は少し前から、公へ話さねばならないことを抱えていたのだ。

（だが、御前へ上がるのを迷ってしまった）

決断できず、動けずにいるうちに、凶事が江戸からもたらされた。しかし七郎右衛門の悩みも、このまま引きずってはいられない。

（ならば、いっそこの場で、殿へ話してしまうのが良かろうか。口を開くのは怖いが）

そのとき、部屋の外から彦助の声が、江戸より急使が着いたと知らせてくる。

「上屋敷より書状が来たな。こちらも早かった」

公は彦助を側へ呼び、書状を持ってくるよう言いつけた後、今日早い刻限に、主だった藩士達を登城させよと言葉を続ける。

七郎右衛門は一瞬、迷ったが、顔を上げ、公へ目を向けた。ここで腰が引けては、また話す機会を逸する。だが、参勤交代で江戸へ向かう前に、公との話を終えねばならない。

そして七郎右衛門の用件は、文のやりとりで済ませていいものではなかった。

「殿、退出の前に一つ、お伝えしたいことがございます。お側に参りました今、話してよろしいでしょうか」

立ち去ろうとしていた彦助が、すっと部屋内に腰を落としたのが分かった。

「今日はわしも忙しい。手短に話せよ」

七郎右衛門は、とにかく頭を下げ、畳に目を落としたまま、思い切って小声で述べた。

「長年お仕え申し上げて参りましたが、大きな困りごとが起きました。ついては殿、この身は隠居し、養子艮次郎が一人前になりますまで、弟介輔を中継ぎである中持とし、一時内山家を預けたいと思います」

「は？　七郎右衛門が隠居する？」

心底魂消た顔を浮かべた後、公は手を振り、七郎右衛門をより近くへ招き寄せた。

（うっ、怖いな）

それでも仕方なく寄ると、公は例の、怖いような笑みを浮かべている。そして素早く取り出した白扇で、ぺしりと七郎右衛門の頭をはたいた。

「七郎右衛門、江戸にて大老が殺された。お主が知らせてきた話だぞ」

怒った目が、こちらを覗き込んでくる。

「こんな日に、更なる悩み事を、持ち込んで来るではない！」

それでなくとも先年、大野でも江戸でも、虎狼痢とも呼ばれたコレラが流行ったところなのだ。大野の人々はまだ、恐怖と疲れから立ち直っていなかった。

「勝手方の要を替えるゆとりなど、わが藩にはない。七郎右衛門、隠居はまかりならぬ！」

「しかし、その……」

話を続けようとすると、白書院での集いの後にせよと言葉があった。頷き、一旦屋敷へ戻った後、城へ出直すと、白書院の上座へ座る公の機嫌が、恐ろしく悪いのが分かる。

(ううむ、半端に願い事を伝えたのは、拙かったな)

うんざりしていると、江戸上屋敷よりの書状は、布屋の知らせにはなかった、不思議なことを告げてきた。暗殺の場は、大勢に見られたはずだ。なのに幕府は、井伊大老は大怪我をしたが、まだ存命であるとの立場を取っているらしい。

よって大野藩も、彦根藩へ見舞いの薬を持って行くと、知らせが入ったのだ。各藩、同じような見舞いをするらしい。

「はて、幕府はどうしてそのようなことを」

白書院がざわめいた途端、公が音を立てて扇子を閉じ、白書院の中にぴしりとした気配が走る。公は七郎右衛門へ目を向けてきた。

「訳を告げよ。分かるはずだ」

また扇子が飛んできては、たまらない。七郎右衛門は急ぎ、彦根藩存続のためであろうと口にした。

「多分井伊大老は、まだ跡目の君を、正式に届けては、おられなかったのでしょう」

藩主が、跡目を定めぬまま急死してしまうと、襲われた彦根藩の方が潰れかねないのだ。それで強引に大老の死を伏せ、その間に急ぎ、次期藩主を立てているに違いない。

「藩主を殺された上、藩が断絶となれば、彦根藩藩士達は、水戸藩に報復をしかねません。それを止める為にも、幕府は強権を使ったのかと」

　公が頷いた。

「井伊大老には和子がおられる。だが側室の御子で、元服前であったはずだ」

　正妻に男子が生まれたときのため、子供を嫡子として、届け出ていなかったのだろう。七郎右衛門は唇を噛んだ。

（そのため、三十五万石の大藩が、なくなる瀬戸際に立ったわけだ）

彦根藩にいる数多の藩士達が、浪々の危機に立たされたのだ。その話は縁の薄い大老の死よりも、集まった大野の面々に響いたらしい。ざわめきが続き、家老の三郎左衛門が、皆を収めにかかった。一同不安など口にせず、日々を過ごすようにと語ったのだ。

「ははっ」

　返事は決まっているが、しかし、皆の心が静まる訳ではない。じきに大野の民にも、江戸からの剣呑な噂が伝わるはずで、城下までが、暫くは騒がしいと思われた。

（とにかく彦根藩は、幕府の配慮で、存続すると決まったようだ。それで江戸表が落ち着けば良いのだが）

　それを願ったものの、簡単にはいかないだろうと、七郎右衛門は首を振る。

（今は例の、金の件があるゆえ）

ため息を押し殺している間に、集いは終わり、公は上座から去った。退出する皆の後ろから続くと、隆佐が声を掛けてくる。

「兄者、うちへ寄っていくか」

公が、不機嫌な顔を七郎右衛門へ向けていたので、訳を聞きたいと言ってきたのだ。だが白書院前の廊下に、彦助が待っているのを見て、七郎右衛門は首を横に振った。

「隆佐、後でな」

早朝の話の続きは、多分御居間ですることになるのだろう。七郎右衛門が話を語り終えた時、公はなんと言葉を返すだろうか。胃が痛いと思いつつ、しかし七郎右衛門はそれを、早く知りたいとも考えていた。

二

しばし御居間で待った後。着替えた公が現れ、七郎右衛門へ怖い顔を向けてきた。

「こら、打ち出の小槌。勝手に隠居を願ったのはどうしてなのだ」

七郎右衛門は、どこから語ったものか迷った後、とにかく話し始めた。

「わが殿、外つ国（とつくに）が日本へ来て以来、小判などの金が、海の向こうへ流れ出しました。その件については以前話しましたが、覚えておいででしょうか」

七郎右衛門は利忠公だけでなく、重役の面々も集った場で、最近の金の流れを話したはずであった。公が頷く。

「ああ。金と銀を交換する比率が、外つ国と日本では、違っていたのだったな」

「はい。そのため日本は多くの金を失い、憂うべきことになりました」

　だが幕府は早々に手を打ち、金が海外へ流れ出すのを止めた。実務に長けた者が、幕府内にいるのだろう。北の商人から事情を耳にした七郎右衛門は、感服していたのだ。

「ただ、金の流出を止めるため、銀貨の価値は金貨に対し、以前の三分の一になりました」

　その上、幕府は含まれる金の比率が低い、万延二分金を出した。幕府の財は足りない。この機会に、その二分金で補いたいと望んだのだろう。

「ここが、金銀の話の要でございます」

　利忠公が七郎右衛門を見てきた。

「そういう話であったな。七郎右衛門は、本当に金のことに強い。共に聞いておった重役達も、感心しておったぞ」

　江戸で決まった金銀の話が、どういう意味を持つのか、七郎右衛門はかみ砕いて、大野にいる公や重役達へ説明をしていた。

(だが御重役方が、話をちゃんと呑み込んだかどうか、今も分からん)

　多くの重役達は、金銀の比率が変わると、この先暮らしがどうなってゆくのか、見えていないだろうと思った。大野の民達も分かっていない。それは。

「価値の低い金が多く出ますと、金の価値が下がり、つまり、ものの値が上がります。

そう、まず米の値が上がってきました」

よって大野屋と、藩に関わっている金主達は今、金を貯めず、常に物に換え商っていた。

「それで？　この話から、七郎右衛門の隠居へ、どう繋がるのだ？」

話が長いと感じたのだろう。公が渋い声を出してきたので、一気に進める。

「ことは米の値上がりから、義倉へ繋がっていきました」

「義倉？　民のための、あの蓄えか？」

凶作や流行病など困った時のため、藩では義倉へ米を蓄えておく。以前、義倉を増やす話が出たとき、七郎右衛門は賛同した。近年、流行病が多く、いざという時に、頼る米があるのは、ありがたかったからだ。

ところが、その義倉のことが、とんでもない噂に化けてしまった。

「大野の義倉は、それがしが己の利のために、増やしたことになっております」

七郎右衛門が米を強引に倉へ集めたので、それで値が上がった。この後七郎右衛門は、それを売り払い、利を得る気だというのだ。

「米の値が上がるのも、金の値打ちが下がるのも、この七郎右衛門のせいになっております。外つ国の船が江戸へ来たのも、流行病にかかるのさえ、それがしが悪いのだそうです」

とにかく、内山家へ貼り付けられた落書には、そう書いてある。

「大野の民は、ペリーが江戸へ来たことは知っております。ですが」

外つ国が江戸の海に現れると、大野の米が値上がると言われても、訳が分からないはずだ。それより、七郎右衛門のせいだと言われた方が、ぐっと分かりやすい。今ならば七郎右衛門を、つるし上げることができるのだ。

公がため息と共に、扇子を閉じる。

「内山兄弟を厭う側にとって、今はまさに、千載一遇の機会であるわけか」

噂を止められず、悩んでいた七郎右衛門の耳に、最近、恐れていた話が入ってきた。

「殿、民が騒ぎ始めておるとか。藩内で、蓑虫騒動が起きるやもしれませぬ」

「蓑虫…… 一揆か」

「この後、暑い季節を迎えます。義倉に蓄えた米が、万一悪くなって食べられなくなれば、一揆もありえましょう」

起きたことのある災難であった。そして今回は大きな騒動へ化けるかもしれない。なぜなら物の値上がりは、これから何年も続くに違いないからだ。

一揆は、藩取りつぶしの口実になり得る。これでは大枚を稼ぎ、公を実質、大藩の藩主並にするどころか、七郎右衛門の名が、大事な大野をつぶしかねなかった。

利忠公が、すっと目を細める。

「それで隠居を決意したというのか。おお、話が繋がった。忠義な考えだ」

公がここで、にこりと綺麗に笑った。ひときわ恐ろしい笑みを見て、七郎右衛門は尻込みをしたのだが、公はその笑みを、七郎右衛門へ近づけてくる。

「大野に蓑虫騒動の芽があることは、本当だろう。米の値上がりは、恐ろしいな。そう、わしにもそれは止められぬだろうよ」

だが。

「今更お主が隠居しても、内山家に対する風当たりが、弱まるとも思えぬ。長兄である七郎右衛門が、隆佐や介輔を矢面に立たせたまま、自分だけ逃げることも考えられぬ」

七郎右衛門は親代わりとして、兄弟達を大事にしてきたのだ。

「ではどうしてお主が、わしに今日のような、馬鹿な話をしたか、だが」

公の顔が眼前に近づき、七郎右衛門は冷や汗をかいていた。主の目は底なし沼のようで、見つめられるといささか怖い。近過ぎるところにあると、本当に怖い。

その恐ろしき公が、言ってきた。

「お主、この利忠を試しておるのか？」

公は主として、七郎右衛門のことを良き家臣だと言い、孫子の代まで引き立てると書を渡したこともあった。

「だが、わしが本気かどうか、七郎右衛門はここにきて、疑っておるのだ」

それで隠居を口にしたに、違いないと言う。

「小槌が藩主を疑うなど、小賢しいとは思わぬのか？」

公が、まことに真っ直ぐ言葉を向けてきたので、七郎右衛門も見習うことにした。ただこちらは、言うとき顔が引きつる。

「お言葉、かなり当たっております。ですが、いささか外れてもおります」

七郎右衛門自身は、さすがにもう、腹をくくっているのだ。すでに己は、五十を超えている。物の値上がりも、一揆も、己の命を賭け受け止めるしかないと思っていた。

だが。

「遅くに子を得てしまいました。妻にその子を、託してしまいました」

もし一揆を起こした者に、屋敷へ攻め入られたら、七郎右衛門一人では、妻子すら守れぬかもしれなかった。だが、それでは赤子を大坂から引き離し、大野へ連れてきたことを、死ぬそのときまで悔やんでしまいそうだ。

「わが殿、万一の時は、妻子だけは城に入れ逃がしても良いと、お許しを下さい」

内山家は、大野城の直ぐ前に建っている。騒動に巻き込まれたら二人を逃がす先は、城しか思いつかなかった。隆佐や介輔の屋敷だと、共に狙われそうで心許ないのだ。

「お主、そんな願いを口にするため、わざわざ隠居をするなどと、言い出したのか」

間抜けな願い事に思えたのだろう、公の顔が一際怖くなる。七郎右衛門は歯を食いしばると、話の背後を伝えた。

「内山家の場所を考えると、あそこを一揆が襲うなど、並では考えられませぬ」

しかし七郎右衛門は、屋敷が危ないと感じたのだ。つまり本当に襲われるとしたら。

「藩士の誰かが、少人数を城下へ手引きしたときでしょう」

そしてその中に、七郎右衛門の敵方が加わった上で、襲われたときだ。

だがそんな考えは、口に出せることではなかった。謀反(むほん)の疑いがある藩士ありと、公へ告げることになるからだ。

そして、藩主へ告げにくいことだからこそ、内山家への襲撃は上手くいくだろう。公が五月に、江戸へ行った後が恐ろしい。

「米の値が上がりだした時、考えました。この値上がりは、わしの首を取るかもしれぬと」

本気だ。

「ほう。七郎右衛門は存外、気の小さい奴のようだ。城へ入りたければ、勝手にわしの名を出し、入れば良いだろうに」

「……ありがたきお言葉、感謝いたしまする」

これでみなと、いしだけは、何があっても助かる。ほっと息を吐くと、なぜだかまた、公が笑い顔を近づけてきた。後ずさった七郎右衛門へ、今度は公が語ってくる。

「わしはお主に、後々まで引き立てると約束をした。なぜもっと信じぬのだ」

「わが殿を、信じるも信じないもございません。ただ、共にあると決めております」

才を愛し新しきものを求める、かの信長公にも似た、いささか怖き殿。

（わしの命は、この殿が握ってこられた。これからも、そうであろうよ）

ふと、首を傾げた。

（これから？）

このとき七郎右衛門は、突然思いついたことに、愕然としてしまった。それで思わず口からその思いが、こぼれ出てしまった。

「殿、それがしはこの後、もう一度殿と、このように話をすることがございましょうか」

「は？」

「江戸表が騒がしゅうございます。多分殿は忙しくなられましょう。それに参勤交代も近い。五月になれば、それがしは殿のお行列を、見送るのみにございます」

一方、七郎右衛門には、藩士達の不満と一揆の噂が迫っている。今、この時が今生の別れとなっても、己は驚かないと思った。公は口の端を歪め、阿呆を言うではないと言い、白扇を軽く振ると立ち上がった。

「お主の考えは分かった。心配をしすぎるな」

公がにやりと笑う。

「わしは己の打ち出の小槌を、守る。他に替えられぬものゆえ」

公はまた「あほう」と言うと、そのまま居間から出て行ったのだ。

「おや、今日最後のお言葉が〝あほう〟ですか」

つぶやきを耳にし、わずかに笑った彦助も、公の後を追って奥へ消える。七郎右衛門はいつになく、閉まった御居間の襖を、暫く見つめていた。

三

その後、隆佐の屋敷へ顔を見せると、七郎右衛門は公の不機嫌の訳を、弟たちにちゃんと伝えた。一揆の心配は、内山家の皆が知らなくてはならない。隆佐にも介輔にも、守るべき身内がいるのだ。

「でも兄者、心配のしすぎだと思うぞ」

弟たちは、一揆が内山家へ来るとは思えないと、口を揃えた。確かに最近、嫌な噂や落書の貼り紙が増えている。しかし、だ。

「内山家へ押しかけるということは、一揆は大野城へ迫ってくる形になる。それではまるで、殿へ合戦を挑むかのようではないか」

当然、城へ迫る一揆を見つけたら、城の番方が繰り出し、一揆と対峙することになる。そんなことをする村が、大野にあるとは思えないと、新堀の屋敷で隆佐が笑った。

「確かにそうなのだ。なのに、心配が消えぬ。我ながら、その訳が分からぬわ」

七郎右衛門は己の不安の訳を、摑み損ねているのだ。

しかし七郎右衛門とて、震えて毎日を過ごすわけにもいかなかった。以前布屋を介して手に入れた、大野藩の北前船五隻は、すでに航海を始めている。四年前、箱館弁天町にも店を開いたから、大野屋は四軒になっており、その手配も忙しい。

「商いを、止める訳にもいかぬしなぁ」

七郎右衛門は大野の屋敷に居ながら、大野の特産だけでなく、北の鮭や昆布、南の砂糖など、数多の品を商い始めていた。

船は利をあげ、あっという間に幕府より借りた、北前船五隻の代金、三万両を返してゆく。箱館弁天町や大坂にある大野屋の利も大きい。蝦夷の店は、一年に四千両もの利を叩き出し、店を買い入れたとき作った借金を、さっさと消していた。

「北前船の商いとは、かくも儲かるものか」

七郎右衛門は屋敷の部屋で帳簿を見つつ、国々をまたいで行う商いに、しびれるような面白さを感じていた。大きくなり始めた商いは、利が利を生み、藩へ入ってくる金の桁(けた)を、変えてきていた。

(商人が大枚を手にし、大名貸になるわけだ)

ただ、そうして稼いでいる間にも、物の値が上がっていく。それを肌で感じてもいた。実際、江戸に比べてのんびりとしており、そこが良いところでもある大野城下ですら、米以外にも、色々高くなっていた。

(そのせいでもなかろうが、最近大野屋で働きたいという武家が、増えてきたな)

大中村達が働き出し、上手くいっているためもあるだろう。去年大野城下に大野屋の兄弟店、大坂屋を作ったので、遠方にいかずとも済むと、思った者もいるかもしれない。とにかく、働き手が増えるのはありがたい。塩屋が体を壊し、大坂から大野へ戻っていたので、商いを始める藩士達の面倒を、見てもらうことにしていた。

塩屋が大坂を離れると決まったとき、最初は大いに揉めていた吉村勝蔵が、残念がっていたらしい。その話を聞いた七郎右衛門は、勝ち戦の後、互いを認め合う兵達のようだと、笑みを浮かべた。

(しかし城下に、藩の店が出来たためかの。なぜ武士が商いに関わるのかと、受け入れない者も増えた気がする。誰であれ、無理に商売をさせる気などないのだが)

帳簿付けを終え、今度は大野屋への仕入れの算段をしているとき、開いた窓から、いしと艮次郎の声が聞こえてきた。ひょいと顔を上げると、庭に二人の姿があり、青物の種をまく話をしているのが聞こえた。

(ああ、艮次郎は大人になってきた。先年、元服を終えたしな)

三つ年下のいしも、着物の肩揚げが取れ、だんだん娘らしくなっている。今、庭を指し、笑っている二人は、何年か後には、良き夫婦になるだろう。七郎右衛門とみなのように、この大野で長き時を、共に過ごしていくのだ。

(時が過ぎるのは、なんと早いことか)

つい先日大坂へ、赤子であったいしを迎えに行った気がした。

(昨日までの時が、駆け足で遠のいてゆく)

そのうち、みながお八つだと言って、ふかし芋を持ってきてくれた。身内を大勢抱えた八十石の家の嫡男として、昼餉(ひるげ)に芋ばかり食べていた日々を思い出し、つい笑うと、みなは首を傾げている。みなは今、すっかり落ち着いた母の顔になっていた。

心配が積み重なっている時だが、家の内だけはゆったりとしており、心が和む。だが

それから何日もしないうちに、思いがけない二つの知らせが、七郎右衛門のところへ届いてきた。

「気を抜いたつもりは、なかったのだが。しかし、少し落ち着いたときに限って、悩める知らせが入ってくるものだな」

以前、静かに石川官左衛門を見送った時は、その後ペリー来航の知らせが、大野へ飛び込んできた。それに比べると今回の知らせは、傍目には地味な悩みごとにも思える。

だが七郎右衛門は眉間に皺を寄せ、考え込んでしまった。

一つ目の知らせは、北蝦夷に関わっている、早川弥五左衛門からの文だ。北で金が足りなくなり、助けを求めていた。藩士達は北蝦夷にて警護を果たし、冬を越してもいる。

（樺太は極寒の地だ。金がないと十分な備えが出来ず、命をつなげるのにも困るはずだ。何とかせねば）

隆佐が、幕府へ拝借金を願い出たが、音沙汰がないと聞いている。このままでは北の全てを幕府へ返し、帰国するしかなくなると、弥五左衛門は言ってきたのだ。

「しかし、北蝦夷は金食い虫だと、藩内から反発が出ているのも確かだ」

蝦夷地好きの何人かのために、北の警護を幕府から押しつけられ、藩が迷惑を背負ったと、語る藩士達がいるのだ。

それを無視して、幕府が出さない金を七郎右衛門が出したと分かったら、更に藩内の亀裂は深くなるだろう。内山家の身内だから、身びいきで金を出したと言われるのだ。何しろ弥五左衛門は、隆佐の義兄であった。

（くそっ、どうやったら、上手く助け船を出せるだろうか）

困ってしまい、もう一つの知らせを先に考えてみる。こちらは隆佐のことであった。

「隆佐が急に、江戸へ行くと決まったとは。なんでこんなときに」

大老が亡くなった後、江戸上屋敷では、他藩や幕府とのやりとりが、大きく増えたようなのだ。江戸留守居役だけでは仕事をこなしかね、藩外向きの仕事に強い隆佐が、急遽、呼ばれたのだ。

「よりにもよって、蓑虫騒動を案じている時に、隆佐が大野の屋敷を空けるとは」

隆佐は、軍師として兵を率いる立場だから、頼りになる配下が多い。その力が、隆佐ごと大野から去ってしまう気がした。

（我ながら、情けない考えだな）

さすがに己が笑えてきて、七郎右衛門は隆佐についての悩みは、ここで終えた。

そして隆佐は、利忠公の発駕（はつが）の前、四月の二十八日、一足先に江戸へ向かった。心配はおくびにも出さず、七郎右衛門は介輔と共に、城下の外れまで見送った。

すると剛胆な弟は、兄の不安を察していたらしい。歩き出して直ぐ振り返ると、七郎右衛門へ、大丈夫だと言い切ってきたのだ。

「兄者は蓑虫騒動を、今も気にしているのだろう。で、わしは村々へ探りを入れてみた。一揆はない。妙な動きすら、なかったぞ」

そして介輔へ、心配してばかりの兄を頼むと言い残し、さっさと歩いていく。

「隆佐兄者、承知しました」

介輔は笑いつつ、手を振った。

だが、隆佐の姿が曲がった道の向こうへ消え、二人で帰っていく途中、介輔が七郎右衛門の横で眉尻を下げた。

「隆佐兄者の江戸行きは、藩のご用です。分かってはいますが、なぜ今なのでしょう。大野から隆佐兄者が居なくなるよう、誰ぞが仕組んだのかと考えてしまいそうだ」

内山家を厭う恐ろしげな輪が、縮まってくるようで不吉だと、介輔が言い出した。

「おや介輔、お前も、一揆など考えすぎだと言っていたはずだが」

驚いた顔で弟を見る。すると介輔は、軽い調子で、岡田求馬の話を始めた。友は、参勤交代のお供を言いつかったらしい。出立は来月で、急なことであった。

「なんでも供に決まっていた藩士の一人が、体を壊したそうで。あいつは、その代わりなのだとか」

求馬は介輔と共に、江戸で無念流を学んだ、剣の使い手であった。その頼りになる者が公と共に、大野から姿を消してしまうのだ。七郎右衛門は、唇をかんだ。

「おや、誰が求馬殿を供に選んだのだろうな」

「求馬からその話を聞いたとき、初めて本気で、一揆を心配するようになりました」

いや一揆というより、隆佐や求馬を動かせる力を感じ、恐れを抱いたのだ。

介輔は妻に、何か起きたら隆佐の家の者と、妻の里、岡嶋の屋敷へ逃げ込むよう言ってあるらしい。介輔には子がいないので、五人子がいる義姉の偉志子に力を貸すという。

「七郎右衛門兄者は、姉上達を城へ逃がす手はずでしたよね」

ならば後は、何かことが起こっても、兄弟二人の頭が胴の上に残るか否か、そこが違うだけだ。肝の据わった弟にそう言われて、七郎右衛門はなぜだか笑えてきた。

ここで介輔がひょいと首を傾げ、空を仰いだ。

「兄者は殿に取り立てられ、八十石から、百五十石取りの年寄となりました。それが、首を取らぬと収まらないほど、誰ぞの怒りをかったのでしょうか」

介輔の言葉には、戸惑いと腹立ちが含まれているように思えた。七郎右衛門は道端に足を止めると、弟へこう返してみた。

「わしへの怒りは、憎しみというより、願いではないかな」

「ね、願いですか？」

「七郎右衛門は藩の金を使い込み、殿を操り、勝手を重ねる成り上がり。大野へ不幸をもたらす、とんでもない悪党だ。いや、殺さねば止めることすら出来ぬ、大野を傾ける悪鬼だ。誰だか知らぬが、わしのことを、そういう者であって欲しいと願っているのだろう」

「もしこの七郎右衛門が、本当にそういう悪であるなら、いっそ凄いな。わしは自分がそんな大物だと、思ったことはないが」

「あの……」

そこまでの悪がいるなら、一揆でも起こし葬ってしまうしかない。そして、たった一人をこの世から除けば、後は万々歳、憂いは消え、全ては正しくなるのだ。

「もし本当に、そんな巨悪がいるのなら、だが」

七郎右衛門は、今日も平穏な大野の町並みへ目を向けつつ、少し笑った。

「以前、藩の借金を返すよう殿から言われたとき、わしも似た考えに、取り憑かれたことがあったよ」

返せと言いつけられた借金、十万両は、目もくらむような額の金であった。だが、それさえ返してしまえば、藩は立ち直り、大野に素晴らしい日々が来る気がしたのだ。そして苦労の末、七郎右衛門は本当に、その借金を返した。

ところが、だ。

「考えていたような甘い日々は、大野へ来てくれはしなかった」

やっと借金返済を終えると、七郎右衛門は、すぐに新しい悩みと向き合う羽目になった。十万両のことは早々に、昨日までの出来事、昔話となったのだ。

「もし、わしの首を取った者が出たとして。その奴は次の日、魂消ているかもな。次へ踏み出さねばならない日が、巡ってくるからだ」

いや、それまで内山兄弟に押しつけていた雑事が、討ち取った己へ、山となって押し寄せるのを見ることになるだろう。七郎右衛門は介輔と目を見合わせ、苦笑を浮かべた。

「介輔、うちへよっていくか？」

屋敷前まで来たとき弟を誘ったが、介輔は首を横に振った。そして付け足しのように、ことが迫っているなら、なぜ隆佐の江戸行きを止めなかったのかと問うてくる。

弟へ、七郎右衛門はきちんと答えた。

「介輔、わしは隠居したいと殿へ申し上げた。お主と隆佐へも、それは話したな。大老暗殺を聞いた日のことだ」

「あ、はい」

「そのときわしは殿へ、一揆の噂を憂えていることも口にした。しかし殿はそれを承知で、隆佐の江戸行きを命じられた。よって、あいつを止めてはならぬと考えたのだ」

利忠公が一に考えるのは、藩のことだ。江戸の上屋敷には今、隆佐の力が必要なのだ。

「……そうでしたか」

眉尻を下げる介輔へ、にやりと笑いかけると、七郎右衛門は公の約束を口にした。公は己の打ち出の小槌を、守ると言ったのだ。

「しかし、どうなさるおつもりか、殿のお考えは未だに分からぬ。白扇を何本持っておいでなのかすら、わしは分かっておらぬのだ」

実は白書院へ集った日の少し後、七郎右衛門は再び城へ呼ばれ、公からお言葉と、大和守安定と銘のある刀を頂いている。

「直々のお言葉は、感銘を受けるものであった。だが意味は、はっきりしており笑った」

拝領の刀には、まるで付け足しのように、白扇も一本付いていたのだ。つまり。

「隠居はまかりならん。役目に励めよ。そういうお達しが、優しいお言葉の向こうにあると分かった」

「殿と兄者のやりとりは、言外の含みが多くて、なにやら怖いですな」

そんなやりとりをするため、公は七郎右衛門を再び城へ呼んだのだろうか。介輔が問うと、七郎右衛門は首を横に振った。

「多分参勤交代の前に、もう一度殿と会えるよう、彦助殿が図ってくれたのだ。先日お目にかかったとき、最後の言葉が〝あほう〟だったので、心配したらしい」

殿が大野に戻る前に、万一七郎右衛門が死んだら、〝あほう〟が今生の別れの言葉になってしまうからだ。

「それでは、余りだと思ったのかな」

「おやおや」

介輔は笑みを浮かべ、屋敷へ帰って行った。

そして万延元年五月十八日、利忠公は参勤交代のため、江戸へ発った。七郎右衛門は公の乗る駕籠へ、深々と頭を下げ見送った。

四

公が大野から姿を消すと、内山家の塀には一層、落書が目立つようになった。悪口の中身も、段々苛烈になってくる。

いしや艮次郎が目にしたら、気が萎えるだろうから、七郎右衛門はなるだけ朝一番に剝がすようにした。しかし、昼間のうちから貼り付けてくる者も、出始めている。

（敵方が、いよいよ悪意を、遠慮なく出してきたか。決戦の時が近いようだ）

七郎右衛門は口元をひん曲げたものの、それでも日々の、やるべきことは続けた。

大野屋は、横浜にも一軒開くことになり、すでに働く者も決まっている。開店を、遅らせるわけにもいかないのだ。店で働くと決めた武家達にとって、それは一生を変える大事であった。

（わしが、その出鼻をくじくわけにはいかん）

大野で勤めを果たしながら、何軒もの大野屋をまとめ、利を出してゆくのだから、七郎右衛門は忙しい。すると、江戸表の彦助から文が届き、公が北蝦夷のことを、自ら幕府へ問うと知らせてきた。

大野藩が引き受けている北蝦夷の警護に、幕府が金を出さないなら、藩士を引くというのだ。七郎右衛門は笑みを浮かべた。

「おや。つまりその時まで、弥五左衛門殿らが困らぬよう、助けろというお達しだな。殿のお許しがあるなら、遠慮はいらぬ」

ならば箱館の大野屋から、金を都合してもらうのが早い。それにそのやり方なら、大野では目立たないと思われた。

箱館の店へ文をしたためた後、七郎右衛門は自らそれを持って、大野城下から敦賀の港へ向かった。五隻の北前船と、大野丸を合わせて六隻。大野藩の藩船は、今や日の本中を巡っている。敦賀港へも今日、船が入っているはずだったからだ。

（船長に北への文を託し、ついでに船が積んでいる荷の様子を、確かめたい。途中、織田村にある大野屋の様子も、見ておきたいな）

久方ぶりに遠出をすると、晴れた日の良港は、今日も賑わっている。七郎右衛門は直ぐに、新たな仕事を思いつくことになった。

（活気に満ちておるな。ここには大野の藩船が、始終やってくる。ならばこの地にものうち、大野屋を作らねばならぬだろう）

北と南へゆく二隻の藩船が、港で大野藩御用の旗をひるがえしており、誇らしく思えた。七郎右衛門がまず、北から来た船に乗り込むと、船長が荷の売り上げを自慢してきた。

「うちの船の荷は、今回は昆布や干魚が主で、敦賀でもさっそく売れたよ。だが約束の分は、大坂の商人へ渡さなきゃならねえ。煙草を積み込んだら、そっちへ向かうわさ」

船には他に、大野の生糸や、紙が積み込まれていた。荷の量は実際目にすると、藩船を仕切っている七郎右衛門さえ、思わず目を見張るほど大きいものになっていた。

「船は頼もしい稼ぎ手だな。船長、これからもよろしく頼む」

笑い、船を下りようとする七郎右衛門へ、伝え忘れていたと、船長が慌てて声をかけてきた。

「そうそう、箱館大野屋の番頭、大中村さんが、秋鮭を買うという約束に一千両、入れると言ってたよ。鮭、この船で運ぶ約束だ」

為替（かわせ）を送って欲しいとのことで、文を渡してくる。簡単に千両と言われて、七郎右衛門は思わず苦笑いを浮かべた。秋鮭を受け取るとき、更に千両必要に違いない。

「やれ、あっさり使ってくれるわ。しょうがない。売るときいくらに化けるか、そこを楽しみにして金を送るか」

ぼやきつつ港へ降り立った。二千両と聞いても、すでに、たじろぎもしない己がいた。しかも七郎右衛門は、その金を直ぐに、用意できるようになっていたのだ。

（少し前まで、大野藩は幕府へ出さねばならない二千両に、大いに困っていたが）

いや、以前の藩は参勤交代を行う費用すら、出しかねていたのだ。近年利忠公が、行列の警備を西洋風に改革し、金を使っていることを思うと、冗談のような話に思える。公は参勤交代に、大野で作るようになった鉄砲を、携えているのだ。

（変わったものだ。大野でありがたい）

つぶやきつつ、次の船へ急ごうとしたところ、港を歩く七郎右衛門の所へ、若い武士が走り寄ってきた。初めて会う相手だ。

「内山殿。大野藩の、内山七郎右衛門殿でござるな? ああ、本当に良かった。会えた」

若者は藩名を言い、若村と名乗ると、七郎右衛門も知る金主からの文を、仲立ちとして差し出してきた。そして短い前置きの後、是非、金子(きんす)を借りたいと言ったのだ。

「は? 突然の話だな。わしから……いや、大野藩から金を借りたいと?」

「その、いきなり港でする話ではないと、分かっておる。だが、是非にお頼みしたい」

大野藩は最近ゆとりがあり、いささかの額ならば、金を借りられる。そんな話を、藩の金主の知り合い、布屋から耳にしたと、若村は言ってきた。

「当藩が頼りにしていた金主は、さる豪農なのだ。だが、庄屋をしている村の山が崩れ、村にも被害が出た。よって今年は、金を融通できないと言ってきたのだ」

「豪農の金主。おお、耳にしてはいたが、実際、そういう金主が現れているのだな」

時代は、金主の身分すら変えてきていると、七郎右衛門は思わず眉を引き上げる。若村の事情は分かったが、それでも初対面で金を貸すことは、あり得ない。おそらく若村は、上方で金策に回ったものの、金主達から必要な額を、借りられなかったのだ。

(しかし布屋ときたら、大野藩が金を貸していることを、なぜ見知らぬ藩士に話したのか)

布屋は先日、小銃を売れと言ってきていた。だが数が多く、返事ができないでいる。

（まさかあれに腹を立てたのでもあるまいし）

聞けば若村は、藩の大坂留守居役とのことで、金の算段役とは、余分な仕事を言いつかったものだと思う。気の毒だったが、若すぎて、駆け引きがまるでできていないとも感じた。七郎右衛門は、すぱりと断って、二隻目の船に乗り込もうと、足を踏み出しかけた。

だが、進まなかった。

（布屋は意味もなく、余分な手間をかけたりはしない。あれしきの鉄砲のことで、怒る布屋でもない。布屋が若村殿へ大野藩のことを話したなら、そうする必要があったのだ）

その訳は、何なのか。二十数える間考えて、答えらしきものを思いついた。

（布屋にはわしに、急ぎ知らせたいことがあったのではないか？　だが、大野へ行った布屋の使いは、わしを捕まえられなかった）

敦賀の港へ向かったからだ。

（そんなとき布屋は大坂で、金を借りたい若村殿に出会ったのかもしれん。で、若村殿に餌を見せたかな。わしと敦賀で会えたら、金を借りられるとでも言ったのだ）

若村は七郎右衛門を、おそらく必死に探したのだろう。目論見は、上手くいった。

（つまり、わしは大野へ帰る前に、布屋からの知らせを聞かねばならんようだ）

それは借金の話が絡んでいても、聞くべきことらしい。七郎右衛門は、若村にずいと近寄った。

「それで？　若村殿は布屋から、他にも話を聞いているはずです。これを話せば七郎右衛門が金を融通してくれると、あの煮ても焼いても食えぬ商人が、話したと思いますが」

するとまだ若い大坂留守居役は、必死に掛け合いをしてきた。

「確かに。ですが、何を聞いたか話すのは、金の話がまとまった後にしたいと……」

「この七郎右衛門相手に、金の駆け引きをしようとは。百年早いですな。時が惜しい。とっとと話しなさい！」

試しに偉そうに出てみると、若村は黙ってしまった。それでも助け船を出さず、こちらも黙ったままでいたが、口を開かない。

（よほど金が必要とみえる）

七郎右衛門はじれた素振りで、もう一隻の藩船へ向かおうとした。すると若村がうなり声を上げ、早々に根負けした。そして布屋が託したものだと言い、懐から、文と巾着を出してきたのだ。

「おや、お手前は文使いであったか」

二つを受け取ると、七郎右衛門はまず巾着へ目を向け、眉を引き上げる。

巾着には、固いものが入れられており、ずしりと重かった。そして万一開けられたら分かるよう、紙で封がしてあったのだ。持っていなはれと、妙な文が添えてあった。

一方文には、若村に見られることを恐れたためか、短い言葉だけが並んでいた。最初に小銃五十と書いてあり、その後、村の名が書き連ねてあったのだ。

〝噂あり、八ヶ村、大橋村。なし、大窪村〟

（おお、見事。これではこっそり中身を見ても、若村殿にはさっぱり分かるまい）

しかし七郎右衛門には、意味が分かった。布屋は七郎右衛門を悩ませていた一揆の噂話を摑み、それについて知らせてきたのだ。

〝あり、太田村。なし、庄林村、坂戸村。あり、中津川村〟

かなりあちこちが、ありとされている。どきりと、心の臓が打った。

（すでに大野中の百姓が、一揆を起こそうとしているのか？）

〝あり、千代谷村、東俣村〟

だが続けて読んでいくうちに、七郎右衛門は首を傾げていった。一揆を起こすという村が、余りに多かった上、ごく近くの親しい村なのに、一揆に関わったり関わらなかったり、どうも妙な具合だったからだ。

（村と村のつきあいが、急に切れたのか？　寺や庄屋との縁もあるのに、このたびの一揆は、それを気にしていないのか）

眉をひそめたが、じき、ゆるゆると得心してくる。七郎右衛門は、大きく頷いた。

（つまり、この文が示している意味は……）

このとき、七郎右衛門はびくりと身を震わせた。いきなり、肩を摑まれたからだ。若村が、必死の形相をしていた。

「あのっ、頼まれたものを渡したのだ。借金をお願いしたい。なんとしても、必要な金があるのだ」

「ああ、済まぬ、御身の件がまだだったな。だが、やはり初対面の者に、大野藩の金は貸せぬよ」

「文を渡した。なのに、その態度はなんだっ」

顔を真っ赤にし、怒鳴ってきた若村を見て、七郎右衛門は昔を思い出した。眼前にあったのは、かつて、借金を減らすのに必死になっていた頃の己と、同じような若さだ。

七郎右衛門は、若村へ笑みを向けた。

「落ち着かれよ。わしは貸さぬ。だが、どこからか、金が借りられればよい話だろうが」

金の貸し借りの時、そう怒っては、相手に呑まれてしまうぞと言い、七郎右衛門は矢立と紙を取り出した。そして短く文を書くと、それを若村へ託す。

「この文を、大坂の布屋へもってゆかれよ。小銃五十丁を急ぎ用意すること、七郎右衛門が承知したと書いてある」

先に布屋から頼まれたのだが、数が多く、即答できずにいた。しかし、今日のような気遣いを受けたからには、無理をきくのが、つきあいというものだ。

「布屋はこれで、小銃を頼んできた御仁に顔が立つ。文使いになってくれた若村殿に、金を用立ててくれるだろう」

先々のことを思えば、若村は大野藩よりも、布屋との繋がりが、できた方がよい。

「御身の藩は、新たな金主を得られるわけだ。これが、それがしからの、文使いの礼だ」

七郎右衛門が柔らかく言うと、今まで顔を赤くしていた男が、寸の間ぽかんと口を開けていた。だが。

「か、かたじけのうござった」

慌てた様子で頭を下げ礼を言うと、若村は大事な文を急ぎ懐へ入れた。そしてもう一度、身を折るようにして礼を重ねた後、急ぎ大坂へ戻ってゆく。その背を見送りつつ、七郎右衛門は、港でまた笑みを浮かべた。若き頃の己が、走り去っていくかのようであった。

（金の苦労も、仕事の喜びも、若村殿はこれから知るのだな）

七郎右衛門は、巾着をぐっと握りしめると、まずはそれを胸元へ押し込んだ。それからくるりと踵（きびす）を返し、文を託すため、北へ向かう大野の藩船へと歩み出す。すぐに港を離れ、己の用へ向かいたいところだが、弥五左衛門達も助けねばならなかった。

そして、布屋が知らせてきたことの意味を、もう一度考えてみる。

（村々に、一揆の噂が満ちてきておる。わしを敵としている者達が、その噂に関わっておる気がするな）

そして巾着の方は、敵方と対峙する日が近いことを、示しているのだろう。

（わしはその時、どう動くべきか）

外つ国からの使者が現れ、日の本全てが、大きく揺れているときであった。出来れば話し合いなど、敵方と争わぬ道を作れないか、探ってみたい。

だが。

胸元へ手をやり、ため息を漏らした。布屋が、文と一緒に送ってきたこの巾着が、平穏な明日は来ないと言っている気がしたのだ。

(内山家の敵方が、今更引く訳がないか)

話し合いにはならなかった時、七郎右衛門はどう動くべきだろうか。

七郎右衛門は口を引き結ぶと、敦賀の港でせっせと用をこなした。人と会い、文を送り、時に走る。考え抜く。

そして何日か過ぎる間に、少しずつ腹をくくっていった。

五

帰宅すると、敦賀より送った文の返事が、何通も七郎右衛門を待っていた。

それらを読み、大野屋への為替などにも始末をつけていると、帰国して五日後、ことが動いた。

八月十三日、蒸し暑い日の昼前、七郎右衛門は呼び出しを受けたのだ。

「おお、いよいよ、その日が来たか」

だが一つ、考えの外のことがあった。使いを屋敷に寄越し、七郎右衛門へ至急来るよう言ってきたのは、何と国家老であったのだ。その上、呼ばれてゆく先は、妻子をかくまおうと思っていた大野城と聞いて、七郎右衛門は眉根を寄せた。

「しかも直ぐ来いというのか。日中から、堂々と呼び出されるとは思わなんだ」

ことは夜動く。七郎右衛門はそう考え、疑っていなかったのだ。

死んでしまった者は、文句を言えなくなる。よって敵方の者達は、まず七郎右衛門の屋敷を襲い、家人達を逃がそうとしている間に、己をあの世へ送る気だろうと踏んでいた。その後、七郎右衛門の自死を言い立てるのだ。

「金遣いの荒さを問われると、七郎右衛門は悔いて、自死した。敵方はそう、そら言を言う気かと思っていたが」

それが、敦賀で考え続け、出てきた答えであった。

「何で外れたのだろうか」

本当に大事でも起きたかと、思わずそっと表へ出て道を見回したが、他に城へ急ぐ武士の姿はない。やはり今日が決戦の日で、間違いなさそうだった。

よって七郎右衛門は屋敷の奥に顔を出すと、今一番に為すべきことを妻へ告げた。

「みな、急なことだが、直ぐ介輔の屋敷へ行くように。いしや艮次郎も連れて、今からだ」

「お前様、どういうことなんですか」

みなは不安げな顔になったが、家老からの使いが待っているから、じっくり話している間がない。

「城から帰った後、事情を言うゆえ。今は屋敷を出てくれ」

「本当でございますね？　後でちゃんと、お前様が話して下さいますね？」

七郎右衛門は妻子との別れもそこそこに、己も屋敷を出ることになった。登城にあたり、七郎右衛門は一つだけ、いつもとは違ったことをした。布屋が送ってくれた巾着を、懐へ押し込んでから、表へ出たのだ。

（剣の達人である弟を、城でわしの横に同席させることはなかろう。つまり介輔は屋敷にいる。うん、大丈夫だ。みな達は助かる）

落ち着くと、上大手の門から城へ向かいつつ、今日の不思議な登城について考えた。

（国家老の名で、昼間、わしを城へ呼んだ訳だが。やはり分からぬ）

もし七郎右衛門が、敵方の思惑通り死んだとしてもだ。昼間ゆえ、一国の年寄が、国家老に呼び出された直後、亡くなったということを、城の者達が知ることになる。そうなると、後で調べが入るに違いない。

「利忠公が、うやむやのまま放っておくはずもないのだが」

しかし大野城は内山家の、目と鼻の先にあるから、七郎右衛門は答えを得ることが出来ないまま、城へ着くことになった。

番所脇の玄関から入り、御広間脇の廊下を奥へ進んでゆく。国家老の部屋は、城の奥にある、御列座の間であった。

ところが。御料理間の横で、七郎右衛門の足は、不意に止まった。廊下の右手の間から、大きな声を耳にしたからだ。

（中で、誰かが喧嘩をしているのか？）

しかも城中なのに、揉めている者達の話し方は、どう考えても武家のものではない。

思い切って御広間の襖を開けてみたところ、そこには思わぬ者達が、顔を見せていた。

「これは七郎右衛門様、お久しぶりでございます」

開いた襖の奥から、顔見知りの庄屋達が六人、七郎右衛門へ笑みを向けてきたのだ。

七郎右衛門は、大野藩の特産品を村々で育て、金の生る木にしてきたから、庄屋達とは昵懇であった。

「さっきの声は、八ヶ村と大橋村の庄屋か。お主達、今、喧嘩などしていなかったか？」

七郎右衛門が思わず問うと、二人の庄屋は、揃って七郎右衛門の所へ近寄り、我先にと話してくる。

「七郎右衛門様、聞いて下さいまし。八ヶ村の庄屋さんときたら、無茶を言うんですよう」

「大橋村が、いけないんです。大坂屋にあった指物を、六つ全部買っちまって。うちが買う品を、残してくれなかったんですよ」

双方の庄屋が引かず、それで、言い合いになったのだという。

「大橋村は遠慮がないんです。昨日は御城下へ着いて直ぐ、薬種屋の薬を、ごそっと買っちまうし」

「うちが買うつもりだった熱冷ましを、買ったのは八ヶ村だ」

争いの元が、どれも品物のことであったので、七郎右衛門は首を傾げた。

「お主達、御城下へ何しに来たのだ？」

すると、思わぬ返答を貰うことになった。

「そりゃ、七郎右衛門様が文を下さったから、御城下へ来てみたんですよぅ」

「わしのせいなのか？　そう、確かに敦賀から、皆へ問いを送ったな。しかし、御城下へ来いとは言っておらぬぞ」

「ええ、そうでした。けんどね」

庄屋同士の寄り合いの席で、最近大野の多くの村へ、蓑虫騒動についての問い合わせが入っていると分かったのだ。文を受け取った村々の庄屋達は、首を傾げたという。

「それでね、決めたんでございますよ。何人かで御城下へ、行ってみようって」

いっそ七郎右衛門と、直(じか)に話した方が早かろう。庄屋達は、そう話し合ったのだ。

そしてついでに……そう、せっかく行くのだからと、城下にある大坂屋などの店で、村で必要な品を買っていたのだ。京、大坂、江戸とも繋がっている大坂屋では、数多の品物を買うことが出来た。

「婚礼する者が、わしの村におりまして。酒とか手鏡とか、ええ、買ってきて欲しいと頼まれております」

「うちの村じゃ、寺に薬箱を置こうという話に、なっとるんです。富山の薬など、大坂屋から買おうと思っとります」

「御城下で、頼んでおった馬を引き取り、小間物なども、手に入れようと思いまして」

それで、昨日城下へ着いた庄屋達は、七郎右衛門の屋敷を訪ねるより先に、まず買い物に走ったらしい。庄屋達は皆、荷運びの者も、連れて来ているようであった。

七郎右衛門は、眉尻を下げた。

「昨日から、買い物をしていたのか。それで、どうして今、城中へ来ているのだ？」

「そりゃあ……文の問いに、お答えするためですとも。ええ、そうなんですよ」

庄屋達はもちろん蓑虫騒動について、七郎右衛門と話しに来たのだ。よって昨日城下で買い物をしたとき、店でついその事を口にした。

すると、蓑虫騒動という言葉に驚いた店主が、知り合いの武家へ話してしまった。話が伝わり、宿へ戻った庄屋達へ、何と御家老から呼び出しが来たというのだ。

「蓑虫騒動について話を聞きたいので、今日、お城へ来るよう言われちまったんですよ」

もちろん皆は、こうしてお城へ伺った。しかし庄屋達は、文で問われただけで、騒動の事など承知していない。実は少々困っていると、揃って七郎右衛門を見てきた。

「ここで七郎右衛門様とお会いできたんなら、話が早くていいですわ。文を下さったのは、お前様です。だから御家老様へ、わけを話して下さいな」

「おやおや。それで、このわしの所へも、御家老から呼び出しが来たのか」

本気で驚いていた。

(夜に来ると思った呼び出しが、昼間になったのは、この為か。物事は思わぬことで、動くものらしい)

七郎右衛門は面食らったが、とにかく庄屋達を、安心させたいと思った。蓑虫騒動という恐ろしい言葉を文で知らせ、村々の者達を、不安で包んでしまったかもしれない。

「ものが値上がりして、不安な時に、一揆のことを問い、余分な心配をかけたな」

しかし七郎右衛門は、続きを口に出来なかった。御広間にいた庄屋達は笑顔で、揃って手を振ったのだ。

「いんや、村の者たちは、蓑虫騒動の心配なんぞ、しちゃいませんや。特産品を作って、大野屋がそれを買ってくれるようになってから、どこの村にも、金が落ちとりますんで」

七郎右衛門のお手柄ではないかと、明るい声が返ってきて、いささか戸惑った。

「しかし、今は、常ならぬ時であろう。お主達の村は、物の値上がりで、困ったりしておらぬのか？」

それが、不安を呼んでいるのではないのか。その不安を利用しようと、誰かが考えていると、七郎右衛門は思っていた。

「はい？　ああ確かに最近は、物の値も、ちっと上がってきておりますねえ」

だが。

「物の値が上がってるってことは、大野屋が特産を、村から買い付けてくださる値も、上がるってことで」

そして大野の村では、食べる物は、ほぼ村で取れるものであった。日々使うものも、多くは村の中で調達している。

「今、大野の村々には、ゆとりがありますな」

ここのところ、米もよく穫れている。

「物騒な話はございません」

庄屋達の考えは揃っていた。七郎右衛門は、思わず天井へ目を向け、息を吐き出す。

（ものの値上がりは、大野の村々を、揺るがしていなかったのか）

寸の間、声が出なかった。すると、七郎右衛門が黙っている間に、収まっていた言い合いが、また始まってしまう。

「そんな時だから、婚礼も多いし、特産品を作るのに、必要な品も増えとります。なのに大橋村ばかり先に買っちまって」

「おい、お二人さん、分かっとるか？　二つの村は、他より多く買っとるんだぞ」

「困っとるのは、他の四つの村だで」

立ちすくむ七郎右衛門の耳に、喧嘩の声が、不思議なほどに明るく聞こえる。そろそろ家老のいる御列座の間へ、向かわねばならないのに、足が動かない。じわじわと、大きな驚きが押し寄せてきていた。

（わしは蓑虫騒動を、本気で憂えておったよな？　うん、みなたちを、弟の屋敷へやってから登城した。それほど恐れておった）

なのに、騒動の中心になるはずの庄屋達は、買い物のことで、真剣に揉めているのだ。

（わしは、不安に捕まっておった。それで、ことを読み違えてしまったらしい）

長い長い年月、金と戦ってきた。なのに、いざとなるとこの有様で、七郎右衛門は己のことが笑えてきた。その内、身を震わせ始め、しゃっくりが出てきたものだから、揉めていた庄屋達が驚き、一斉に喧嘩を止める。

「七郎右衛門様、どうなされましたか？」

しかし七郎右衛門は、笑う訳を告げたりはしなかった。いや、この思いだけは、他へどう伝えたらいいものか、とんと分からなかったのだ。

身を折るようにして笑い続けると、心配になったのか、庄屋の一人が人を呼びにゆく。

「ああ、幾つになっても、学ぶべきことの多いことよ。己のうかつさが身に染みる」

やっと出た言葉と共に、ようよう笑いを収めると、心配そうに、こちらを見ている庄屋達へ目を向けた。

すると、その時だ。出て行った庄屋と共に、藩士達が顔を見せてくる。どうやら登城したにもかかわらず、七郎右衛門がいっかな奥へ参らぬので、迎えが来たらしい。

「これは失礼、遅くなり申した。さあ庄屋方と疾く、御家老のところへ向かいましょうか」

すると、迎えの者から思わぬ返答があり、七郎右衛門は眉を引き上げることになった。

「庄屋達は、しばし部屋で待つように。手違いがあり、御家老は今、他出されておる」

よって、七郎右衛門だけが来るよう言われたのだ。

「は？」

ならば、七郎右衛門はこれから奥で、誰と会うというのだろうか。迎えの藩士へ目を向けたが、答える者はいない。

（ははあ、御家老と庄屋達が、蓑虫騒動について話をする前に、この七郎右衛門と対面したい者がいるのだな。多分家老が他出したのは、その者が急ぎ用でも作ったのだろう）

己の他にも、ものの値上がりと蓑虫騒動について、考え違いしていた者がいたのだ。庄屋達が城下へ現れた為、焦って動いているに違いない。

（やれ、とんだ成り行きだ）

七郎右衛門は、庄屋達へ顔を向けた。

「わしは、奥へ行かねばならぬようだ。後で時が作れたら、蓑虫騒動の噂について事情を話そう」

「はい、よろしゅうお願いします」

部屋内で庄屋達が頷き、七郎右衛門は迎えの面々に従う。再び板敷きの廊下へ足を踏み出すと、気持ちを引き締めていった。

六

御列座の間に入った七郎右衛門は、主が他出した筈の部屋で、わずかに目を見張った。どう言って部屋を使うことができたのか、部屋には家老の代わりに、厳しい顔つきの面々が並んでいたからだ。しかも揃って、上座に座り、七郎右衛門を見据えてくる。

戦いの時が、来たと分かった。

(だが、思っていた方々とは違うぞ)

七郎右衛門は、揃って隠居した家老達や、七郎右衛門を叱責してきた、重鎮を思い描いていたのだ。

しかし直ぐ、首を横に振る。

(わしは、何を考えておるのだ。あの方々が名家の当主であったのは、わしがまだ若かった頃ではないか)

年を重ねる間に、成り上がりの内山家を嫌う者達もまた、代替わりをしていた。

(皆、歳を食った。もうあの方々は、この世にはおられぬ)

いよいよ正面から対峙してきた者達は、己よりもずっと若い面々であった。七郎右衛門は、静かに頭を下げ挨拶をする。

「これは田村勝摩殿、久方ぶりでございます」

大野きっての名家、田村家の血筋の者が頷く。本家当主が承知しているのかは知らないが、おそらく田村家の名を使い、御列座の間へ入ったのだと察しがついた。

そして両脇には、こちらも名家である、岡家の岡源太夫と、岡与三郎ェ門が並んでいる。背後の者も含めると、部屋にいるのは六人。七郎右衛門と親しい者の顔は、見事に見当たらなかった。

(田村家と岡家が来たか。さてさて、不満を腹に溜めていそうな御仁達が、揃ったものだ)

長く大野藩を支えてきた、名家出の者達は、己達がないがしろにされていると、不満をたぎらせているのだ。田村家でも岡家でも、出世をした者はいる。だがその数や今の立場は、勝摩達には、大いに物足りぬのだろう。

(利忠公は家柄にこだわらないが、才にはこだわるゆえ)

寝る間も惜しんで新しきを学び、大野の明日を切り開いていく者でないと、公に付いていくのは難しい。そして七郎右衛門は、勝摩達と藩校で会ったことはなかった。

(子供のような者に交じって、学べと言われることも、また、不満なのかもしれん)

短い挨拶の後、御列座の間ではしばし、誰も口を開かなかった。夜の戦いのはずが、いきなり昼、勝負することになったのだ。勝摩達も、勝手が違うのだろう。

(出来れば、本音を語って欲しいところだ。噂を流し、落書を貼ってきた者の腹の内を、一度、じっくりと聞いてみたい)

話す事によって、繋がる明日はないものか。七郎右衛門は腹に力を込め、ただ待った。

するとじき、勝摩は口を引き結ぶと、懐から書面を取り出した。そしてそれを畳に置き、七郎右衛門の前へずいと突き出してきた。

「この勝摩が、七郎右衛門殿へこれを渡すのは、いささか妙なことだと承知しておる。しかし、これは多くの藩士の願いでしてな」

よって受け取り、早々に承知してもらいたい。勝摩は正面から、そう言ってきたのだ。眼前に目を落とすと、そこには七郎右衛門の、隠居願いが置いてあった。最後に七郎右衛門の名を入れればよいように、誰かがきちんと文を整えてある。

〝長年、藩内の金を勝手に動かし、身内のために金を使った。更に今、七郎右衛門の勝手の為に、物が値上がりし、蓑虫騒動が起きようとしている。まさに、大野藩を滅ぼす大罪を為したゆえ、隠居をする〟

書面にはそう書いてあったのだ。

(なるほど、正面から突破しにきたか)

意外と真っ当な成り行きに、七郎右衛門は思わず笑みを浮かべてしまった。すると勝摩が眉間に皺を寄せ、七郎右衛門を睨んでくる。

「何かおかしなことが、書いてあったか？」

七郎右衛門は先ほど、庄屋達と語ったことを思い起こしつつ、勝摩の顔を見つめた。そして長年、金主達と戦ってきた時のように、怒らず、騒がず、静かに語り出した。

「勝摩殿、実は城へ上がるとき、本日どういう用で呼び出されたのか、考えておりました」

　何しろ七郎右衛門の屋敷には、最近落書が山と貼られている。その落書には、金の話や、一揆の事まで、色々書き連ねてあったのだ。

「ほお、七郎右衛門殿は、悪意を向けられておったのか。それなりのことを、したからでしょうな」

「だが今日、こうしてきちんと、この身に対する不満の点を、示して貰えるとは思わなかった。書かれていることは、今、説明いたしましょう」

「お主、その書状の意味を、分かっておるのか？」

　七郎右衛門は構わず、蓑虫騒動の事から語り出した。丁度今、一揆に関わるとされた庄屋達が城中にいる。七郎右衛門の言葉を疑う時は、彼らに確かめられるからだ。

「それがしも一揆のことは、本心憂えておりました。誰かが物の値上がりに乗じ、一揆を煽（あお）っているとは、思っておりましたが」

　しかし、だ。七郎右衛門は、先ほど己が立てた笑い声を、思い起こした。

「どうも、思い違いをしていたようで」

　布屋が敦賀へ寄越した文を目にし、騒動が本当に起きているのか、七郎右衛門はまず疑問に思った。そして今、出した答えがある。

「ほお、どういうことかな」

六人が渋い顔を向けてくる。七郎右衛門は一つ息をついてから、さらりと言った。

「蓑虫騒動は、起きませぬ。今、大野の村々は、かなり余裕がある様子なので」

途端、岡源太夫が片眉を引き上げる。

「何を、暢気(のんき)なことを言っておるのだ。藩内の者は、値上がりで苦労しておるのだぞ」

「大野で、値上がりを憂えているのは、ほとんど武家でしょう。蓑虫騒動を起こすと言われている百姓達は、関係ありませぬ」

大野の村々は、特産品を産むようになっている。そしてそれらの品は今、日の本中に売りさばかれているのだ。大野の者達は今、常になく金回りが良くなっていると、七郎右衛門は口にした。

「ええと、武家以外は、ですが」

「百姓の方が、余裕があるだと？　そんなはずはない！」

その証として、庄屋達が蓑虫騒動を心配し、城下へ来ているではないかと、勝摩は言ってくる。七郎右衛門は、頷いた。

「ああ、今、城中にいる庄屋達のことですか。あの者達は、覚えのない妙な噂が聞こえたので、問い合わせに来ただけですよ。先ほど、話しました」

そして、他にも城下へ来たい用があったのだと言い、七郎右衛門は薄く笑った。

「庄屋達は、村内の者達から、買い物を言いつかっておるのです」

つまり、蓑虫騒動への問い合わせの方が、ついでなのだ。

「か、買い物？　百姓が、わざわざ城下まで出て、物を買うのか？　大坂屋で買う？　京や大坂、江戸の品を求めるのだと？」

「潤っている村々では、婚礼が多いそうです。馬を増やし、薬箱を置く村もある。庄屋達はその買い物を、頼まれているのです」

いや、世の中は、頭の固い武家を置き去りにして、恐ろしい勢いで変わっていると言い、七郎右衛門は笑った。良い事であった。

「自分が村名主であったら、村が上手くいっているとき、一揆に関わるのはごめんです」

一揆は村の者達が生き延びるため、命をかけて行うものなのだ。

「そうでございますよね？」

「…………」

「なのに、です。物の値が上がれば、蓑虫騒動もあり得ると、この七郎右衛門も考えておりました」

金に強いと言われてきたのに、己はやはり武家であった。村の百姓達は、年貢を出すにも苦労しているという、昔より続く考えから、抜け切れていなかったのだ。要するにだ。

「蓑虫騒動は、起きませぬ」

断言し、まずは一つ片付けると、七郎右衛門は、次の疑問に答えた。

「それと、それがしが物の値を引き上げたという、ところですが」

こちらはその内、嫌でも七郎右衛門のせいでないと、分かると告げた。

「言い抜けをするなっ。我らは……」

「実は、日の本中の米の値が上がってくる訳を、それがしは以前、城の奥で話しております。殿と、御重役の方々が聞いて下さいました」

聞いていた者達の中には、田村家の者も、岡家の者もいたと、七郎右衛門は告げる。皆、七郎右衛門は金に強いと、口にしていた。

「つまり値上がりの件も、この身とは関係ないのです。で、残りのことですが」

藩内の金を勝手に動かし、身内のために金を使ったと、書かれていることだ。

「こちらは勝手方に、藩の書き付けが残っておりますので、話が早い。大きく藩の金を動かすときは、一人で決める事など、まずないのですよ。列座の方々が揃う席にて、ちゃんと報告しておりまして……」

これで、三つ目の疑問にも、きちんと答えたと、思った時であった。

「黙れ」

今まで黙っていた岡与三郎ェ門が、いきなり七郎右衛門の話を遮ったのだ。

部屋の後ろにいた三人が立ち上がり、七郎右衛門を囲むように立った。共に青筋を浮かべ、こちらを見下ろしてくる。

「お主は、昔から腹の立つ男だったのぉ。ああ言えばこう言う」

「おや、なんぞ失礼をしましたかな。これはお詫び申します」

「本当に七郎右衛門殿は、口が上手い。侍というより商人のようだぞ。そんなお主は目障りなのだ。藩に居るだけで害になる！」

「おや、書面に書かれていたことと、不満な点が変わっておりますが」

途端、与三郎ェ門の顔が、般若のようになった。横からまた、勝摩が語る。

「殿はなぜ、こういう輩を贔屓なさるのだ。金を稼ぐからか？　外つ国の言葉を喋るゆえか？　しかし商人ではあるまいし、それは侍がやるべきことではあるまい」

なぜ、昔から積み重ねてきた侍のあり様が、良しとされないのか。

「我らは無駄な者なのか。大野で生きた時は、何だったのだ」

七郎右衛門は顔を上げ、勝摩らと真っ直ぐに向き合った。弟達が江戸へ向かい、己が藩に残された時のことを思い浮かべていた。だから。

（きちんと言葉を返したい）

心底思う。

「藩士の方々へ、大野での時が無駄だったなどと、誰も、言うわけがございませぬ」

しかし、この言葉が与三郎ェ門達に届くか、心許ない。話しつつ、何かが伝わっていない気がした。

（だがそれでも、語るしかない。勝摩殿達が、わが考えを納得しなくても、だ）

勝摩達と七郎右衛門らが、違う考えの軸を持っていることは、端(はな)から分かっていることだ。長きにわたってすれ違ってきたものが、たった一回話した後、一つになるとも思えなかった。

ただ、それでも。

(語る機会は、もう来ないかもしれん。それゆえ今、思いを伝えねばならんと思う)

互いにどう思い、何を考えているのか。せめてそこだけは知っておきたい。

この時遠くから、なにやら大きな声が聞こえてきたが、七郎右衛門には、表へ顔を向ける余裕もない。どう言えば、己の思いが伝わるのか、言葉を必死に探していた。

「ただ、勝摩殿、時の流れは止められませぬ。それだけは、無理なのですよ」

外つ国が現れ、今、日の本は大揺れに揺れ始めた。

「せき立てられるように、全てが変わっていきます。それはいっそ、恐ろしいほどだ」

不安が日々育ち、日の本中に広がってゆく。二百年以上に亘って続いてきた太平の静けさには、当分、戻りはしないに違いない。

「新たな物事の中には、前と違うことが山とございます。大砲と軍艦相手に弓矢を射ても、届くことすらない時が来てしまいました」

外つ国の言葉が分からぬままでは、戦の相手を探ることができないのだ。

「明日へゆかねばなりませぬ」

昨日の方が、居心地が良くても、だ。

「たとえ明日が嫌いでも、です。それがしも、御身も、望もうが望むまいが、寝て起きて、明日を迎えねばならない」

利忠公は、新しいもののみを喜んでいるわけではない。しかし今の世を厭(いと)うても、昔に戻ってはくれない。落書では、もう大野は変わらなくなっているのだ。

それに。七郎右衛門は思わず、ずっと腹の底にあった考えを、口に出してしまった。

「それに田村家の方々も、そんなことは百も承知なのではないですか?」

一寸、田村勝摩の顔色が変わった。確かに覚えがあるようだと、七郎右衛門は知った。

(一国の家老を、多く出してきた名家だ。一族が集えば、皆で移りゆく時代の話もしたはずだ)

もう、昔と同じようにはいかないことを、察しがつく者もいると思う。だが、それを飲み込めない一族の者達を、切り捨てることもできないのだろう。

「それがしは……」

「うるさいっ、黙れっ!」

勝摩の顔が、大きく歪んだように思えた。そのときだ。

与三郎ェ門が、七郎右衛門をいきなり畳へ突き倒した。直ぐに、馬乗りになる。流れるような所作であった。

「お主の首が胴と離れても、殿はそれでも内山家を大事にするかな」

公が欲しがっているのは、十万両を返すことができる打ち出の小槌だと、与三郎ェ門が続ける。金を産めなくなったら、小槌は存外さっさと、忘れられるかもしれない。生き返らぬ者のために、大騒ぎを起こすより、公が藩の安泰を選ぶことは考えられた。

「ことが家老の間で起きたとなれば、藩が揺さぶられるからな」

そんなことは、誰も望まないだろう。

「真昼だろうが、構わん。そういう結末に、賭けてみようぞ。どうだ？」

何かが切れかけた男の顔が、赤黒い。額に汗が滲み、腰のものにかけている手が、震えているのが目に入った。

七郎右衛門は、自分を押さえ込んでいる声の主へ、仰向けのまま、やんわりと返した。

（いつでも落ち着いていなければ、藩の金主から金を借りることなど、出来はしない）

金を借りる相手は、長きに亘って常に儲け続け、世を生き抜いてきた、金の強者達であった。だから、たとえ見せかけであっても、七郎右衛門は取り乱した様子を、決して表に出しはしなかった。

「与三郎ェ門殿、腰のものから手を離されよ」

はいそうですかと言う、与三郎ェ門ではない。だが、七郎右衛門の手へ目を向けた後、左手を刀から静かに離してゆく。

七郎右衛門の右手は着物の袂へ入っていた。そして固いものを、与三郎ェ門の腹へ、押しつけていたのだ。

（布屋が巾着に入れて寄越したものを……わしは、使うのか？）

しかし与三郎ヱ門は、七郎右衛門を押さえ付けたままでいる。二人は部屋に転がったまま、睨み合っていた。勝摩達は、与三郎ヱ門を止めなかった。しかし、けしかける者もいない。御列座の間ではしばし、音一つしなかった。

そして、日が暮れるまで、睨み合い続けることは敵わない。

（どうする？　どうなる？）

誰が、意を決するのか。

七郎右衛門はそれでも、動かずにいた。血しぶきの上がる幻を孕（はら）んだまま、場はひたすら静かであった。

七

だんっ、と大きな音がして、御列座の間の襖が乱暴に開かれた。

七郎右衛門は部屋の向こうに、いるはずのない姿を見た気がして、思わず大きな声を上げてしまった。

「殿っ」

その一声で、部屋内にいた全ての者が表を見た。

その時だ。白いものが部屋を飛び、与三郎ヱ門の頭に当たって畳へ落ちる。余程魂消たのか、与三郎ヱ門が大きく体を仰け反らせたので、七郎右衛門はその一瞬に身を転がし、隅へ逃れた。

部屋内の者達は、突然現れた者に驚きの顔を向けるばかり。七郎右衛門に、再び迫るどころではなかった。

一方七郎右衛門も、畳に落ちたものを見て、目を見開き狼狽えた。

「おっ……お、殿の白扇が！」

畳の上にあったのは、大層見慣れている、いつもの白扇だったのだ。思わず主を探したが、江戸へ向かった公が、大野にいるわけもない。

もちろん投げた主は、利忠公ではなかった。七郎右衛門は顔を上げ、現れた顔を見つめたが、暫く事情を摑めないでいた。

「なんと求馬！　岡田求馬殿ではないか」

公と共に、江戸へ向かったはずの求馬が、部屋の内で仁王立ちしている。開け放たれた襖の外には、弟、介輔の顔まで見えていた。剣の達人、二人の姿が揃っているためか、部屋では声を出す者すらいない。ただ、城中に居る者達の目が、他の場から、こちらへ向けられているのが分かった。

「求馬殿、なぜ……ここにいるのだ？」

いつの間に、大野へ戻ってきたのだろうか。どうして白扇を飛ばし、御列座の間へ飛び込んできたのか。七郎右衛門が目を丸くして問うと、当の求馬が、部屋内を進む。

そして上座へ立つと、さっと懐から書状を取り出し、皆へ向けた。

「殿の御直筆でござる」

ざわりと、低い声が聞こえた。求馬はその書に何が書かれているのか、部屋にいた面々へ告げる。

「我らが殿は、藩内に流言（りゅうげん）があるのを、ご存じであった。そして殿が国を離れた途端、その流言が藩内に満ちるのを、良しとされなかった」

よって案じていたように、藩内が騒がしくなったのを承知すると、公は藩主の意向を知らせるため、岡田求馬を、急ぎ江戸から大野へ戻したのだ。

「この岡田、今回の御下命を受けるに当たり、殿より奉行のお役目を仰せつかった」

公は城の者達に、おかしな噂を勝手に流さぬよう、釘を刺すことにしたのだという。

「御家老、堀三郎左衛門殿に、書状を読んで頂くのがよろしかろう。おや御家老は、ご自分の部屋におられぬのか？」

求馬は眉根を寄せた後、ではと、己の口から、その場の藩士達へ告げる。

「殿は皆を落ち着かせ、ご自分の信頼を示すため、内山七郎右衛門を、家老となさる御所存であると仰せられた」

その旨、書状にしたためてあるという。今度こそ、部屋内に声が満ちた。

「七郎右衛門殿が、家老？」

「元々八十石であった者だぞ。それが、藩士達の長になるのか？」

落書の話も流言のことも吹っ飛ぶ、とんでもない話であった。一端、声が湧き上がると、それはうねりをもって大きくなってゆく。

求馬はそれに構わず、更に話を続けた。まだ内々の話であると言ってから、北蝦夷の件も、片がついたと知らせてきたのだ。

「こちらは、あと十日もせぬうちに、幕府から正式なお達しがあるだろうと、殿が口にされた。じき、大野へも正式な知らせが来る」

「北蝦夷？」

七郎右衛門が家老になるという、この上ない衝撃を耳にした後、北蝦夷という言葉は馴染まなかったのだろう。岡達が呆然と求馬を見つめている。

求馬はにやりと笑うと、介輔と目を見交わし、はっきりした声で口にした。

「まだ内々の話だが、幕府は北蝦夷を、大野藩の準領地として下さるという。大野は、大層大きな領土を得るのだ」

「大野藩に、新たな準領地ができるのですか！」

藩に新たな領地ができるなど、この太平の世、滅多にあることではない。すると、その話はあっという間に、部屋の外にまで伝わったのだ。今度こそ、周りの部屋から藩士達が、御列座の間へ駆け寄ってくる。

「し、しかし……米も穫れぬ北の果てに、領地を作ってどうするというのだ？　鉱山は見つからなかったと聞くぞ。北から魯西亜(オロシャ)が南下し、警備が大変であるともいうぞ」

「おお、勝摩殿は、北の話に詳しいですな」

　ここで、七郎右衛門が立ち上がった。

　今の今、命の危機を感じたところであった。その上〝家老〟という言葉が、頭の周りを巡り、七郎右衛門はふらふらと、足元が定まらない感じがしていた。

　しかし、それでも表向き、どっしりと構えているよう、見せる心得くらいは出来た。長年、金の貸し借りで身につけた技であった。

「しかし、準領地から米が穫れなくとも、心配は要らぬ。金のことはご心配めさるな」

　そして今、大野藩がどういう財を得ているか、御列座の間で話すことになった。

「わが藩は今、藩船として和船を五隻持ち、他に大野丸も所有しておる」

　計六隻を、藩が動かしているのだ。

「北前船は一航海で、千両から三千両を稼ぐ、良き稼ぎ手でしてな」

「おおっ、それは凄い」

　間を取って二千両の航海を、大野の藩船は年に何度もしていると言うと、更に声が上がった。七郎右衛門は、藩製の小銃も、利を上げていると続ける。

「更にわが藩には、藩の店、大野屋もあります。今、各地に五店開いております。店により、上がる利の差はあるが、まあ、年に三千両の五軒分といったところですかな」

　ここから出る利が、一万五千両と聞き、驚きの顔が並んだ。

「もちろん大野には、元々得られる年貢と、銅山からの上がりもある」

　全ての利益を合わせ、それを年貢の収入として考えてみると、大野藩はすでに、表高を大きく超えたものを得ているのだ。

「そうでございますな。今年は、十五万石の国並には、益を得ておりましょうか」

「じゅ、十五万石並？」

そう言い切ってから、七郎右衛門は一寸、己の言葉に呆然とした。そして、求馬と介輔二人を見て、戸惑うように口にする。

「いつか殿に、大藩並のものを得ていただきたいと思っていた。飛び地など、領地も増やせたらと、望みを抱いたことがあった」

更に利を大きくと、日々進んだ。すると望みのものは、もしかしたらという夢物語ではなく、すでに手の中に降っていた。気がつけば、本当の話になっていたのだ。

ざわざわと藩士達の言葉が増えてゆき、波のように響きが重なって行く。それはじき、納得へとつながっていったらしい。

「驚いたっ、魂消たことだ」

「しかし……そういえば藩は、沢山の藩船を買っておる。病院を作った。店もできた」

すると。ここで介輔が、にこやかな顔で前に来た。そして誰よりも早く、七郎右衛門をその名で呼んだのだ。

「御家老、領民達も準領地の知らせを聞けば、喜びましょう。祝いの場を設けねば」

これは町に、提灯をかざしての行列が出そうなほどの、祝い事であった。御家老と聞き、七郎右衛門は思わず、堀三郎左衛門の姿を探した。だが、介輔達が笑ってこちらを見ているので、立ち尽くしてしまう。

「その、わしはまだ……」

　求馬は頷くと、やっと姿を見せてきた家老の三郎左衛門へ、明日にも黒書院へ、主立った藩士達を集めるよう言い、主からの書を見せる。

「新たな御家老が、決まりましたゆえ」

　途端、家老三郎左衛門が慌てた顔で書を開き、子細を聞く姿が目に入る。求馬はここで、隆佐のことも伝えてきた。

「殿は江戸で隆佐殿も、一緒に家老へ取り立てるとおっしゃったのです。ですが」

　皆が驚き、求馬の言葉に耳をそばだてるのが分かる。

「隆佐殿は、まずは藩の財を支え続けてきた兄上が、家老になられるのが先だろうと、申されまして」

　当人は、辞退したのだ。

「よって殿は、七郎右衛門殿の辞退は、まかり成らぬとおっしゃっています」

「なんと……」

　ひどく不思議な話であった。

　七郎右衛門は八十石の家の出で、名家の者でもない。かつて銅山を立て直そうとしたとき、山から放り出されぬよう、山の役職の天辺(てっぺん)に据えられたことがあったが、あのときは、その役目に就いたことにすら、嫌みを言われたのだ。

（それが大野の家臣のうちで、最高の職に就くとは）

隆佐の気持ちを思えば、尻込みすることは許されない。そして明日になれば、七郎右衛門は新たな役目を背負うことに、苦しみを覚えるかもしれなかった。

しかし、それでも。

「わが殿……」

部屋に転がっていた白扇を拾うと、求馬が笑った。利忠公が、持たせてくださったものだという。

その言葉を聞き、部屋にいた者達がやっと、七郎右衛門に向け頭を下げてくる。祝いの言葉までもが述べられ、一寸目を見張った。気がつけば、いつの間にやら部屋から、勝摩達の姿が消えている。

（おおっ、命がけのやりとりが、何とか収まったようだ）

命を長らえたと分かり、七郎右衛門は忍ばせていた、ピストールを袖内で握りしめる。勝摩達が、とにかく大勝負を打ったことで、気持ちの区切りを付けてくれればいいがと願った。

（しかしわしは……これを本当に、撃つことができたのだろうか）

分からない。しかし、布屋が送ってくれたこのピストールが、わずかな時を作ってくれた。その間に求馬が現れ、己を救ってくれたのだ。

（救う……）

七郎右衛門は、また白扇に目を落とした。

（わが殿は、国を出られる前、約束してくださった。打ち出の小槌を守ると）

七郎右衛門はここで、誰が求馬を参勤交代の列に加えたのか、ようよう得心することになった。

「求馬殿、お主を参勤交代に加えたのは、殿だと思うのだが」

「おお、その通りで。急な話でありましたが」

「なるほど」

公が、隆佐を江戸へ呼び、求馬を参勤交代の供に加えたのだ。多分、七郎右衛門の揉め事にけりをつけるため、わざとことを放ったまま、江戸へ向かったのだろう。そして好機とみて顔を現してきた面々に、腕の立つ求馬を介し、藩主の意向を伝えたわけだ。

（わしの身内である介輔には、この役目、任せられぬ。それで求馬殿が選ばれたわけか）

得心がいった。七郎右衛門に全く心づもりを話していなかった殿に、ため息を向けたくなった。

しかし代わりに七郎右衛門は、白扇を握りしめた。白扇こそ長き年月の間、いつも公と共にあった品だという気がした。よく七郎右衛門の頭に当たっていた。

（わが殿、何か不思議で……）

公へ仕えて三十五年、その長い月日が、白扇を持つ手に感じられる。

（若い頃、家老になるだろうと八卦見（はっけみ）にでも言われたら、笑い飛ばしておっただろう）

部屋内から人が出て行き、新しき家老が決まったことが、城中に伝わってゆく。ざわめく声が、遠く近く聞こえてくる。明日の支度のためか、廊下をゆく姿が、増えてきたのが分かった。

それでも七郎右衛門は、暫く御列座の間で、立ち尽くしていた。十九の時、初めて殿と出会ってからの日々が、寸の間己を包み、そしてまた過ぎ去っていくかのようであった。

終章

殿五十歳
七郎右衛門五十四歳

家老職に就いた後、七郎右衛門は、大野に尽くしていった。

外つ国が、日の本に関わってきた時勢であり、大野の舵取りが、たやすかったわけではない。

ただ大野の家老として、国を支えて行くことが、当たり前のことになった。そして変わらぬ公からの信頼が、七郎右衛門の日々を、ぐっと楽なものにしてくれたのだ。

どのような難儀があろうとも、迷いなく事に当たれた。もう落書が貼られることもなく、七郎右衛門はただ公と大野に添い、日々を重ねていったのだ。

一

万延元年（西洋暦では一八六〇年）八月二十二日、幕府より、北蝦夷西海岸を、大野藩の準領地とする沙汰があり、公が受けた。

同年十月二十日、提灯行列も出て、大野の皆は盛大に、準領地を得たことを祝った。七郎右衛門が家老になってから、初の大きな祝い事となった。

文久二年（一八六二年）七月、大野へ帰った利忠公は、捨次郎君を跡取りとし、幕府へ嫡子願いを出すと決めた。

利忠公は、隠居を願うとも告げたので、七郎右衛門は、己も共に隠居をと言った。しかし歳若い捨次郎君を支えるようにと言われ、怠（なま）けるなと白扇が飛んできた。

同年、公には幕政へ加わるよう、幕府からの内示があった。だが、病のため辞退した。この年、利忠公は捨次郎君へ、藩主の立場を譲る。新藩主利恒（としつね）公、十五歳。公と七郎右衛門は話し合い、新しき藩主を支える役目を、隆佐に頼んだ。

文久三年（一八六三年）捨次郎君改め、利恒公、大野へお国入り。ただ利恒公は、とうに大野で暮らしていたので、利忠公の時より気の張らないものとなった。

七郎右衛門は、もう良かろうと、隠居を密かに考え始めた。

新しき藩主は、隆佐が支えている。介輔も、大野を支える柱となっていた。己も公の側で、花見をしたり船遊びをしても、白扇が飛んでこない歳になった気がしたのだ。

ただ。そんな時は、簡単には来てくれなかった。

家老になってから四年の後、七郎右衛門は思わぬものと対峙し、久方ぶりに、どうにも力及ばないことがあると、身に染みることになった。老いと病が、己の直ぐ側へ、忍び寄ってきたのだ。

この年、七郎右衛門より六つも年下の隆佐が、病に倒れた。大野城下は、屋敷が近くて通うのが楽だと言い、七郎右衛門は毎日弟の所へ顔を出した。

弟の介輔も伴った日、七郎右衛門は見舞いの品、鯖を隆佐に見せた。

「隆佐、早く良くなれ。お主は、利恒公のお側に、いて貰わねばならん。利忠公も、心配なさっておるぞ」

そして治ったら、もう一度鯖を肴に、飲み明かそうと言ったのだ。床内の弟が、懐かしそうに笑った。

「そういえば若い頃、一緒に鯖を食べた日があったな。兄者から、面谷(おもだに)銅山の為に、三万両借金をしたと聞いた日だ」

隆佐が少し咳き込む。

「借金が返せなんだら、切腹をすると聞いた。後は頼むと、兄者は勝手なことを言ってきた」

「そんなことが、あったのですか」

二十歳も年下の介輔が、目を見張っている。七郎右衛門が、ちゃんと借金は返したと言うと、笑われた。そして隆佐は介輔へ、妙なことを言ったのだ。

「七郎右衛門兄者は、金のことにはめっぽう強い。だが時々幼子のように、寂しがり屋になる」

だから、この先は介輔が兄を、支えてやってくれ。そんなことを頼んでいた。

「人の事を、寂しがり屋などと言うなら、だ。お主はさっさと、治らねばならん。隆佐、分かったか？」

「はは、そうだな」

隆佐は頷いていたのだ。そして。

元治元年（一八六四年）天狗党の乱が起き、大野藩も巻き込まれた。大野だけでなく、日の本中が、大きな騒乱の中に入っていく気がした。

しかし七郎右衛門には、天下を揺るがす騒ぎにすら、目が行かなかった。

六月二十三日、弟隆佐が、病で亡くなったのだ。七郎右衛門は、弟が先に逝ったことに呆然とし、ただただ狼狽えた。

弟と共に切り抜けてきた長い年月が、もぎ取られていく。涙も出てくれないまま、屋敷の板間に這いつくばった。

「何でだ？　あいつは六つも下なのに。まだ、五十二だ」

利忠公は大いに惜しんでくれた。利恒公が、もっと側にいて欲しかったと言った。なぜ弟が先なのか、どうしても分からなかった。

八月二十八日、大野丸が根室の沖で暗礁に衝突、大破したとの知らせが大野に入り、藩は大騒ぎとなった。

(隆佐は大野丸に乗って、あの世へ行ったのだろうか)

人には言えぬ思いを抱くと、ならばあの船でどこまでもゆき、楽しむだろうと、少し慰められた。隠居の思いは吹っ飛び、七郎右衛門は再び、藩の為、働く日々へ戻った。

二

慶応元年(一八六五年)内山介輔が大野の軍師となった。

慶応二年(一八六六年)利恒公が御正室を、本家古河(こが)の土井氏から迎えた。世情、大いに乱れる。七郎右衛門は藩主利恒公のため、全国の大野屋を通じ、世の動きを摑み伝えた。このとき大野屋の数、全国に七店。

慶応三年(一八六七年)十月、徳川慶喜公が朝廷に対し大政奉還を行った。徳川幕府はこの世からなくなり、藩内が大嵐の日のように揺れた。

慶応四年(一八六八年)、九月八日より、明治元年となる。明治政府が立ち、大野も、時のうねりと不安に飲み込まれていった。

同年、三月二十九日、北の地を維持できず、大野藩は北蝦夷準領地を太政官に上地、新政府へ返すことになった。

七月六日、病がちになった利忠公が、大野の柳町に建てた新殿に入った。

そして。

四つも年下だというのに、病が篤くなり、枕から頭が上がらなくなってゆく公を、七郎右衛門は足繁く見舞うようになった。季節が過ぎ、やがて冬になっていく。

十二月に入り、雪が降るようになった。新殿の奥の間は、きれいな庭に面しているが、白い雪が全てを埋めてしまい、公にお見せすることもできない。寒さが公から力を奪ってゆくようで、日々、気が揉めた。

(重助殿を見送った時は、怪我ゆえ、突然のことでも納得はした。だが)

年古って、大事な者を見送るこの寂しさは、言葉にできないほどのものであった。七郎右衛門は年々、その重みを知ることになっていた。

(殿は五十八だ。確かに若いとはいえぬお歳だが)

しかし七郎右衛門は六十二になるが、まだ元気にやっている。公に、早く治っていただきたかった。隆佐の時のように、どうしたらよいのか分からない悲嘆に、また包まれるのは辛すぎる。

これから寒さがつのる季節だというのに、七郎右衛門は、早く暖かくなってくれぬかと毎日願って、公のお側にいる彦助を困らせた。

「春になるまで御身が保てば、きっと公は良くなる。そうに違いないのだ。だから」

彦助は頷いてくれる。だが軽い慰めは、言ってはくれないのだ。

ある日、久方ぶりに公の具合が良くなり、七郎右衛門や彦助と、語らった。晴れた日で、日差しは明るく、火鉢で炭が暖かく燃えていた。三人でいると昔の話など出て、笑い声が重なる。

すると公が七郎右衛門を見て、お主はこういう隠居の場を望んでいたのかと、不意に口にした。七郎右衛門は笑って頷いた。

「はい。三人で、昼餉は何なのだろうかとか、雪が解けたら、揃って花見へゆこうとか、気楽なことばかり言っている。そんな隠居所勤めを願っておりました」

公はこうして隠居された。明治になり、じきに利恒公も政に慣れようから、七郎右衛門が隠居をする日も近い。

「つまり殿、いよいよ彦助殿と三人で、積年の願いを果たす時なのでございます。早う良くなってくださいまし」

花見と、敦賀の港への物見遊山は、もう決めていると言うと、利忠公は楽しげに笑った。そして、心残りなどないと言いかけ、ふと笑いを引っ込めると、明治政府より箱館への出兵を命じられた、大野の藩士達を気遣った。

「戦などなく、明治が始まったら良かったのだが。そうはいかなんだようだ」

それから。

公は七郎右衛門へ、最後の頼みだと言い、これからのことを語ったのだ。

「七郎右衛門、以前、明治政府は全ての藩を残さぬ意向だと、お主に知らせたな」

「……はい」

「この後、大野藩はなくなる。つまり仕える先が消え、藩士達への禄も、大きく減らされてゆく筈だ。そうでなければ、新しい政府が保たない」

ここで、公は七郎右衛門に問うた。

「大野屋は、すでに藩から切り離したな?」

七郎右衛門は頷いた。この後、大きく藩士らの禄が減るというなら、頼れるものは、日の本中に散らばっているあの店しかない。面谷銅山は大野の領内にある。藩を政府に返すとなったら、あそこも新政府のものとなるに違いなかった。

「大野屋で、藩士の全てを引き受けることなど、できはすまい。それでも七郎右衛門、稼ぐ手立てを心得ているお主が、なるだけ皆を助けてやれ」

こうやって頼める者がいるだけ、大野は運がよいと、公は横になったまま言い、少し咳き込んだ。

ほとんどの国の藩士達には、もっと厳しい明日が待っているのだ。新しい政府へ潜り込む訳にもいかず、さりとて商いの道も知らぬまま、生き方を変えるという戦いの場へ、足を踏み出していくしかない。

七郎右衛門は布団の側へ寄り、公へ笑いかけた。

「それがし、殿の打ち出の小槌でありますれば、精一杯、やらせていただきます。しかし、ですな」

小槌は小槌だから、それを振る者が、傍らにいた方がいい。断然いい。だから。

「わが殿、ささ、ぐぐっと一杯やって、小槌を振る力をつけてくださいまし」

そう言って差し出したのが、茶碗に入った薬湯（やくとう）であったから、公や、彦助までが笑い出す。公は素直に薬湯を飲んだが、その後、眉尻を下げ、布団の内から七郎右衛門を見てきた。

「隆佐が七郎右衛門のことを、時々、幼子のように寂しがり屋になると言っていたそうだ。確かに、そうだな」

重助との別れの時は、狼狽えたあげく、藩主へ早く帰ってきてくれと、無茶を言い出した。隆佐を見送った時は、余りに呆然として、周りを心配させた。

「あの……そうだったのでしょうか」

「やれ、気づいていなかったのですか」

向かいで彦助が、苦笑を浮かべている。公はまた咳をした後、七郎右衛門の目を覗き込んできた。

「わしも隆佐も、あの世でちゃんと待っておる。向こうで今度こそ、お主が行きたいと言っていた花見や船遊びをしようぞ」

だから。今暫くは大野の皆を、支えてくれと、公は言ってきたのだ。側で彦助も頷く。

「そのうち、わしも、殿や隆佐殿と共に、あちらで待つことになりましょう。七郎右衛門殿、それでも御身だけは、急いであちらへ行っては駄目ですよ」

藩士で財に強い者は、本当に少ないからだ。明治を生きてゆく藩士達の頼りは、できるだけ長生きさせねばならない。

「そんなに粘っては、艮次郎の出世を邪魔してしまいます」

「七郎右衛門、なに、隠居してからも働けば良いのだ。良かったな、長く皆を支えても、大丈夫だと分かったぞ」

「殿、それがしをいつまで、働かせるおつもりですか」

公の笑い声が聞こえ、その声にまた咳が混じるのを知って、七郎右衛門はなぜだか目が熱くなってきた。そのうち、涙があふれてきて、止められなくなる。こんな時、泣くべきではないと分かっているのに、情けなくも己の意のままにはならない。

必死に目元を袂（たもと）で隠していたら、また公から笑われてしまった。

「全く、今日の七郎右衛門は子供のようだ。あの世で隆佐に、このことを話しておこう」

「わが殿、そういうことは、言われなくともよいのでは？」

精一杯怒った風に言ったが、涙声だと自分でも分かった。

（ああ、今日の殿の笑顔は……怖くない）

それが、なぜだか身に応えた。七郎右衛門はその日、公と長く話し笑った。

そして。見舞いは続けたが、公とゆっくり話せたのは、その日が最後となった。土井利忠公、明治元年（一八六八年）十二月三日。七郎右衛門は、己の殿を失った。

享年五十八。

七郎右衛門は家老として、亡くなられた公の亡骸の側に一人控えたとき、そっと、良き生涯であられたかと問うてみた。しかし、殿から応えが返ってくることはなかった。

当たり前だが、やっとそれが分かった。

袴の膝を握りしめ、唇を引き結んで、無理にも納得した。

（ああ、もう二度と、〝わが殿〟と話すことはないのだ）

公の傍らで深く深く頭を下げると、これまでの時の全てが、部屋内に満ちてきた。

（わが殿。殿との出会いこそ、わが人生でございました。侍としての、幸運でございました）

一時、切腹を覚悟した。山から転げ落ち、堀に落ち、殿が重助の部屋へ飛び込んできた日もあった。何本もの白扇が飛ぶのを見たし、頭に当たり、痛いと思った。だが。

（今は、あの白扇が懐かしい）

強い風のように、全ての思いが、公の傍らを過ぎてゆく。

すると、思いがけず涙が、不意に溢れてきた。辺りに人がいないのを幸い、遠慮もなく泣き出したところ、公や隆佐の笑い声を聞いた気がした。それで更にまた、涙が落ちてゆく。

（ああ、そうか）

己は、大丈夫だと思った。公や弟が必ず、いつかゆく場所で己を待っていてくれる。不思議なほど、そう得心できたから、きっと大丈夫、この先もやっていけると思った。

七郎右衛門は泣いたまま、もう一度深く深く、声もなく殿へ頭を下げた。そして以後腹を据え、公との約束を果たしていった。

その後。

明治二年（一八六九年）六月、日の本の公卿（くぎょう）諸侯は、華族となって東京へ向かい、藩から離れた。

藩士は全ての国で、士族と呼ばれるようになり、武士の暮らしを支えた家禄は、早々に減らされ、十分の一になった者もいた。やがてそんな禄すら整理され、士族というだけでは、何ももらえなくなってゆく。

明治三年、内山七郎右衛門、隠居。

明治四年七月十四日、廃藩置県が行われ、政府はいよいよ藩を廃止した。

怒るか、諦めるか、あがくか。士族に残された道は、多くはなかった。

華族ですら、世の移り変わりについて行けず、暮らしに窮し、先祖代々の品を売りさばく者もある時代であった。中には体面が保てず、華族の立場を返上する者すら出たと聞いた。

ただ七郎右衛門は、その後も順調に大野屋を大きくし、二十三店まで増やしていった。明治になったとき、借金を抱えていなかった藩は、良き塩田を抱えていた某藩と、大野藩のみであったと噂を聞いた。だが、もはやそれを、確かめることもなかった。

七郎右衛門は更に、父の名を継いだ中村重助や、娘婿の良次郎などと共に、大野屋を発展させた。己で称していた〝良休(りょうきゅう)〟の名を冠し、銀行のような事業、良休社(りょうきゅうしゃ)なども作って行ったのだ。

そして家の皆を、お千を、新たな世に狼狽える大野の藩士らを、公の望み通り、長く支えていった。

明治十四年（一八八一年）八月十八日、内山七郎右衛門、七十五歳で大野から逝く。

七郎右衛門は亡くなるそのときまで、利忠公の血筋である土井家を支えた。甲冑(かっちゅう)を売らせる暮らしなど、させはしなかったという。

（了）

主要参考文献

『奥越史料』No.1〜No.32　大野市教育委員会　大野市文化財保護審議会
『土井利忠公と大野藩』　土井利忠公百年祭奉賛会
『福井県史　通史編4　近世二』　福井県
『大野市史第五巻　藩政史料編二』　大野市編さん委員会　大野市
『大野町史』　第三集　第四集　第五集　編集　斉藤秀助　大野町史編纂会
『住友修史室報』　昭和六十二年三月　第十七号　住友修史室
『内山良休翁略傳　附　碑文』　編集発行　石川三吾
『内山隆佐日記』
『山と海の殖産興業　大野藩の構造改革』　大野市歴史博物館
『越前大野城　金森領国から土井大野藩へ』　大野市歴史博物館
『城下町古地図散歩1　金沢・北陸の城下町』　編集　高橋洋二　平凡社
『図表でみる江戸・東京の世界』　江戸東京博物館
『緒方洪庵と適塾の門弟たち』　阿部博人　昭和堂
『緒方洪庵と適塾』　梅溪昇　大阪大学出版会
『藩校　人を育てる伝統と風土』　村山吉廣　明治書院
『江戸切絵図と東京名所絵』　編集　白石つとむ　小学館

解説

細谷正充

本書は畠中恵の代表作である。と書くと、代表作は「しゃばけ」シリーズだと、異議を唱える作者のファンが大勢いることだろう。二〇〇一年、第十三回日本ファンタジーノベル大賞優秀賞を『しゃばけ』で受賞した作者は、これをシリーズ化。大妖を祖母に持ち、妖の姿を見て話のできる、病弱な商家のひとり息子の一太郎。その一太郎を守護したり、手助けしたりする妖たち。彼らがかかわる事件や騒動を、時に愉快に、時に怖ろしく描いたシリーズは、たちまち人気を集め、大ヒット作となった。まさに「しゃばけ」シリーズこそ、代表作と呼ぶに相応しい。

さらに他にも、注目すべき作品は多い。「つくもがみ」シリーズや、「明治・妖モダン」シリーズなど、「しゃばけ」シリーズとはテイストの違う、付喪神や妖の登場する物語がある。町名主の跡取り息子と、その悪友たちが、さまざまな事件や騒動に取り組む「まんまこと」シリーズもある。明治の若者たちを生き生きと躍動させた『アイスクリン強し』、男女九人の恋模様を活写した『こころげそう』、新米留守居役の奮闘記『ちょちょら』、現代ミステリー『アコギなのかリッパなのか』『百万の手』なども見逃すわけにはいかない。デビュー以来、バラエティに富んだ世界を創り上げているのである。

それでも本書を、作者の代表作だと断言できる。なぜなら二〇二二年十一月現在、畠中作品の中で唯一の歴史小説なのだから。時代小説の代表作が「しゃばけ」シリーズなら、歴史小説の代表作が『わが殿』なのである。

ところで私は、本書のタイトルを見たとき、すぐにある少女漫画を思い出した。木原敏江の『あーら　わが殿！』である。もちろん、タイトルからの連想だ。周知のように作者は作家になる前、漫画家のアシスタントや漫画家をしていた。その経歴からして、少女漫画は一通り読んでおり、『あーら　わが殿！』のことも知っていただろう。実際のところは分からないが、もし木原作品を意識してタイトルを付けたのなら、そこにどのような意味が込められているのか。このことは後述するとして、まずは本書の内容を見てみよう。

『わが殿』は、複数の地方紙に、二〇一七年三月から一九年四月にかけて、順次掲載された。単行本は二〇一九年十一月、文藝春秋より上下巻で刊行。なお単行本化に際して、加筆がなされている。「週刊文春」二〇一九年十二月二十六日号に掲載されたインタビューの中で、

「ずいぶん前から編集の方に『史実に基づいた小説を書いてみませんか』と提案をいた

だいていましたが、これというテーマになかなか出合えなくて。そんなある時、ふと資料を読んでいたら『江戸から明治への移行期に黒字だった藩はほとんどなかった』という旨の記述を目にしました。よい塩田に恵まれていた某藩は、理由がはっきりしていましたが、大野藩はたった四万石の小さな国。盆地ゆえに田畑をろくに切り拓けず、海も飛び地にしかありません。なぜ大野藩が黒字だったのか？　疑問に思い、強く興味を惹かれました」

と語っているように、初の歴史小説執筆の発端は、大野藩がなぜ黒字だったのかという疑問にあった。そこから作者が主人公に選んだのは、藩主の土井利忠ではなく、彼の命により長年にわたり財政改革に携わった内山七郎右衛門だ。知る人ぞ知る人物であり、一九九六年に刊行された、大島昌宏の『そろばん武士道』でも主役を務めている。こちらも、いい作品だ。ただし大島作品がストレートな歴史小説だったのに対して、本書はかなり癖の強い歴史小説になっている。その癖の強さこそが作者らしさの発露であり、本書の魅力になっているのだ。

物語は、十九歳の内山七郎右衛門が大小姓のお役目に就くことが決まり、江戸の大野藩上屋敷に向かう場面から始まる。江戸に着いて、一緒に出府した石川官左衛門から、主君の土井利忠が、織田信長・豊臣秀吉・徳川家康の三人の誰に似ているかと聞かれた七郎右衛門。つい信長と答えてしまう。道中でも七郎右衛門は、官左衛門に妙な質問をされていた。このとき七郎右衛門は知る由もなかったが、利忠が人物を確かめようとしていたのである。

それから十二年後。ひそかに利忠に見込まれていた七郎右衛門は、藩の借財の返済という、大役を命じられる。大野藩は四万石だが、実際の実入りは二万八千石。毎年、藩に入るのは一万二千両に満たない。それなのに積もり積もった借財は十万両で、一年の利息が一万両。ようやく天保の飢饉が収まったばかりの大野藩に、金などあるわけがない。八十石の、藩では中くらいの地位の自分に、いったい何ができるのか。〝わが殿〟の無茶な命に困った七郎右衛門が目をつけたのが、藩にある面谷銅山である。利忠に頼んで幕府から三万両を借りてもらい、それを使って新たな鉱脈を発見しようというのだ。七郎右衛門は見事に賭けに勝つ。鉱脈が見つかり、藩の財政は上向いた。だが、そこから彼の、長い長い苦闘が始まるのである。

大野藩第七代藩主の土井利忠は、英邁な人物である。しかしその器は、四万石の大名に収まりきれぬほどに大きかった。才ある者を積極的に登用し、やるべきだと思ったことは断固として実行する。三年間の面扶持で藩士に節約を強いる一方で、藩校の明倫館を作ってしまう。教育に力を入れるのは、為政者として誠に正しい。とはいえ先立つものがなくては、どうにもならぬ。そこで藩の打ち出の小槌となった七郎右衛門が苦労することになるのだ。〝わが殿〟に振り回されながら、あの手この手で金をひねり出す、主人公の奮闘にワクワクしてしまうのである。また、七郎右衛門の私生活の絡め方も巧み。特に、藩校の件で揉めたことが、いつの間にか妻との離婚話に変わっていく展開には感心した。物語を構築する作者の手練に脱帽するしかない。

さて、人間臭い面も見せてくれる七郎右衛門だが、主君とは違った方向で、とんでもない器の持ち主だ。彼は生真面目な自分より、文武両道の弟の隆佐（りゅうすけ）の方が優秀だと思っている。しかし、その隆佐に、

「兄者はいたって生真面目な顔をしておるが、割と……いや、大いに融通の利く人柄ゆえ」

といわれるではないか。まったくその通り。火事により江戸の上屋敷と中屋敷が焼けたとき、藩に御庭番が潜入しているという噂（本当にいたようだが）を使い幕府を動かすなど、大胆不敵なことをやってのけるのである。

さらに借財を返し終り、一息ついたと思ったら、時代は幕末に突入。利忠は藩士に洋式の訓練をさせるが、当然、金がかかる。しかしこの頃になると、七郎右衛門も落ち着いたもの。なんなく金を作り出す。そんなことをやっているうちに、七郎右衛門にある決意が生まれる。小藩ゆえに身動きが取れないが、さりとて藩は捨てられぬ。ならば自分のいる場所を大きくすれば、自由に動けるのではないか。当時の武士としては桁外れの発想で彼は、ある事業を始めるのだ。これが事実だというのだから驚くしかない。

そんな七郎右衛門を通じて、作者は何を表現したのか。作中で彼がいう「明日へゆかねばなりませぬ」であろう。大野藩にだって、時代の変化についていけず、悲劇的な死を迎えた人がいる。七郎右衛門が上手くやっていると思い、彼を憎む人もいる。だが、どんなに目を逸らしても、未来は必ずやってくるのだ。だから真剣に〝今〟と向き合う。混迷の時代となった現代を生きる私たちが、七郎右衛門から学ぶことは多い。

もっとも七郎右衛門が必死に頑張れたのは、〝わが殿〟がいたからである。ここであらためて、木原敏江の『あーら　わが殿！』について触れたい。この作品は、明治の末期を舞台にしたラブコメである。当然、ハッピーエンドである。その物語を締めくくるモノローグの冒頭が〝あーら　わがとの　いとしの　きみよ〟であった。七郎右衛門にとって利忠は、尊敬すると同時に怖れを抱かずにはいられない人、無理難題を常に押し付ける困った人であった。しかし長い歳月の中で彼は、利忠との出会いが自分の人生そのものであり、侍としての幸福だと思うのである。だから彼は、大野藩という器に収まりきれない行動を取りながら、武士であり続けた。〝わが殿〟こそが、敬慕せずにはいられない〝いとしの　きみ〟であったからだろう。主従という垣根を超えて響きあった、ふたりの男の魂。その音色は、どこまでも美しい。

（文芸評論家）

本作品は学芸通信社の配信により、福井新聞、宇部日報、下野新聞、東奥日報、福島民報など十紙に二〇一七年三月〜二〇一九年四月の期間、順次掲載したものです。
出版に際し加筆しております。

単行本　二〇一九年一一月　文藝春秋刊

DTP制作　言語社

文春文庫

わが殿(との) 下

定価はカバーに表示してあります

2023年1月10日 第1刷
2023年1月25日 第2刷

著者 畠中恵(はたけなかめぐみ)
発行者 大沼貴之
発行所 株式会社 文藝春秋

東京都千代田区紀尾井町 3-23 〒102-8008
TEL 03・3265・1211(代)
文藝春秋ホームページ http://www.bunshun.co.jp

落丁、乱丁本は、お手数ですが小社製作部宛お送り下さい。送料小社負担でお取替致します。

印刷・凸版印刷 製本・加藤製本

Printed in Japan
ISBN978-4-16-791982-5